书同　胡竹峰 ◎ 编

章衣萍集

理论卷

北京师范大学出版集团
安徽大学出版社

图书在版编目(CIP)数据

章衣萍集/书同,胡竹峰编.—合肥:安徽大学出版社,2015.11
ISBN 978-7-5664-1014-6

Ⅰ.①章… Ⅱ.①书… ②胡… Ⅲ.①中国文学－现代文学－作品综合集 Ⅳ.①I216.2

中国版本图书馆CIP数据核字(2015)第224274号

章衣萍集

书同　胡竹峰　编

出版发行:	北京师范大学出版集团 安 徽 大 学 出 版 社 (安徽省合肥市肥西路3号 邮编230039) www.bnupg.com.cn www.ahupress.com.cn
印　刷:	合肥远东印务有限责任公司
经　销:	全国新华书店
开　本:	130mm×184mm
印　张:	51.5
字　数:	751千字
版　次:	2015年11月第1版
印　次:	2015年11月第1次印刷
定　价:	298.00元

ISBN 978-7-5664-1014-6

策划编辑:胡竹峰	**装帧设计**:胡竹峰
责任编辑:方　青	**美术编辑**:李　军
责任校对:程中业	**责任印制**:陈　如

版权所有　侵权必究

反盗版、侵权举报电话:0551－65106311
外埠邮购电话:0551－65107716
本书如有印装质量问题,请与印制管理部联系调换。
印制管理部电话:0551－65106311

总目

凡例

序（胡竹峰）

理论卷

作文讲话

修辞学讲话

随笔卷（上）

古庙集

樱花集

随笔卷（下）

青年集

秋风集

随笔三种

我的祖母

衣萍文存选

集外文选

诗词/书信/日记卷

深誓

看月楼词草

衣萍书信

给小萍的二十封信

倚枕日记

磨刀集

小说卷

出版说明

情书一束

衣萍小说选

编后记(书同)

凡例

一、本书采用选集的方法编撰。本书所收作品大部分采用了初版,部分初版难以查阅的,采用了再版。《随笔三种》等,参阅了两种以上版本。为阅读方便,编排时全部由竖版改成了横版。

二、为展示作者创作水准和特色,本书仅录作者原创作品,包括理论、随笔、诗词、书信、日记、小说等,其余如翻译、编撰、点校类作品,皆不收。

三、限于时间和途径,一些已见书名的作品如《柳眉君情书选》、《看月楼书信》、《磨刀新集》等,无法寓目,只好暂付阙如,留待日后增补。

四、本书以相近体裁进行分卷,分为理论卷、随笔卷、诗词书信日记卷、小说卷等。由于作者的创作体裁界限不十分鲜明,有的小说仿佛散文,有的书信也当作散文,模仿日本狂言所写的短剧也收在散文集中,因此,只能按照大致的原则进行分卷。

五、作者当年编辑文集时多处重复收录相同文稿。为保持原文集的整体风貌,采取整本收录的方式,但相同篇目只在一处收录,别处以存目的形式进行处理。

六、在本书校对过程中,对明显的错字、漏字、排印颠倒等直接进行了改正。对于方言、外国人译名或那个时代的一些习惯表述,以及"的""地""得"的非严格区分使用,原则上不作修改,以存原貌,少数几处以脚注的形式做了说明。依照新式标点规则,对原著标点符号特别是不规范的省略号、感叹号、逗号、问号、破折号等,做了较大修订,但仍有一些在不影响意思表达的情况下,未做改动。

七、作者原文中引用了较多英文,由于当年排印粗糙,存在一些明显错误,对此,多数直接进行了改正,实在难以辨认的,原样保留,以待方家。原文中的数字多以汉字形式出现,如年份、页码等,保留原貌,不改成阿拉伯数字。

序

胡竹峰

是老书，旧书铺里偶遇的，北新书局民国十七年五月版《樱花集》。从前的主人惜物，加有牛皮纸书衣。那么多年，书页消褪成南瓜黄了，一点火气也无，越翻越喜欢。封面落满片片樱花，清新秀雅，般配书中二十几篇章衣萍的文章。

还是老书，朋友大老远寄来的《古庙集》。舍下书不似青山也常乱叠，几次搬家，一时找不到了。书的内容还记得，书的样子也记得。书前几幅黑白照片，其中有章衣萍与女友吴曙天合影，二人佩玳瑁边圆眼镜。章衣萍穿长衫，意态风流，细看有倔强有不甘有不平有郁结。吴曙天一脸娇憨，眉目间依稀淡淡春愁。

章衣萍以"我的朋友胡适之"出名，是后来的事。有段时间不得志，寄身古庙，抄经为生，自称"小僧衣萍是也"。此六字带脂粉味，活泼泼有梨园气。到底是年轻人，我行我素惯了，办平民读书处，厮混市井间。虽在古庙，文章却不带破败与消沉，又清新又舒朗又敞亮。娓娓记下文事尘事，读来仿佛古庙庭院坐听树梢风声鸟语，静看人生几度秋凉。

章衣萍与周作人（知堂）私交不错，周写过不少长信给他，不乏体己话："北京也有点安静下来了，只是天气又热了起来，所以很少有人跑了远路到西北城来玩，苦雨斋便也萧寂得同古寺一般，虽然斋内倒算不很热，这是你所知道的。"

与周作人一样，章衣萍也博读，只是阅世不如人家深。好在所思所行不甘流俗，笔底乾坤大，处处是自己的天地自己的笔意。读周作人要的是他老辣不羁的识见学养，读章衣萍取其天真温煦的愤世和略带孤僻的性情。章衣萍曾说："在太阳底下，没有不朽的东西；白纸的历史上，一定要印上自己的名字，也正同在西山的亭子或石壁上，题上自己的尊号一般的无聊。"

有的文章句句本色，有的文章处处文采。本色是性情，文采是才气。章衣萍才气涂抹本色，像孟小冬老生扮相。

章衣萍文章多以理趣胜。如《古庙集》之类，几分周作人的风致与笔意，有谈龙谈虎的影子。章衣萍长于抒情，亦会讽刺，只是不及知堂翁老辣自然。知堂翁谈钱玄同与刘半农说："饼斋究竟是经师，而曲庵则是文人也。"周氏自己亦是经师，章氏则差不多是文人。周作人是中国现代文学的古董，白话文散发出青铜器光泽青铜器清辉，笔下尽是知性的沧桑和冷幽的世故，那样不着边际却又事事在理，心思藏得深，如井底的青石。

个人趣味而言，我喜欢章衣萍《枕上随笔》《窗下随笔》《风中随笔》。这三种随笔隽秀简洁，意味散淡，三言两语勾勒旧交新知音容笑貌，文仿《世说新语》，写章太炎写鲁迅写周作人写胡适写钱玄同尤其好玩，鲜活可信。如其言鲁迅翁的章节：

> 大家都知道鲁迅先生打过叭儿狗，但他也和猪斗过的。有一次，鲁迅说："在厦门，那里有一种树，叫做相思树，是到处生着的。有一天，我看见一只猪，在啖相思树的叶子。我觉得：相思树的叶子是不该给猪啖的，于是便和猪决斗。恰好这时候，一个同事的教员来了。他笑着问：'哈哈，你怎么和猪决斗起来了？'我答：'老兄，这话不便告诉你'……"

章衣萍念人忆事文章写得飘逸写得好看,又洋派又古典,性情的亮点与浮光时隐时现,比林语堂简洁,比郑逸梅摇曳,比梁实秋峭拔。浅浅描绘那些年那些人的言行,倒显得才子不只多情而且重义。

章衣萍,一九〇一年冬生于安徽绩溪北村,八岁随父至休宁县潜阜读书。那时其父叔辈在潜阜开有中药铺杂货铺。潜阜是新安江上游码头,许多绩溪人在那里经营小本生意。

章衣萍十四五岁入学安徽省立第二师范学校,喜欢《新青年》杂志,崇尚白话文白话诗,因思想太新被开除,随后辗转上海南京。在南京半工半读两年,经亚东图书馆老板汪孟邹介绍,投奔胡适,在北大预科学习,做胡先生的助手,帮助抄写文稿。

章衣萍与诸多文人交往密切,和鲁迅也走得很近。一九二四年九月二十八日午后,经孙伏园引见,章衣萍携女友吴曙天拜访鲁迅,开始交往,稍后协办《语丝》杂志。查《鲁迅日记》,关于章衣萍的记录近一百五十处,直到一九三〇年一月三十一日止。六年间,两人走得很近,仅一九二五年四月《鲁迅日记》中就记下他们互访畅谈达十一次之多,且有书信往来。

章衣萍的成名作是小说集《情书一束》,此书某些篇章据说是与叶天底、吴曙天三人爱情瓜葛的产物。

据说《情书一束》出版后,章衣萍一时说北大俄文教授柏烈伟已将这书翻译成俄文,一时又说此书已有了英、法、日等国文字的译本,自己登报说《情书一束》成了禁书,使得这本书畅销一时,挣了不少版税。这倒和毛姆有一比。毛姆为求文章畅销,有次写完一部小说后,在报纸上登了这样一份征婚启事:"本人喜欢音乐和运动,是个年轻又有教养的百万富翁,希望能和毛姆小说中的女主角完全一样的女性结婚。"几天后,小说抢购一空。

章衣萍的文字好,舒放自如,缠绵清丽,快一百年了,读来兀自有味有趣有情。某些小说,比茅盾老舍巴金的读来亲切,更多些书写人的体温。茅盾老舍巴金读的书多,行文多书卷味。章衣萍不是这样,下笔放荡,多愁善感处有种颓唐美,从灰色的人间看人生的起落,小人物的爱恨苦乐中夹杂着人性的底色，一点也不像他的朋友胡适之。不入大雅的音符，自弹自唱，演绎着尘俗之乐，自有一番味道。

章衣萍的小说和郁达夫一样，有天真的颓废，多男女情欲之笔，道学家看了脸红。其实他落笔还算婉约，点染一下就过去了，比后世小说家也含蓄也收敛。看不顺眼的人，说他是摸屁股诗人。只因《枕上随笔》中借用了一诗人朋友的句子："懒人的春天啊！我连女人的屁股都懒得去摸了。"

那些年，章衣萍红过紫过。周作人给他辑录的《霓裳续谱》写过序，校点《樵歌》，有胡适题签题序，林语堂、钱玄同、黎锦熙作跋。可惜章衣萍体弱久病，未能在文字路上深一些精一些。

一九三五年底，章衣萍只身入川，担任省政府咨议，做过军校教官、川大教授等。在四川期间，章氏断断续续写了一些作品，有论者说多属应酬之作，俊逸少了，清朗少了，无从亲见，不好评价。但是一九三七年出版的旧体诗词集《磨刀集》甚为可读。自序说："来成都后，交游以武人为多。武人带刀，文人拿笔。而予日周旋于武人之间，磨刀也不会也。"

章衣萍诗词，自云学张问陶学陆游。张问陶诗书画三绝，是清代性灵派三杰，主张"天籁自鸣天趣足，好诗不过近人情"，又说"诗中无我不如删，万卷堆床亦等闲"。章衣萍作诗填词生气自涌。慷慨悲歌处偏向陆游，直抒胸襟则隐隐有明清风致，处处可见性灵的幽光。譬如这一首：

> 漠漠深寒笼暮烟，晚梅时节奈何天。
> 不妨到处浑如醉，便与寻欢亦偶然。
> 夜永可能吟至晓，愁多何必泪如泉。
> 浦江家去三千里，哪有心情似往年？

章衣萍个性强烈，文如其人，其旧体诗词亦如此，大抵是人之常情的妙然展现。再如这一首：

> 敢说文章第一流，念年踪迹似浮鸥。
> 悲歌痛哭伤时事，午夜磨刀念旧仇。
> 世乱心情多激愤，国亡辞赋亦千秋。
> 沙场喋血男儿事，漂泊半生愿未酬。

章衣萍生前出版集子好几十本，小说、散文、随笔、翻译、古籍点校、儿童文学之类均有涉猎。章衣萍的文章是章衣萍，率性意气，放浪而不失分寸，许多地方固执得可爱，却永远也抹不掉那几分萧索的神态。他的作品现在看，有些章节写露了，不够含蓄不够熨帖不够精准，年纪不够，人书俱老的话也就无从说起。

一九四七年，章衣萍在四川突发脑溢血去世，终年四十六岁。二〇一五年，五卷本《章衣萍集》出版，时间过去快七十年了。

二〇一五年五月五日，郑州，木禾居

目 录
CONTENTS

作文讲话

3 | 序

7 | 第一讲 作文的意义和功用

18 | 第二讲 作文与读书

29 | 第三讲 观察与想象

41 | 第四讲 论用字

60 | 第五讲 论造句

74 | 第六讲 论结构

83 | 第七讲 记事文

100 | 第八讲 叙事文
143 | 第九讲 解说文
174 | 第十讲 议论文

修辞学讲话

203 | 序
207 | 第一讲 修辞学的意义
212 | 第二讲 修辞学的内容与形式
274 | 第三讲 修辞格论
296 | 第四讲 文体论
324 | 第五讲 文类论
356 | 第六讲 修辞学的历史

# 作文讲话

序

我自己虽然曾胡乱涂几句文章,但我实在还不知道文章究竟要如何做法。在我初做文章,在《语丝》上发表的时候,我的一个先生便怕我的文章做不好。但文章究竟怎么做才好呢?我的先生没有说,我也不知道。

我一生最佩服周作人先生。他曾告诉我,文章做得不好也要做。随时做得不好,随时丢去,老做下去,总慢慢会好的。我得了周先生的鼓励,时常把我的不好的文章发表,已经五六年了。究竟我的文章已经做好与否,我也不知道。

去年夏天，我在吴淞海边养病，长日多暇，想做一部书，叫做《怎样作文》，是为了我的三弟观彪做的。我十年不曾看见我的三弟，他居然已进中学了。他写信来问我文章究竟怎样做才好，他大概以为他的老哥已经成了文豪了吧。但文章怎样做才好，我实在不知道。

《怎样作文》究竟要怎样做，我也不知道。

但总而言之，我已经起了一个著书的心了。我想用小说的体裁，把个人从幼到壮的学文历史写了出来。《怎样作文》又名《作文的故事》。可惜我病总是缠绵着，《怎样作文》的广告登出去了，一年过去了，而《怎样作文》终于没有写成。为什么终于写不成呢？我也不知道。

但因此我得尽读中国关于作文的书籍。觉得那些书籍，当然也有好的，但大都板起脸孔，装出老师架子，有趣味的绝少。我因此觉得我的书也还有做的必要。《怎样作文》是一部比较大的著作，想搁下了，先做一部简单的，叫做《作文讲话》。为什么不做"大著"，要先做"简单的"，这个理由，我也不知道。

今年夏间，我在莫干山养病。同住的顾寿白先生，是个有名的医生,而且是著作家。山高人少,竹翠风凉。我因此起了一个决心,在四十五天之内,居然把《作文讲话》写成十讲。十讲讲完,顾先生早已下山,而山中的气候也渐冷起来,于是我也坐轿下山,带了稿子回到上海来了。

这部稿子的简陋是可想而知的。山中绝少参考书,我带去的几本旧书,在路上又被好学者悄悄地偷去了一半。一天,我想起《水浒》中一段描写黑旋风爷爷的文章,想把《水浒》拿来一查,但一部四册的《水浒》只剩一册了。我找遍了莫干山,也找不着黑旋风爷爷李逵的影子。但李爷爷的出口伤人的神气,我是仿佛记得的,于是只得含糊写了下来。

参考书是很少,引证举例当然难极了。后来得了房东黄光普先生的夫人郭慧英女士借了几部黄先生的藏书。因此,我的浅陋的著作,得增加了一些资料,对于郭女士,应该表示谢意。

我的著作虽然浅陋,但我的主张,也有值得海内学文以及教授国文的诸君的考虑的。如我主张作文应该多观察自然、观察人生,不该读死书(第二讲),以及观察想象为作文的基础方法（第三讲），都是值得考虑的。又如我不赞成出题目作文（第二讲及第十讲），以及要学生思想正确，应多读科学常识书籍（第一讲及十讲），也希望海内学文教文之好深思诸君，加以研究和讨论。

我的著作虽然浅陋，但我著书时没有板起脸子，看我的书的人当不致昏昏欲睡的吧。这是初级、高级中学学生们作文的有趣味的参考书，如果教师们拿在讲堂内教授，也可以的，我相信。

衣萍　上海
一九三〇年十二月二日

第一讲　作文的意义与功用

我们为什么要作文呢？作文有什么意义和功用呢？

人类有思想和情感，要表示出来，用嘴说的叫做"言语"，用笔写的叫做"文字"。把许多文字组织成一篇文章，叫做"作文"。木匠用一块块的木头造成一只木箱，砖匠用一块块的砖头造成一堵墙壁。木匠的工具是木头，砖匠的工具是砖头。我们作文的工具是文字。文字同言语一样，是一种工具，也是一种符号。

人类同禽兽不同的地方，是人类有文字而禽兽没有。人类能思想，思想是由"概念"构成的。禽兽只有

"表象",没有"概念"。

禽兽看见一棵树一朵花,至多只有树和花在眼中和脑中的明了的印象而已,而人类却能用一种记号,作为树和花的象征。这象征的概念的联合,在心里是思想,说出口来是言语,写在纸上是文字。思想是心里的言语,文字是纸上的言语。

但文字和言语不同的地方,是表示的方法不同。言语是"占有空间性的形"。因为言语不能传远,不能永久,所以才发明了文字。

人类是先有言语,然后有文字的。

人类的言语是从何产生呢?

据近代科学家说,人类的言语,是从人类劳动的呼声产生的。人类工作紧张的时候,他的呼吸器和发声器不知不觉发生一种呼声,例如街上挑担子的人,口里常哼着"杭唷"、"杭唷",这种"杭唷"的呼声,我们听见,即可知道有人在吃力地挑担子,即使我们没有看见挑担子的人。这种劳动呼声是一种无意识的言语,是一种原始的语根。樵夫砍柴时口里哼着"哈……哈"的呼声,船夫背纤时口里哼着"呵……呵"的呼声,肩夫背着东西时口里哼着"哦嗨……哦嗨"的呼声，这种同一劳动中发生的同一呼声，同一的符号，是有社会性的，都是无意识的语根。无意识的语根不能算作言语，却算是原始的言语。人类的原始语根不过二三十个。有这二三十个原始的语根，后来人类劳动方面逐渐复杂，社会的组织日益确立，经济日益发展，言语随着时代的要求而日益增加变化，才有今日千变万化的言语。（参看波格达诺夫《社会意识学大纲》第二篇）

中国的言语是最不统一的，一省有一省的言语，甚至一省内各县的言语也不同。这原因是由于领土太大和交通不便的原故。近数十年铁路和汽车路逐渐建立，交通发达，国语流行，中国言语统一的日子也不远了。

但使中国学生最麻烦的，是中国的文字和言语的分歧。原始的文字起源于绘画，中国所谓"依类象形"即绘画的变态。其后"形声相益"，变化益多，乃成为中国今日之文字。但中国的文字同欧洲的文字不同。"中国的文字是非拼音制（Non-spelling System），欧洲的文字是拼音制（Spelling System）；中国文字是单音制（Monosyllabic System），欧洲文字是多音制（Polysyllabic

System)"。中国的文字因为这两种原因，固定了不能同欧洲文字一样随着语言变化。"数千年来语言自语言，文字自文字"。（参看刘半农《中国文法通论》第一讲第二节）学者尽毕生之力尚不能把文字弄通。有人以为中国科学的不发达，原于文字的困难，其言实有至理。近十年来才有胡适之、陈独秀一班人出来提倡白话文，才有疑古玄同、黎锦熙一班人出来制定注音字母及罗马字母拼音，白话的势力渐要统一中国文坛了，罗马拼音的计划也快要实现了，中国文字的困难也不久可以免除了罢。

但在这"青黄不接"的时期中，教授国文仍为今日中学教育中的难题。从前刘半农先生在《应用文之教授》一文中曾"慨乎言之"的说：

> 第一，现在学校中的生徒，往往有读书数年，能做"今夫"、"且夫"或"天下者天下人之天下也"的滥调文章，而不能写通畅之家信，普通之报纸杂志文章者，这是谁害他的？是谁造的孽？
>
> 第二，现在社会上，有许多似通非通一知半解的学校毕业生，学实业的，往往不能译书；学法政的，往往不能草公事、批案件；学商的，往往不能

订合同、写书信；却能做些非驴非马的小说诗词，在报纸上杂志上出丑。此等"谬种而非桐城，妖孽而非选学"的怪物，是谁造就出来的？是谁该入地狱？

现在我们离刘半农先生说这话已经十几年了，我不知道我们的亲爱的中学生们的国文程度究竟进步了多少。明眼的人自然会心里明白的罢。

中学国文标准应该怎样？目的是什么？从前胡适之先生在他的《中学国文的教授》中曾拟了一个"中学国文的理想标准"：

（一）人人能用国语（白话）自由发表思想——作文、演说、谈话都能明白通畅，没有文法上的错误。

（二）人人能看平易的古文书籍，如"二十四史"，《资治通鉴》之类。

（三）人人能作文法通顺的古文。

（四）人人有懂得一点古文文学的机会。

（《中学国文的教授》，《胡适文存》第一集一册）

胡先生很客气地说："这些要求不算苛求吗？"胡先生那篇文章是民国九年三月间做的。现在离胡先生做那篇文章的时间又已经十年了。我们在最近一两年做过中学教员的人,当知道现在中学生的国文程度究竟怎样,同胡先生的"理想的标准"相去有多少远。

平心而论,中学生的国文在初中三年中至少是应该弄"通"的。学生进高中后,学商科、学农科、学理科的人,是不应该多花时间来弄国文了。正因为中国自古把文学看得太重了,正因为现在学科学的人也不肯在数理方面用功夫,所以中国到现在还只能产出一班空谈的"八股科学家"。学科学的人不会做诗,不会填词,甚至于不会看古书、读古文,都不算是耻辱。正因为中国人把文学看得太重了,所以丁燮林在北大讲了几次的《相对论》,谁也不肯注意,待到他的《一只马蜂》短剧发表以后,即刻名满天下了。中国的社会不睬科学家,科学家也不肯在研究室里用功夫,全走到街上来跟着文豪吟诗作曲了。这样混下去,中国的科学永久不会发达的。(上面所说科学,系指自然科学,中国今日最需要的是自然科学,因为我们的物质文明实在太不发达了。社会科学当然也很重要的。因为自然科学的目的在利用天然能力,社会科学的目的在改造社会环境。两三年来,社会科学的运气渐渐亨通了,虽然有名的著作出版还不多。总之,这种现象是可喜的。)

我常想,中国今日之是否真能得救,在于科学家能否发明物品,制造机器;文学家能否创造真正有价值的小说、戏剧、诗歌;社会改革家能否真正投身群众中间,艰苦卓绝,努力革命。学术上的分工,精力上的专注,是很重要的。鲁迅先生曾说了一个很有意义的譬喻,好像说,就是一条牛,杀了卖肉就不会耕田,耕了田就不能卖肉,卖了肉就不再成只拿来祭孔。一个人能够革命,又能够造机器,写文章,原是很好的事。但实际上这样的天才是很少的。好多历史上有名的革命家,大都抱定理想,百折不回,但也有读书很少的。革命家少读书不算是一件羞耻的事。正同科学家不会做诗也不算是一件羞耻的事。书本读得多的人,头脑太复杂了,顾此顾彼,思前想后,也许竟不能革命。中学生是在读书时代,教中学生丢去了书本全去革命是不对的。但中学生也不是小孩子了。社会的多故、时局的危急、世界的艰难,青年的中学生也不能不睁开眼睛来看看,自己将来究竟要做怎样的人。希腊的哲人达勒思(Thales)

说:"汝当自知。"这是中学生应该悬诸座右的教训。

国文诚然是重要的工具,中学生人人必修的科目。但平心而论,胡先生拟的"中学国文的理想标准"还未免太"理想"了。中学生不能看"古文书籍",不能作"通顺的古文",不能算是羞耻,假如他将来是预备学工学商学农的人。像"二十四史"、《资治通鉴》那些"鬼书",卷帙浩繁,普通中学生哪有工夫去阅读!所以普通中学生的国文标准只要做到胡先生所拟的第一条已经够了:

> 人人能用国语(白话)自由发表思想——作文、演说、谈话都能明白通畅,没有文法的错误。

也许有人以为这个标准太低了。但中学的国文应该以国语(即白话文)为主体,是"天经地义"的。现在中学国文教学所以不进步,就因为一些教员不将"标准"放低,一些学生也不肯先将白话文弄得"明白通畅",就做白话诗,写白话小说,想做新文豪!刘半农先生曾概乎"学生读书数年,能做'今夫''且夫'或'天下者天下人之天下也'的滥调文章,而不能写通畅的家信。"现在"今夫""且夫"的文章也许没有人做了,但是"的""了""哟""呀"的白话诗,"风花""恋爱"以至"普罗""革命"的白话小说,在讲堂中自修室中"误尽苍生"也不少。说起来,我们一班创作家(恕我自大一次)也有罪过。我并不是反对中学生写白话诗写白话小说。我不会这样荒谬。但诗和小说都是文学(Literature)。中学生却并不是将来个个要做文学家。中学生最要紧的是先把普通的白话文(Language)弄"通"。文章的"通"有两方面:一方面是技巧,即字句文法的没有错误;一方面是内容,即思想的正确。

所以依我个人的愚见,中学的国文课程,应以下列原则为标准:

(一)我们应该知道文学同言语一样,是一种表示思想和情感的工具,中学生的国文教授,应该以白话文为主体,使中学生人人能用明白通畅的白话作文,自由表示思想情感,没有文法和理论上的错误。

(二)我们应该承认人的天性各有所近,学术上的分工是很重要的,应该使高中实科(农、工、商等科)的学生多花时间学习专门学科,(学科学的学生尝试一些文学趣味原是很好的,但眼前多数中学生的新文学热、轻视科学，实在不是好事。）并且应该使他们知道文学也是一种专门的学科，非有相当的天才和艰苦的修养，不能有所成就。

（三）我们应该使有志专门文学的中学生，知道小说、诗歌、戏剧是人类心灵的最高表现。创作不是一件容易的事情，应该拿经验作底子，应该多读多作，但是不应该滥作。应该先将普通应用文（记事文、叙事文、解说文、议论文）弄通，然后致力于小说、戏剧、诗歌的创作和练习。

我是一个爱文学的人。这本小书是为了有志爱好文学的中学生们做的。但我却不是迷信文学万能的人。杀猪的总说猪肉好吃是不对的，也许牛肉、羊肉比猪肉更好吃，更有滋养。我希望爱好文学的中学生们读了我的书（或者在讲堂上由教师讲授）能得着一些益处。至于那些将来有志于工、商、农或自然科学、社会革命的学生们，能牺牲一小部分时间看看这册小书，也许对于他们的应用文字上或略有用处。倘说看了无用，不看也罢了。

作文有什么意义与功用呢？什么是一篇文章呢？

让我来下个简单的定义吧：

作文是使人们能够用通畅或优美的文字自由表现个人的思想和情感。一篇文章就是拿一些有组织的文字,来表现个人对于某一个问题的思想和情感。

第二讲　作文与读书

作文与读书有什么关系呢?

杜甫的诗说:"读书破万卷,下笔如有神。"俗语也说:"熟读唐诗三百首,不会吟诗也会吟。"中国人的作文做诗,大多数抱着一个老法子,叫做"多读书"。

多读书是不是对于作文有帮助呢?

就是照现在我们的眼光看来,当然也是有的。

我们要我们的文章没有用字上的错误,我们便应该研究文字学;我们要我们的文章没有造句上的错误,我们便应该研究文法学;我们要我们的文章没有思想上的错误，我们便应该研究伦理学；我们要我们的文章做得美，我们便应该研究修辞学。其余如经济学，如心理学、社会学、动植物学等，皆和文学直接或间接有关系。

所以我们要文章做得好，不可不用功读各方面的书。

上面的话，也许中学生诸君看了未免要大吃一惊，说："要研究那些科学才来作文，作文一事，岂不太难么？"

我说："不是的。我的话是就广义说。我说的是那些科学常识都和作文有关系，却不是要人把各种科学全弄好了才去作文。"

从前有个卖臭虫药的，说是他的药如何灵，人家买来回家一看，原来包内是"勤捉"二字。要臭虫断根只有"勤捉"，要文章做得好只有"勤做"。

学绘画的人只懂得一些光学、透视学、色彩学的原理，不肯用笔去画，是不行的。作文也是一样。只懂得一些文法、修辞的原理，不肯用笔去做，终究做不出好文章。作文正同蜘蛛抽丝一样，要抽才有，不抽永远没有。

读书供给作文只有两方面的用处：一方面是思想方面，我们从书中懂得世间各方面的真理，人生各样的真相；一方面是技巧方面，我们可从古今各大家的文章上觉得他的词句的美丽和风格的清高。

但是，世界上的书籍很多，青年人读书究竟从何读起呢？这的确是一个问题。这不但在青年们成为问题，在老年人也成为问题。正如从前北京教育部有个司长，很有钱，吃得很胖，而且也很肯买书的。但是他常常叹着气说："不得了！不得了！书太多了，不知道读哪一本好。"世界上这样的叹气的人很多，有老年，也有青年。英国的文学家培兰德（Arnold Bennet）曾说过笑话，以为问读书要从何读起，正同狗咬骨头要从何咬起，一样奇怪，培兰德的意思，是主张趣味的读书法的。

趣味的读书法是很重要的。现在中学生国文程度不佳，很大的原因，是不准学生去看有趣的书。我从前在徽州一个师范学校读书，那学校的校长胡子承先生，是个很顽固的人，不许学生看小说（看小说是要记过或开除），甚至于《新青年》也禁止学生看。但我自己的白话文却是从小说中学来的，因为我们徽州的土话，离白话文很远。现在像胡子承那样禁止白话文的人是很少（我不敢说没有）了，但许多教员多抱定几册商务、中华的国文教本，教的大概是十年以来《新青年》以后一般作家的作品。老实说，这十年以来的新文学，大概都是些"急就章"，真正有价值的作品很少。我们应该鼓励爱好文学的学生多看他们所喜欢看的书，正如周作人先生所说：

> 小说，曲，诗词，文，各种；新的，古的，文言，白话，本国，外国，各种；还有一层，好的，坏的，各种，都不可以不看，不然便不能知道文学与人生的全体，不能磨炼出一种精纯的趣味来。自然，这不要成为乱读，须得有人给他做指导顾问，其次要别方面的学问知识增进，逐渐养成一个健全的人生观。（《我学国文的经验》，《谈虎集》下卷）

周先生的后面几句话也很重要的。要有"指导顾问"，可以说是有系统的读书法。系统的读书法也是重要的。培根（Bacon）曾说：看书同吃东西一样，有的随便尝尝就够了，有的应该吞咽下去的，有的应该咀嚼消化的。没有系统的读书，止同随便吃东西一样，一定要弄成胃扩张，不消化的。有系统的读书，可分两面说。一面是我们如要懂得一些文学原理，就应该看些什么本间久雄的《新文学概论》，厨川白村的《苦闷的象征》或卢那却尔斯基的《文艺与批评》之类。如要研究自然主义的作家，则不可不读弗罗贝、佐拉、莫泊三的作品，这叫做"专门的读法"。一面是应该知道世界上真正有价值的作品并不多，我们应该选最好的书来读。如法国诗人波德莱尔（Baudelaire）爱好爱伦·坡（Edgar Allan Poe）的著作，翻译了许多爱伦·坡的诗，所以他自己的诗也受了爱伦·坡的影响。又如歌德的《浮士德》（*Faust*）的有名，是大家知道的，但如曾孟朴先生所说，他"不隐居乡间，译了《狐史》，哪来《浮士德》的成功"。又如法人伏尔泰（Voltaire）作文，常常先把马西隆（Massillom）的书拿来读，弥尔顿（Milton）一生也只爱荷马（Homer）与欧里庇得斯（Euripides）的著作。这就是"咀嚼消化"的读书法，使自己受了书的影响，使书的灵魂成为自己的骨肉的。这叫做"精选的读法"。

"别的方面的学问知识"也很重要的。我在前一讲曾说学科学的人不应该为文学多耽误工夫。学科学的人鉴赏或尝试一些文学趣味是可以的。但如目下中学生之不喜欢数理等科，以及国内出版界自然科学书籍的不畅销，关于高级自然科学的书，竟至没有书店肯印，实在是可虑的事情。学科学的学生应该专注精力于科学，是不用多说了。就是学文学的学生，也不可不有普通的科学常识。夏丏尊先生在他的《文章作法附录》曾说：

> 无论如何地设法，学生的国文成绩，总不见有显著的进步。因了语法作文法等底帮助，学生文字在结构上形式上，虽已大概勉强通得过去，但内容总仍是简单空虚。这原是历来中学程度学生界底普通的现象，不但现在如此。
>
> 为补救这简单空虚计，一般都奖励课外读书，或是在读法上多选内容充实的材料。我也曾如此行着。但结果往往使学生徒增加了若干一知半解的知识，思想愈无头绪，文字反益玄虚。我所见到的现象如此，恐怕一般的现象也难免如此罢。（《国文科教授上最近的一信念》）

夏先生的结论是"传染语感于学生"。教员"自己努力修养，对于文字，在知的方面、情的方面，各具有强烈锐敏的语感，使学生传染了，也感得相当的印象，为理解一切文字底基础"。但是我以为这也不是根本办法,要学生的思想不空虚,根本的办法只有学一些根本的科学常识。郭沫若曾说诗人不可不懂得天文学,实在是有见识的话。我以为学文科的高中学生,也不可不有下列的科学常识:

（一）应该多看一些社会科学的书,懂得一些唯物史观、经济史观、人类学等常识。

（二）应该多看一些伦理学、心理学的书籍,懂得一些思想法则、心理现象。

（三）应该多看一些自然科学的书,如生物学、物理学、天文学,懂得一些天、地、人、物的历史和现状。

这是根本办法,可以医"思想无头绪","文字玄虚"的大病的（周作人先生曾对青年讲过这样的忠告,请参观《谈虎集》下卷,《妇女运动与常识》。我的意思完全与周先生相同,略以鄙见补充一点,因周先生对于伦理、心理等科未说明）。普通文科学生总带些自命文豪的气味,对于一切科学都看不起。其实,懂得一些科学常识是做人的基础,做人比做文豪要紧得多。做一两句白话诗,做几篇短篇小说,实在算不了什么大事,挂不起文豪的招牌哪!

读书对于作文的重要,上面大略说过了,但中国青年学生还有一件最重要的事情,是养成善于怀疑、独立思想的精神。

叔本华(Schopenhauer)说得好:

> 写在纸上的思想,不过是印在沙上的行路人的足迹,人们虽然可以因他而明知道前人所取之道路,但行路人为行路和观望前面什么风景起见,是必须使用他自己的眼睛的。

所以书上记载的"真理"和"人生"究竟多是纸上的。叔本华是主张思想,反对读书的。他曾说过很妙的话:思想是自己跑马,读书是让旁人在我们的脑里跑马。他的话自然有点偏激。但是中国是一个泥古的民族,所以"王安石创经义试士之制,行之千年;武后行弓刀步石武科之制,行之千年;萧何行漕运之制,行之二千年"(康有为弟子徐勤的话)。女人缠足,"或谓始于李后主,宋人只有程颐一家不缠足",缠足也缠了千年。无论什么笨事傻事,都行之千年而没有人敢怀疑,没有人敢改革,这真是世界鲜有的奇谈。有人说中国人的头脑是一枚明镜,映进红的就是红的,映进白的就是白的,一点变化也没有。这是可以亡国灭种的头脑!

我们现在最要紧的是使学生们在作文中养成独立思想的习惯。程颐说:"学原于思。"胡适说:"学原于思,思起于疑。"胡适又说:"我们读古人的书,一方面要知道古人聪明到怎样,一方面也要知道古人傻到怎样。"这都是我们很好的教训。我们要学生宁失之过疑,不要失之过信。

真理是有时代性的,人生是变迁无穷的。一切古今人的书籍都是我们的参考品、我们的顾问官,我们要敢于疑古,也要敢于疑今。

我们要学生能够独立思想,不要"掉书袋"。

培根(Bacon)说得好:"书籍永远不会教给你书籍的用处。"

一切书籍都是参考品,思想方面是如此,文章的词句和风格方面也是如此。

法国文学家布封(Buffon)曾说:"文体即人。"韩德(Teigh Hunt)补充布封的话,说:"人即文体。"中国古语也说："文如其人。"世人没有两个相同的脸孔，树上没有两个相同的果子，山上没有两个相同的石头。一切物体都有个性，文章的词句和风格方面也应该有个性。

从前作古文的人专会模仿"先秦诸子"，模仿"两汉"，模仿"唐宋"，现在古文已经打倒，这些习惯是已经取消了。但是，模仿韩愈、苏东坡固是不对的，模仿梁启超、胡适之难道就对了吗？我们读古今名人的文章，要和蚕吃桑叶一样，吐出丝来。模仿好比蚕吃桑叶吐桑叶。中国的白话文的历史比文言文短的多，所以现在白话文正有待于我们的试验和创造，造成一种丰富优美而清新的词句和文体。我们要使白话文能够写景，写情，写意，写事，运用自如。我们要使白话文能够简洁，也能够繁复；能够明白，也能够深刻。几本古老的《红楼梦》、《水浒》，几册简单的《国语教科书》，几页浮浅的新创作小说，决不够我们学生的欣赏和研究。一切文章有两个伟大的导师：

一是自然，

二是人生。

我们要学生多多观察自然,研究人生,我们要学生从少养成这种习惯。我们不要学生迷信书本,我们要学生不做古人的奴隶,也不做今人的奴隶。

第三讲 观察与想象

观察（Observation）与想象（Imagination）是作文的两个根本要素。

实验主义者说，经验（Experience）就是生活，生活就是应付环境，改造环境。观察是经验的初步。经验是生活，文艺就是生活的表现，也可使生活向上。换句话说，文艺也可改造生活，使生活革命。

没有经验是做不出好的文章来的。没有精密的观察，就没有经验。没有到过西湖的人，决不能描写西湖的美；没有到过泰山的人，也决不能描写泰山的高；没有尝过黄莲的孩子，决不知道黄莲的苦；没有生过小孩的女人，决不知道做母亲的艰难；住在广东的小学生，决不能做文章来描写美丽的雪景；躺在四层洋楼上的革命文豪，也不会做出好文章来描写苦人生活。普通的竹叶是四散披开的，但莫干山的竹叶却密集似刺猬形的；普通的竹杆都是圆形的，但我们徽州休宁，古城岩的竹杆却是上圆下方的。一切人物都有特别的个性，没有精密的观察，便不懂得个性的区别。

中学生大概都喜欢读冰心女士的小说。有人说，冰心女士的生活太单调了，内容只有母亲和小弟弟。但冰心女士当年的经验中没有别的，只有母亲和小弟弟，我们也就不能逼她写出旁的东西来。正如我们不能盼望鲁迅先生给我们恋爱小说，鲁迅先生已经给了我们阿Q。胡适之先生曾说梅德林克（Maeterlinck）的《青鸟》是小孩子看的，因为胡先生的生活中就彻头彻尾没有神秘。人的经验是有限制的，但观察能把人的经验扩充，使经验丰富。

赵子昂画马，先伏在地上作马形。施耐庵写《水浒传》中一百零八条好汉，先画每个好汉于壁，朝夕凝思。这虽是传说，也有至理。文西（Leonardo de Vinci）为了研究人死时苦闷的表情，便去看杀头。至于自然主义的大师佐拉（E. Zola）为了描写酒店和妓女，而在巴黎的下层社会中鬼混，更是文学史上有名的故事。

我为什么教人作文要特别注意观察呢？

胡适之先生说得好：

> 中国的"文学"大病在于缺少材料。那些古文学家，除了墓志、寿序、家传之外，几乎没有一毫材料。因此，他们不得不做那些极无聊的《汉高帝斩丁公论》、《汉文帝唐太宗优劣论》。至于近人的诗词，更没有什么材料可说了。近人的小说材料，只有三种：一种是官场，一种是妓女，一种是不官而官、非妓而妓的中等社会（留学生、女学生之可作小说材料者，亦附此类）。除此以外，别无材料。最下流的，竟至登告白征求这种材料。做小说竟须登告白求材料，便是宣告文学家破产的铁证。
>
> （《建设的文学革命论》，《胡适文存》第一集一册）

胡先生所说的，是中国文学界的通病。提倡新文学以来，这种通病并未能革除。

从前中学生的作文大都由教员出些普通的题目，什么"勤俭耐劳论"哪，什么"讲求卫生论"哪，什么"爱国论"啦，什么"立志论"哪，千篇一律，是科举策论时代遗下来的流毒。近来这些策论式题目，是渐渐减少了，但也并未绝种。平心而论，出题目做文章本来是一件傻事。夏丏尊先生就是说他要先做文章，后想题目。普通中学一班学生至少有十人二十人。这十人二十人各有各的思想，各有各的个性。教员所出的题目，未必是学生头脑中所想得到的或以为有趣味的。勉强做出来的文章决没有好文章。我以为出题目做文，应该先指定一件事情或一片风景教学生去研究或观察。中学生应该多做应用的叙事文，如写信、记日记、游记或新闻记事等等。

现在的人天天口中嚷"改造社会"，但"改造社会"而不知道社会的真相是不行的。现在中国教育的缺点是把学生当做特别的人。以为社会是一个圈子，学生是另外的一个圈子。所以学农业的不能种田，学商业的不能做生意。我们徽州有个开馆店的有钱人的儿子，在上海读了五六年的英文，一天，租界上电灯公司来了一封英文信，他的父亲问他这信上说些什么，要他写回信，他竟瞠目不知所对。于是他的父亲打了他一个耳光，说："你这蠢东西！你还是回家吃老米去罢。"这不是"蠢东西"的过处，这是学校教育害了他。上海滩上学校里的英文，照例读些什么《伊索寓言》、《天方夜谭》、《莎士比亚的故事》，至多也不过读戈司密的《威克斐牧师传》、欧文的《见闻杂记》等。这些书读破了，也还不能写一封普通应用的信。这个故事可以给我们一个教训。我们成天在讲堂上同学生讲韩退之、苏东坡、胡适、郭沫若、郁达夫是没有多大用处的。学生的头脑里没有实际的材料做底子，眼睛里没有精密的观察，他们至多只能写一些旧的或新的"套语"。豆腐是红的，还是白的？谷是春天种的，还是夏天种的？是天上落下来的，还是地上长出来的？稗和稻有什么分别？牛同象有什么分别？大家一定以为，中学生那里这点常识也没有？我的话是"愚问"。我且说一个笑话。胡适之先生有两个儿子，长名思祖，年已经十几岁了；次名思杜，只有七八岁罢（因为他们的岁数，我不大记得清楚）。思杜前年跟着他母亲冬秀女士到绩溪去一次。回来后某天，思祖、思杜还有几个七八岁十几岁的孩子到上海近郊去玩，看见一只水牛，躺在水里。孩子们奇怪了，看了半天，说："这是什么东西呢？"其中有一个最聪明的孩子说："这大约是一只小象。"于是思杜笑了，说："这是一只水牛。"

上面的话，是去年夏天在吴淞福致饭店胡先生亲口告诉我的。那时我的《枕上随笔》刚出版，他说："你把这个故事收在《随笔》里罢。"后来我著《窗下随笔》时竟把这个故事忘了。现在我想起来，把这个故事记在这里。没有到过乡村的大孩子，就是最聪明的孩子，也难免把"水牛"当作"小象"。假使有人出个"水牛耕田论"的题目，这些小孩恐怕竟多数不能动笔。思祖的白话文是家传的，他很小的年纪便看了《水浒传》、《三国演义》等小说。但他也认不得水牛。实际的观察岂不重要吗？经验的教育岂不比书本的教育更重要吗？

岂但作文宜注重实际的观察，研究科学又何尝不是一样。普通的中学教动植物学，竟不肯让学生多观察实物，只是对着书本乱讲，所以引不起学生们的兴味。地理更是实际的科学。但是教地理的人，没有旅行的经验，只是随口乱谈，也是误人子弟的。我在徽州师范学校读书时，有一个地理教员，很负盛名。他很有口才，很受学生欢迎。一天，他在讲堂上讲到我们的首都北京，他兴高采烈地说："北京城冬天真冷呀！在那里过冬天的人，出门照例要把脸包起来。有一天，一个外省人冬天初到北京，出门露着脸，他口里呵出的气，眼中吹出的泪，都凝结成冰。后来回家，用手把脸上一摸，鼻子也不知道什么时候冻掉了！"那时我们学生听见这话，都相信得了不得！这个教员其实是足迹未到过北京的人。后来我从徽州到南京，从南京到北京去读书，那正是严寒的冬天。我在津浦车上只耽心我的鼻子难免冻掉，两晚不能睡。后来到了北京，觉得所谓"冻"也不过如此，大骂那个地理教员害人不浅！

这都是乱说空话，没有实际观察的毛病。中国的教育自古注重玄想，不尚实际。中国人的小孩子从前进蒙馆便念"人之初，性本善"（见《三字经》），西洋人却念"一只猫"（A Cat），"一只狗"（A Dog），"一个小孩"（A Boy）。猫呀，狗呀，小孩子呀，都是看得见的。"人之初，性本善"，性是什么呀？从小到老也弄不明白。中国人绘画注重临摹，西洋人却注重写生。这也许是东西洋文明分别的原因。近来的新教育，并不能将这些"玄想"的毛病完全革除。只看许多中学校物理化学都是对着书本讲讲，一点试验没有，可见科学到了中国，也变成"玄想"的空谈了。

我们要在作文中养成实际观察的习惯。没有看见过的，没有听见过的，没有自己经验过的东西不许学生乱写。我们要多选写实的记事的实用文章给学生看。现在中国的中学生大多带些"伤感"（Sentimental）。"呜乎！嗟乎！"的乱调是少些了，"呀唷！"、"唉！唉！"的乱调又来了。我们要用实际的观察去医那些"玄想"的伤感的毛病。许多人都不许学生知道社会的黑暗，怕学生同化，这是不对的。中学生不是小孩子了，我们要中学生知道社会是黑暗的，要他们从黑暗中努力走入光明，要他们知道人生是苦的，努力向苦中求乐。我常想，中学生大概都喜欢看郭沫若译的《少年维特的烦恼》，其实还不如看徐志摩译的《赣弟德》。因为《赣弟德》真是一册"忍耐怜悯的记载，温柔软和的《圣经》"。

观察是重要的,但想象也极重要。

夏丏尊先生说得好:

> 经验以外,尤有一个重大要素,就是想象。左拉虽经验了酒肆的状况,但对于其小说中的男女人们的淫荡,是难有直接经验的。弗罗贝尔虽试尝过砒霜的味道,但女主人公的临死的苦闷是无法尝到的。莎士比亚(Shakespeare)曾以一个人描写过王侯、小民、恋爱、弑逆、见鬼、战争、嫉妒、重利盘剥、妖怪等等。被斥为专描写性欲的莫泊桑,一生中也未曾有过异常的好色的经验。可知经验并不是文艺的唯一内容,文艺的本质是美的情感,情感固可缘经验而发生,亦可缘想象而发生。我们对了目前洋洋的海,固可起一种情感,但即使目前无海,仅唤起了海的想象时,也一样地可得一种情感的。艺术不是自然的复制,是一种创造。在这意义上,想象之重要,实过于经验。虽非直接经验,却能如直接经验一般描写着,虽是向壁虚造,却令人不觉其为向壁虚造,这才是文艺作家的本领。
>
> (《文艺论 ABC》第五章)

胡适之先生也说:

> 实地的观察和个人的经验,固是极重要,但是

也不能全靠这两件。例如施耐庵若单靠观察和经验,决不能做出一本《水浒传》。个人所经验的,所观察的,究竟有限。所以必须有活泼精细的理想(Imagination),把观察经验的材料,一一的体会出来,一一的整理如式,一一的组织完全,从已知的推想到未知的,从经验过的推想到不曾经验过的,从可观察的推想到不可观察的。这才是文学家的本领。

(《建设的文学革命论》第一集一册)

胡先生所说的"理想",便是我所说的"想象"。什么是想象呢？想象就是我们所见的,闻的,以及感触的影像涌现在我们心上来。但是想象仍以经验为基础的。住在热带没有见过雪的人,他们虽然可以从书上画上知道雪是白的,但白的雪究竟是什么样的东西呢？是同纸一样的白呢？是同银一样的白呢？是同老年人的白的头发一般的白呢？他们就不能想象了。正如没有到过泰山的人,决不能想象泰山日出的奇景。中国人是个想象不发达的民族。我们的古代神话比起希腊神话就拙劣得多。我们文学中最著名的诗,也多数是"短小的抒情诗,缺少伟大的叙事诗"。只有《楚辞》可说是一部出类拔萃的作品。但像荷马（Homer）那样伟大的诗篇，中国文学中竟找不到！我们想象中的天堂更可笑了，只是吃饭不做事的玉皇大帝，呆笨的金宫银阙，吃些不消化的琼液玉浆，同小白脸的金童玉女鬼混。这完全是拙劣的帝王享乐心理的表现。在神话上，古代的"西王母"只是一个"虎齿豹尾"的瘟神（见《山海经》），但司马相如作《大人赋》，"吾乃今日睹西王母，暠然白首戴胜而穴处"，西王母已经变了一个白发的老婆婆了。在《汉武帝内传》上的西王母"视之可年三十许，修短得中，天姿掩蔼，容颜绝世，真灵人也"。西王母已成了真神仙，真美人！到了唐代受了佛教的影响，西王母被忘却了，大家只知道黎山老母。后来，黎山老母又被忘却了，大家只知道救苦救难的观世音。明清以来，观世音菩萨之名声和庙宇遍天下，而黎山老母西王母全无声无息了。想象不是记忆，但不靠着记忆力是不行的。

中国人是记忆力不佳的民族。只有空想，只有胡思乱想，而没有正当的想象。这是一切文学不发达的原因。

想象是把实际加以改造，加以组合，加以个人化、美化。照相只是实地的摄影，绘画则能在实景中加以作者的想象,所以绘画有生命,而摄影没有。我们要使学生想象力丰富,我们应先使学生观察仔细、正确。要学生能随时随地有正确的观察,然后能随时随地发生丰富的想象。

第四讲　论用字

用字是作文的初步。一篇文章是由许多句子集成的，一个句子却由许多字集成的。章士钊说：

> 句，集字而成者也。如《孟子》云："齐宣王见孟子于雪宫。"共九字为一句，分视之则为字，合视之则为句，此字与句之区别也。
>
> （《中等国文典》第一章）

用字是作文的初步，也是作文的根本。文学是字的艺术，字是文学的媒介物（medium）。文学不能如绘画雕刻一样，使我们直接看见物体，一目了然，也不能如音乐一样，使我们一听见便能引起感情。一篇文章，无论是一篇小说，一篇谈哲理的论文，一篇有趣味的游记，都非用许多字作媒介不可。但是文学却有绘画雕刻所不能表现的地方。文学较之绘画雕刻，更能表现繁复的思想、情感和各方面的人生。

　　字是文学的媒介物，所以一篇文章做得好不好，要看用字用得好不好。古人说："韩信将兵，多多益善。"但是用字同用兵不同。用兵要多，用字要少，用字用得好，能以很少的字表现繁复的思想。古人作文多注意"练字"。美国小说家欧·亨利（O. Henry）很注意用字，常常带着一本字典在袋里。替欧·亨利作传的斯密士（C. Alphonse Smith）说："《韦氏字典》是欧氏的好友。他不仅把字典当做参考书，并且把它当作理想的来源（a source of ideas）。"法国小说家弗罗贝尔教他的学生莫泊桑做小说，也说做小说最要紧的是选字，因为一件事物有一件事物的个性，一件事物只有一个适当的言辞去表现。中国古代文人也很讲究用字的。所谓——

　　　　吟成一个字，
　　　　捻断几茎须。

便是诗人用字艰苦的表现。唐朝诗人贾岛的"推敲"也是文学史上有名的例子。

我们知道用字的重要,则作文时对于用字不可不十分注意。我以为用字要注意的,大略有四点。

一、平易

初学作文的人,用字应该用现代的普通平易的字。所谓"现代普通平易的字",就是使同时代看的人容易懂。从前做古文的人,有个很坏的脾气,便是做文一定要捡人所难懂的字,以为不如此,不足以表示其学问之高深。明陶奭龄著的《小柴桑喃喃录》中有这样一个笑话:

> 元末闽人林钺为文好用奇字,然非素习,但临文检书换易,使人不能晓。稍久,人或问之,并钺亦自不识也……

(明陶奭龄著《小柴桑喃喃录》卷上)

作文竟做到自己亦不认识的地步,这真可以不做了!

同这相反的例子,是白乐天的作诗法:

> 白乐天每作诗,令一老妪解之。问曰"解否?"妪曰"解。"则录之。"不解",则易之。

(惠洪《冷斋夜话》卷一)

作诗倘作得"老妪"能解，固是不容易事。但白乐天作诗之要求易懂，可见一斑。

很多初学作文的人，总不肯从用字平易入手。正如脸面污秽的妇人，也想涂脂抹粉，假充时髦。要涂脂抹粉，也应该把脸面洗得干净才好，用字平易是把脸洗干净的工作。要把脸面洗干净了，然后可以讲修饰。要把平易的字用通了，然后才可以讲修辞。

文字是进化的。古人有古人所用的字，今人有今人所用的字。我们要用平易的字，换一句话说，就是这个时代的人，用这个时代的字。我们且抄一段胡适之的打油诗：

> 文字没有雅俗，却有死活可道。
> 古人叫做欲，今人叫做要；
> 古人叫做至，今人叫做到；
> 古人叫做溺，今人叫做尿；
> 本来同是一字，声音少许变了。
> 并无雅俗可言，何必纷纷胡闹？
> 至于古人叫字，今人叫号；古人悬梁，今人上吊；
> 古名虽未必不佳，今名又何尝不妙？

至于古人乘舆,今人坐轿;古人加冠束帻,今人但知戴帽;

若必叫帽作巾,叫轿作舆,岂非张冠李戴,认虎作豹……

(《尝试集自序》,《胡适文存》第一集一册)

这一段打油诗说古与今字甚妙。他把古字当作"死"字,今字当作"活"字。"活"字即我所说"平易"的字。一般泥古的人总以为非用古字或偏僻的字不能写出好文章。其实会做文章的人,正要用平易的字;正如善绘画的人,欢喜用铅笔来画素描。《庄子》上说:"道在溲溺。"《庄子》的文章是最好的,但他竟敢用"溲溺"这些字在句子里。近代吴稚晖先生也最会用平易的俗字俗语,嬉笑怒骂,皆成好文章。《红楼梦》、《水浒》均用平易的俗字俗语做的,写人,写景,写情,俱非古文古字可及。可见用平易的字,正可做出很好的文章。

二、确切

平易是用字的初步。但文章做得好,用字应该用得确切。古语说:"在山泉水清,出山泉水浊"。同是一样的泉水，为什么在山则清，出山则浊呢？这不是水的本质不同，是水的环境不同。同是一样泉水，放在清的地方就清，浊的地方就浊。这句话可以比喻用字确切的重要。同是一样意义的字，但用这个字便觉得好，用那个字便觉得不好，这便是确切不确切的分别。正如贾岛的"僧推月下门"，当然不如"僧敲月下门"。齐己的《咏早梅》"昨夜数枝开"也不如"昨夜一枝开"来得确切。为什么"一"字比"数"字好呢？因为一枝开才表现得出早梅的精神。我从前学做诗，有"有泪无处哭，西风好相挥"的句子，后来给胡适之先生看见了，替我改为"有泪无处哭，西风好相吹。""吹"字当然比"挥"字好。因为"西风"只能相吹。可见用字确切是重要的。

怎样才可以使用字确切呢？要用字确切，该注意的有几点：

（一）应该注意人物的个性；
（二）应该注意地域的关系；
（三）应该注意时代的异同。

人物的个性是重要的。林黛玉有林黛玉的个性，贾宝玉有贾宝玉的个性；武松有武松的个性，李逵有李逵的个性。史湘云因为有点咬舌子,所以叫宝玉二哥哥,叫成"爱哥哥"。这个"爱"字只有用在史湘云口中才对,若用在林黛玉口中便不对了。又如宝玉眼中初见面的林黛玉,是"两弯似蹙非蹙笼烟眉,一双似喜非喜含情目"。这"似蹙非蹙"、"似喜非喜"的形容词,形容多愁多病的林黛玉的眉目正对,要拿来形容薛宝钗便不对了。又如武大郎因为生得矮,所以叫做"三寸丁谷树皮",这话若拿来形容"身长八尺,一貌堂堂"的武松便不对了。又如李逵一出口便是"干鸟气么!"这话是黑旋风爷爷的口吻。知文知理的宋江便不会说出那样"鸟话"了。各人有各人的个性,所以写各人的举止、容颜、口吻都不应相同。

岂但写人宜注意个性,写景物也宜注意个性,因为景物有地域的关系。作《老残游记》的刘鹗先生说:

> 止水结冰是何情状?流水结冰是何情状?小河结冰是何情状?大河结冰是何情状?河南黄河结冰是何情状?山东黄河结冰是何情状?须知前一卷所写是山东黄河结冰。
>
> (见《老残游记》第十一回原评)

同是一样的水结成的冰，却有"止水"、"流水"的不同，"小河"、"大河"的不同，"河南"、"山东"的分别。正如大明湖的景致，不同于西湖，也不同于玄武湖。黄山多松，莫干山多竹，庐山多云。这都是地域的关系。用字用得确切，应该知道各地的特别个性，所以我在前面曾说实际观察是很重要的。又如西洋人以面包为主要食品，中国人以米饭为主要食品。我们若说西洋人非吃饭不能生活，便不对了。因为他们一辈子不吃饭也会活着的。各地方的习惯有区别，不容混写。如南洋人用手指吃饭，我们用筷子吃饭。我们若写南洋人吃饭全用筷子也就不对了。这都是地域的关系，应该知道各地方的景物、风俗、习惯的异同，用字才能确切。

时代的异同也是很重要的。钱玄同先生曾说："故如古称'冠、履、袷、裳、笾、豆、尊、鼎'，仅可用于道古；若道今事，必当改用'帽、鞋、领、裤、碗、盆、壶、锅'诸名。"

这是时代名词上的变迁。中国文字，虽然是独立的，也时受别种的影响。如从印度来的"卍"字，从蒙古来的"歹"字。又如"袈裟"、"刹那"、"辟克匿克"等外国译名，也随时代而流行。如胡适的"辟克匿克来江边"一句诗，若改为"带了食物来江边"，意思反不周到。近来的小说散文中常见"威那斯"（Venus）、"蜜丝"（Miss）、"烟士披里纯"（Inspiration）、"憧憬"（Akogare）等等新词，用得恰当，能增加文字的美丽与有力。善于作文的人，应该随时代而采用新的名词与字，俾文章能代表时代的精神。

三、巧妙

怎样可以用字巧妙呢？从前杜甫有句诗，是："语不惊人死不休。"很可拿来表示用字巧妙的精神。用字巧妙不是一件容易的事，要详细讨论，须研究《修辞学》。我在这里，只能很粗浅地谈谈。

（一）象征

象征便是一种具体的写法，这名词是新译的，但中国古文书中也有不少象征的写法，即所谓"譬喻"。如以"白发"写"老人"，以"衫青鬓绿"写"少年"，以"红巾翠袖"写女人，以"姹紫嫣红"写春天，以"西风红叶"写秋天等都是。这类具体写法的新辞，在当时本为有天才的文人新造的，但后来经无数的饭桶文人的滥用，渐渐成为"套语"了。写到这里，我忽然看见一本《作文述要》的一段文字，且引在下面：

> 假使我们要记一样东西或一样事情，要它具体明白，非练字不可。例如我说"桃花红"，那桃花怎样红法，红到怎样，仍不知道。便是说"桃花甚红"，也不具体。假使说"桃花醉"，那却把桃花红的情状，和漫烂的意态，都写出来了。从哪里写出起的？从一个"醉"字。因为我们讲到醉字，便联想到醉酒人的红面，和他漫惘的情态了，好像桃花也是这样。又如我说"她发怒了"，这是极不具体的一句话。因为她的性格和怒的情况，都没有表示。假使说"她睁了眼儿竖了眉儿怒了"，怒的情态固然表现出来，她的性格仍未表出。最后我说"她睁着杏眼儿竖着柳眉儿的发怒了"，这样一来，才把她发怒的意思描写出来，仿佛有一个美人，在我面前发怒哩。
>
> （周候于编《作文述要》，《论用字》）

这里一段所说完全是"昏人胡话"。"桃花醉"也不算具体的写法。（"从哪里写出起的"一句简直不通。）"柳眉儿""杏眼儿"在现在已经成为"套语"，不能拿来作模范具体写法来教人了。试问现在的时髦美人,有几个是"柳眉""杏眼"的?况且美人发怒何必"定要睁着杏眼儿竖着柳眉儿"?这完全是一种无聊的乱调,不能算作具体写法,不能算作象征。正如"红巾翠袖"是宋人的写女人的句子,拿来写现代女子便是笑话。我们现在要教学生用具体的写法,要教学生用象征法用字,应该用实际的观察做底子,用丰富的想象作譬喻。如《诗经》中的写美人:

手如柔荑,
肤如凝脂,
领如蝤蛴,
齿如瓠犀。
螓首蛾眉,
巧笑倩兮!
美目盼兮!

(《诗经·卫风·硕人》)

这里写美人的手,美人的肤,美人的领,美人的齿,美人的首和眉,面面俱到,惟妙惟肖,是传神之笔!是模范的象征写法。

《旧约·雅歌》里这一类象征的写法很多：

> 我的佳偶，
> 你甚是美丽，
> 你甚是美丽，
> 你的眼好像鸽子眼。
>
> （《雅歌》第一章）
>
> 我的佳偶在女子中，
> 好像百合花在荆棘内。
> 我的良人在男子中，
> 如同苹果在树林中。
>
> （《雅歌》第十章）
>
> 你的大腿圆润好像美玉，
> 是巧匠的手作成的。
> 你的肚脐如圆杯，
> 不缺调和的酒。
> 你的腰如一堆麦子，
> 周围有百合花。
> 你的两乳好像一对小鹿，
> 就是母鹿双生的。
>
> （《雅歌》第七章）

研究西洋文学的人，万不能不研究《新旧约》。研究

《新旧约》的人，万不能不研究《雅歌》。《新旧约》可说是西洋文学之花，《雅歌》又可说是《新旧约》之花。《雅歌》中的许多譬喻的象征写法，可说是独步千古！

中国旧词中也多这种象征的写法。

如周美成的：

> 人如风后入江云，
> 情似雨余黏地絮。

（《玉楼春》第四首）

如吴文英的：

> 一丝柳，一寸柔情。

（《风入松·春园》词）

如辛稼轩的：

> 事如芳草春长在，
> 人似浮云影不留。

（《鹧鸪天》第十五首）

都是象征的具体写法。

在小说中用象征的具体写法最有名的是刘鹗《老残游记》中的一段：

王小玉便启朱唇，发皓齿，唱了几句书儿。声音初不甚大，只觉入耳有说不出来的妙境，五脏六肺里，像熨斗熨过，无一处不伏贴；三万六千个毛孔，像吃了人参果，无一个毛孔不畅快。唱了十数句之后，渐渐的越唱越高，忽然拔了一个尖儿，像一线钢丝抛入天际，不禁暗暗叫绝。哪知他于那极高的地方，尚能回环转折。几转之后，又高一层，接连有三四叠，节节高起，恍如由傲来峰西面攀登泰山的景象，初看傲来峰削壁千仞，以为上与天通；及至翻到傲来峰顶，才见扇子崖更在傲来峰上；及至翻到扇子崖，又见南天门更在扇子崖上——愈翻愈险，愈险愈奇！

那王小玉唱到极高的三四叠后，陡然一落，又极力骋其千回百折的精神，如一条飞蛇在黄山三十六峰半中腰里盘旋穿插，顷刻之间，周匝数遍。从此以后，愈唱愈低，愈低愈细，那声音渐渐的就听不见了。满园子的人都屏气凝神，不敢少动。约有两三分钟之久，仿佛有一点声音从地底下发出。这一出之后，忽又扬起，像放那东洋烟火，一个弹子上天，随化作千百道五色火光，纵横散乱。这一声飞起，即有无限声音俱来并发。那弹弦子的亦全用轮指，忽大忽小，同他那声音相和相合，有如花坞春晓，好鸟乱鸣。耳朵忙不过来，不晓得听那一声的为是。正在撩乱之际，忽听霍然一声，人弦俱寂。这时台下叫好之声，轰然雷动……

(《老残游记》第二回)

又如鲁迅先生在《呐喊》上写的：

我吃了一惊，赶忙抬起头，却见一个凸颧骨，薄嘴唇，五十岁上下的女人站在我面前，两手搭在髀间，没有系裙，张着两脚，正像一个画图仪器里细脚伶仃的圆规。

(《故乡》)

那手也不是我所记得的红活圆实的手，却又粗又笨而且开裂，像是松树皮了。

(《故乡》)

这种例子很多，不再举了。总之，用象征写法，要自己根据自己的观察，加上自己的想象，自铸新词，方为妥当。正如第一个用花来喻美人的当然是天才，第二个用花来喻美人的便是傻子了。我们要打倒古典，创造新典！

(二) 夸饰

有一次，郁达夫先生曾对我说："说谎也是一种艺术。"说谎为什么是一种艺术呢？说谎说得好，正可增加文学的美丽与有力，所以是一种艺术。李白的诗说："白发三千丈，缘愁似个长。"白发哪里会有三千丈呢？这显然是一种说谎。但我们若把"三千丈"改为"三千尺"、"三千寸"，全都不好。只有"三千丈"才可显出"愁"的痛苦来。这样的夸大的写法，在《修辞学》上，有叫做"扬厉格"的，有叫做"铺张格"的，（唐钺先生的《修辞格》一书中称为"扬厉格"，陈望道先生的《修辞学发凡》上称为"铺张格"。）英文叫做 Hyperbole。《文心雕龙》上有一篇标题《夸饰》的，就是讨论这种"言过其实"的用字法，所以我们现在借用这个"成语"。

在诗词中，这种"夸饰"用字的例子很多，如：

笔落惊风雨，
诗成泣鬼神。

（杜甫《寄李白》）

蜀道之难，
难于上青天。

（李白《蜀道难》）

力拔山兮气盖世！

（项羽《垓下歌》）

黄河远上白云间!

（王之涣《凉州词》）

愁肠已断无由醉。
酒未到，先成泪。

（范仲淹《御街行·秋日怀旧》）

百年里，
浑教是醉，
三万六千场。

（苏东坡《满庭芳》三）

乱石崩云，
惊涛裂岸，
卷起千堆雪。

（苏东坡《念奴娇·赤壁怀古》）

旧恨春江流不断，
新恨云山千叠。

（辛稼轩《念奴娇·书东流村壁》）

我来吊古，
上危楼，
赢得闲愁千斛。

（辛稼轩《念奴娇·登建康赏心亭呈史留守致道》）

"夸饰"的字用得好，自然可增加文字的美丽与有力，但用得不好，便"弄巧反拙"，变成不通了。如《史记·蔺相如列传》：

> 秦王坐章台以见相如，相如奉璧奏秦王。秦王大喜，传以示美人及左右。左右皆呼万岁。相如视秦王无意偿赵城，乃前曰："璧有瑕，请指示王。"王授璧。相如因持璧却立，倚柱，怒发上冲冠，谓秦王曰："大王欲得璧，使人发书至赵王，赵王悉召群臣议，皆曰：'秦贪，负其强，以空言求璧，偿城恐不可得。'议不欲与秦璧。臣以为布衣之交，尚不相欺，况大国乎？且以一璧之故，逆强秦之欢，不可。于是赵王乃斋戒五日，使臣奉璧，拜送书于庭。何者？严大国之威，以修敬也。今臣至，大王见臣列观，礼节甚倨，得璧，传之美人，以戏弄臣。臣观大王无意偿赵王城邑，故臣复取璧。大王必欲急臣，臣头今与璧俱碎于柱矣！"相如持其璧，睨柱，欲以击柱。

这时原"怒发上冲冠"五字诚足表出蔺相如当时的愿以"头与璧俱碎"的精神。但后人借用这句成语，改为"怒发冲冠，冠为之裂"则不通了。又如某君译欧文

(*Washington Irving*)小说，有老人之袖"飘飘可三大英里"，乃译为"飘飘三大英里，遮断行人"，则简直不通了。夸饰就是说谎，但说谎说得不当，不如不说。

（三）叠字

用字巧妙的方法很多。中国文中，有一种用叠字以增加文句的意义的，如《诗经》中的"桃之夭夭，灼灼其华。"最著名的如李清照的"寻寻觅觅，冷冷清清，悽悽惨惨戚戚。"连用许多叠字，活现出一种凄凉神气！又如《白雪遗音》中的"人儿人儿今何在？花儿花儿为的是谁开？雁儿雁儿因何不把书来带？心儿心儿从今又把相思害。"这种叠用名词的法子很可增加语句的活泼与有力。

"大匠诲人，能与人以规矩，不能与人以巧。"岳飞论用兵说："运用之妙，存乎一心。"巧妙是不可教的，只要自己努力去研究，能够多读，多作，多研究，自然能出语惊人，用字有神。俗语说"熟能生巧"，这句话是很有意义的。

第五讲　论造句

我们应该怎样造句呢?

我们在未造句之先,应该知道什么是句。

什么是句呢?马建忠在他的《马氏文通》中说:

> 凡有起词,有语词,而辞意已全者曰句。

所谓"起词"即英文中的 Subject,语词即英文中 Predicate。(Subject 有译作"句主"的,Predicate 有译作"谓语"的。)

例如:

> 我来了。

这里面"我"字即"起词","来了"即"语词",这句虽只有三字而辞意已全,所以算作一个句子。

句子的种类甚多。有长句（Long Sentence），有短句（Short Sentence），有简单句（Simple Sentence），有复杂句（Complex Sentence），有并列句（Balanced Sentence），有弛缓句（Loose Sentence），有严紧句（Periodical Sentence）等分别。详细研究，是文法上的事。我们现在且随便举些例子。

短句、长句、简单句，多不必举例子的。什么叫做"复杂句"呢？

复杂句与简单句不同。简单句只表示一个思想或事物，而复杂句是表示二个以上的思想或事物，换句话说，就是用二个以上的子句，使成为复杂句的。

例如：

> 谁知探春早使了眼色与侍书，侍书出去了。

（《红楼梦》七十二回）

> 贾宝玉见无客至，遂欲回家看视黛玉，因先回怡红院中。进入门来，只见院中寂静无人，有几个老婆子和那些小丫头们，在回廊下取便乘凉，也有睡卧的，也有坐着打盹的，宝玉也不去惊动。

（《红楼梦》六十四回）

什么叫做"并列句"呢?

凡是二个以上的字句,字数略同,组织和意义也大概相同的,叫做"并列句"。

例如:

> 那穿绿袍的,总司天下毛族,乃百兽之主,名百兽大仙;那穿红袍的,总司天下禽族,乃百鸟之主,名百鸟大仙;那穿黑袍的,总司天下介族,乃百介之主,名百介大仙;那穿黄袍的,总司天下鳞族,乃百鳞之主,名百鳞大仙。

(《镜花缘》)

> 宝贵福泽,将厚吾之生也;贫贱忧戚,庸玉女于成也。

(张载《西铭》)

> 亲贤臣,远小人,此先汉之所以兴隆也;亲小人,远贤臣,此后汉之所以倾颓也。

(诸葛亮《出师表》)

> 落霞与孤鹜齐飞,秋水共长天一色。

(王勃《滕王阁序》)

在骈体文中,这类的并列句很多。骈体文为中国文学的特色。文中偶然用一二句骈体文,未尝不可以增加文字的美丽。但过事雕琢，不顾文意，则成"涂脂抹粉之泥塑美人"，与八股文一般，无文学上的价值了。骈体文的例子，我们这里姑且不举。

弛缓句与严紧句是修辞学上的名词。什么是弛缓句呢？

弛缓句是一句之中，在收尾之前可以停顿一处或数处，但是在文法上是意义完全的。

例如：

> 倪老爷说："长兄！告诉不得你！我从二十岁上进学，到而今做了三十七年的秀才，就坏在读了这几句死书，拿不得轻，负不得重！"
>
> （《儒林外史》二十五回）

上面的句子"我从二十岁上进学"到"就坏在读了这几句死书"为止，意义也是完全的。这就是弛缓句。

什么是严紧句呢？

严紧句是不到一句的末尾，意义不能完全的。

例如：

> 于是吕公著，韩维，安石藉以立声誉者也；欧阳修，文彦博，荐己者也；富弼，韩琦，用为侍从者也；

司马光,范镇,交友之善者也——悉排斥不遗力。

(《宋史》《王安石传》)

这个句子不到末尾意义不能完全,所以叫做"严紧句"。

以上系就文法及修辞学上论句的分类。单懂得这些分类,在造句时也没有什么用处的。善于作文的人,各人有各人的文格,有的是"一清如水",有的是"朦胧若烟",有的人的句子我们一看就明白,有的人的句子我们非看了几次、想了许多时不会明了。各人的思想不同,文格不同,句法也不同。有的人的句子做得清洁,有的人的句子做得有力,有的人的句子做得深刻,有的人的句子做得美丽。我现在且随便举些例子。

在近代的文人中,梁任公与胡适之的文章都以清洁胜。初学作文人大概都喜欢梁胡的文章,因为他们能够"深入浅出",说理虽深,而句子很容易懂。(梁胡的文章甚多,我们现在且不必引。)有人以为说理的文章应该清洁,而写景写情的文章应该美丽。其实清洁中何尝没有美丽。我现在且举一两个例子。

> 王冕放牛倦了,在绿草地上坐着。须臾,浓云密布,一阵大雨过了,那黑云边上镶着白云,渐渐散去,透出一派日光来,照耀得满湖通红。湖边上山,青一块,紫一块,绿一块。树枝上都像水洗过一番的,尤其绿得可爱。湖里有十来枝荷花,苞子上清水滴滴,荷叶上水珠滚来滚去。
>
> (《儒林外史》第一回)

这些句子没有什么长处,不过清洁的描写而已。但这是一幅绝好的素描,活灵活现,何等的美!

又如:

> 没两盏茶时,宝玉仍来了。黛玉见了,越发抽抽搭搭的哭个不止。宝玉见了这样,知难挽回,打叠起百样的款语温言来劝慰。不料自己没张口,只听黛玉先说道:"你又来作什么?死活凭我去罢了!横竖如今有人和你玩。比我又会念,又会作,又会写,又会说笑——又怕你生气,拉了你去哄着你。你又来作什么呢?"
>
> 宝玉听了,忙上前悄悄地说道:"你这么个明白人,难道连'亲不隔疏,后不僭先'也不知道?我虽糊涂,却明白这两句话。头一件,咱们是姑舅姐妹,宝姐姐是两姨姐妹,论亲戚,也比你远;第

二件，你先来，俺们两个，一桌吃，一床睡，从小儿一处长大的。她是才来的，岂有个为她远你的呢？"黛玉啐道："我难道叫你远她？我成了什么人了呢！我为的是我的心！"宝玉道："我也为的是我的心。你难道就知道你的心，不知道我的心不成？"黛玉听了，低头不语，半日，说道："你只怨人行动嗔怪你，你再不知道你呕的人难受！就拿了今日天气比，分明冷些，怎么你倒脱了青肷披风呢？"宝玉笑道："何尝没穿？见你一恼，我一暴躁，就脱了。"黛玉叹道："回来伤了风，又该讹着吵吃的了！"

（《红楼梦》第二十回）

这些句子写宝玉黛玉吵嘴呕气的情景，信手写来，也没有什么雕琢，只是清洁而已。然而看呀，这里面写宝黛的性情，黛玉的多心，宝玉的真诚，小女儿的"生了气又讲和"的神气，何等动人，何等美丽！

其次，我们且说"有力"。

古人形容王羲之的书法，说是："铁画银钩"。这"铁画银钩"四字很可拿来表现造句有力的精神。有力的反面就是萎靡。萎靡是不好的。在近人的文章中,以鲁迅先生的文章造句最有力。我们且举出一些鲁迅先生的文章来做例子。

  首善之区的西城的一条马路上,这时候什么扰攘也没有。火焰焰的太阳虽然还未直照,但路上的沙土仿佛已是闪烁地生光;酷热满和在空气里面,到处发挥着盛夏的威力。许多狗都拖出舌头来,连树上的乌老鸦也张着嘴喘气——但是,自然也有例外的。远处隐隐有两个铜盏相击的声音,使人忆起酸梅汤,依稀感到凉意,可是那懒懒的单调的金属音的间作,却使那寂静更其深远了。
  只有脚步声,车夫默默地前奔,似乎想赶紧逃出头上的烈日。

(《彷徨·示众》)

这一段文章描写"夏日可畏"的情景,如"许多狗都拖出舌头来,连树上的乌老鸦也张着嘴喘气"等句,形容酷热可畏的情境,何等有力!正如孙福熙君所说:"他的文章中没有风月动人,没有眉目传情,他的描写如铁笔画在崖壁上,生硬以外还夹着尖利的声音,使人牙根发酸或头顶发火。"

又如魏金枝先生在他的《留下镇上的黄昏》上面写的：

> 来此古西溪边，已是梅花落后，满山杜鹃花映红的时节，心胸烦愁，天天吃活虾过去，正像活了好几个世纪般，自己觉得自己是苍老了！第一原因为着无事可做，第二原因也为着不愿去做，因之疏散放开，行尸般踱来踱去，立起坐倒，天天过着一样刻板的生活。生命浸在污腐的潦水中，于是永古不曾伸出手来，只用恶毒眼睛，向四周以残酷的瞭望，寻求人吃的老虎般，在找些弱者来消遣我的爪牙。

（《七封书信的自传》一百零三页）

魏金枝先生的小说，是我近来看见的新小说中算是很好的。上面的文章中写生命的沉闷和愤激的神气，使人读了不觉发生一种深刻的印象，哭不得，笑不得，叹气不得，是有力而勇猛的描写。

再次，我们且说"深刻"。

我的朋友孙伏园君曾说："中国人是不会做深刻的文章的。读惯了胡适之、梁任公一流流畅文章的人，尤不会懂得深刻文章的好处。"伏园的话是有感而言。

胡适之、梁任公一派的文章长处在于清洁流畅，短处在于不深刻。他们的文章能使人一目了然，但不能使人反复讽诵，若有余味。近代会作深刻的文章的要推周氏兄弟，可以肯定中国到如今还没有新出的作家及得上他们。深刻不是一件容易的事。有讽刺（Satire），也有幽默（Humor）。我们且举一些例子：

> 革命，反革命，不革命。
>
> 革命的被杀于反革命的。反革命的被杀于革命的。不革命的或当作革命的而被杀于反革命的，或当作反革命的而被杀于革命的，或并不当作什么而被杀于革命的或反革命的。
>
> 革命，革革命，革革革命，革革……
>
> （鲁迅《而已集·小杂感》一百五十页）

有一个"普罗"文学批评家曾根据这段《小杂感》而断定鲁迅的"不革命"。其实，他连鲁迅文章的意思，也没有看懂。鲁迅说的是反话，是讽刺。只有深刻地留心当代革命事实的人，才能了解这段文章深刻的悲哀。

又如周作人先生在《死法》一文中说：

> 枪毙，这在现代文明里总可以算是最理想的死

法了。他实在同丈八蛇矛嚓喇一下子是一样，不过更文明了，便是说更便利了，不必是张翼德也会使用，而且使用得那样地广和多！在身体上钻一个窟窿，把里面的机关搅坏一点，流出些蒲公英的白汁似的红水，这件事就完了，你看多么简单。简单就是安乐，这比什么病都好得多了。

(《泽泻集》一百二十页)

如果有人看了上面的话，以为周作人先生是赞成"枪毙"，那简直是笑话了！

深刻的文章是不容易做的，只有幽远深刻的理想，才可以产生深刻的句子。

法国文学家法朗士说："文学除了美，并没有也不能有什么目标。"这句话照我们看来，虽然有些偏，但也有至理。美虽然不是文学的唯一目标，但除了美就不成文学。所以有些人作文章造句力求美丽。其实，就广义说来，上面所说的"清洁"、"有力"、"深刻"，也未尝不是美丽。但这里的美丽，好作艳丽讲，指一些好修琢句子的文章。

我们且举谢冰心女士、徐志摩先生的文章做些例子：

如今呢？过的是花的生活，生长于光天化日之下，微风细雨之中。过的是花的生活，游息于山巅水涯，寄身于上下左右空气环围的巢床里。过的是水的生活，自在的潺潺流走。过的是云的生活，随意的袅袅卷舒。几十页几百页绝妙的诗和诗话，拿起来流水般当功课读的时候，是没有的了。如今不再干那愚拙煞风景的事，如今便四行六行的小诗，也慢慢的拿起，反复吟诵，默然深思。

我爱听碎雪和微雨，我爱看明月和星辰，从前一切世俗的烦忧，占积了我的灵府，偶然一举目，偶然一倾耳，便忙忙又收回心来，没有一次任他奔放过，如今呢，我的心，我不知怎样形容它，它如蛾出茧，如鹰翔空……

（冰心女士，《寄小读者》一百〇二页）

冰心女士的文章，可以算是表现女性艳丽的极处，如出水芙蓉，如空谷幽兰，使人读了沉醉、迷离、愉快。她的造句美丽是得力于旧诗词的。

又如徐志摩先生笔下写曼殊斐儿的美：

从前有一个人一次做梦，进天堂去玩了。他异样的欢喜，明天一起身就到他朋友那里去，想描摹他神妙不过的梦境。但是，他站在朋友的面前，结住舌头，一个字都说不出来。因为他要说的时候，才觉得他所学的字句，绝对不能表现他的梦里所见的天堂的景色。他气得从此不开口，后来就抑郁而死。我此时妄想用字来活现出一个曼殊斐儿，也差不多有同样的感觉。但我却宁可冒猥渎神灵的罪，免得像那位诚实君子活活的闷死。她也是铄亮的黑漆皮鞋，闪色的绿丝袜，枣红丝绒的围裙，嫩黄薄绸的上衣，领口是尖开的，胸前挂一串细珍珠，袖口只齐及肘弯。她的发是黑的，也同密司 B 一样剪短的，但她栉发的式样，却是我在欧美从没有见过的。我疑心她有心仿效中国式，因为她的发不但纯黑而且直而不卷，整整齐齐的一圈，前面像我们十余年前的"刘海"，梳得光滑异常。我虽则说不出所以然，我只觉得她发之美也是生平所仅见。

至于她眉目口鼻之清之香之洁净，我其实不能传神于万一，仿佛你对着自然界的杰作，不论是秋月洗净的湖山，霞彩纷披的夕照，南洋里莹澈的星空，或是艺术界的杰作，培德花芬的沁芳南，怀格纳的奥配拉，密克朗其罗的雕像，卫师德拉（Whistler）或是柯罗（Corot）的画，你只觉得他们整体的美，纯粹的美，完全的美，不能分析的美，可感不可说的美；你仿佛直接无碍的领会了无限的欢喜，在更大的人格中解化了你的性灵。我见了曼殊斐儿像印度最纯澈的碧玉似的容貌，受着她充满了灵魂的电流之凝视，感着她最和软的春风似的神态，所得的总量我只能称之为一整个的美感。她仿佛是个透明体，你只能感讶她粹极的灵澈性，却看不见一些杂质；就是她一身的艳服，如其别人穿着，也许会引起琐碎的批评，但在她身上，你只觉得妥贴，像牡丹的绿叶，只是不可少的衬托。

（《曼殊斐儿小说集·附录》）

只有徐志摩的美的辞句，才配写曼殊斐儿那样的美人！徐志摩的造句美丽不是从中国古书中学来的，他大概受了不少的西洋名著——诗、散文、小说的影响，用意遣词，皆能戛戛独造。（但徐先生文章的短处，有时艳丽而不免流于轻浮。）

第六讲　论结构

我从前在暨南教学生作文,我曾问他们道:"你们作文是先想好然后写呢?还是先写了然后想呢?是一面写一面想呢?还是一面想一面写呢?"

于是,一个聪明的女学生说:"我是先想好了然后写。"

"先想好了然后写"是作文章的正当方法。

古来自然也有不少天才,如李太白的自夸"日试万言,倚马可待"。如所谓"文不加点,一挥而就"。如所谓"文若泉涌,笔若辘转"。好像做文章,随便写写就成似的。但这是天才的办法。世界上的天才究竟不多。我们初学作文的人,应该甘心作庸人,应该用气力去做文章,应该先想好了再写。

所谓"先想好了再写",就是一个作文的人,在下笔之先,对于这篇文章应该有一个"中心思想"。有了中心思想然后设法如何把这个中心思想发挥出来。这如何发挥的法子,古人叫做"布局",今人叫做"结构"(Construction)。

做文章的人,应该先把结构想好,然后再提起笔来写。

怎样才算是结构呢?

结构的意义,就是组织,或是编织。正如织花缎的人,应该有了花样,然后这样一线一线去织。有了中心思想的人,应该想如何用文字把这个中心思想写了出来,由句而成段,由段而成篇,段段相接,句句相联,这一篇文章中的段与段、句与句的联接,就是结构。

中国古人论作文,总讲"起、承、转、合"。这简单的"起承转合"的法子,就是结构。西洋古代哲学家亚里士多德(Aristotle)论小说,也说做小说应该有"起(Beginning),中(Middle),结(End)"。中国八股文的所谓"破题,承题,大讲,大结"的名称,也就是从"起承转合"来的。"起承转合"的本来目的,在求文章的统一(Unity),本来的意义是不错的。但法子是死的,人的心是活的,要用一个法子笼尽天下的文章,像八股文一般,就成了只有形式、没有思想,也就失了结构的本来意义了。

"起承转合"虽然已成了结构的老法子,但我们也不妨举一篇文章来做例子:

> 籍死罪死罪。(起)伏维明公以含一之德,据上台之位,群英翘首,俊贤抗足。开府之日,人人自以为掾属,辟书始下,下走为首。(承)子夏处西河之上,而文侯拥篲;邹子居黍谷之阴,而昭王陪乘。夫布衣穷居韦带之士,王公大人所以屈体而下之者,为道存也。(转)籍无邹卜之德,而有其陋。猥见采择,何以当之?方将耕于东皋之阳,输黍稷之税,以避当涂者之路。负薪疲病,足力不强。补吏之召,非所克堪。乞回谬恩,以光清举。(合)
>
> (《文选集评》卷十,《阮嗣宗奏记诣蒋公》)

我为什么举这封小柬来做例子呢？阮嗣宗是一个放荡不羁的人，他曾说"礼法岂为我辈设"，我们拿"起承转合"的死法子来解释他的一封小柬，真未免有点唐突阮嗣宗了！但清人王士禛说得妙："古文、今文、古今体，皆离'起承转合'四字不可。"这封小柬是从"金坛后学于光华惺介编次"的《文选集评》抄下来的（木刻通行本，卷十，十六页）。但这阮嗣宗的小柬的上面，如"子夏处西河之上……而昭王陪乘"上面，竟批着"承上起下，竭力振宕有姿态。"编次这书的老爷们早用上了"起承转合"的老法子，来注解放荡不羁的阮嗣宗的文章了。所以我老老实实把它分做"起承转合"四段。阮嗣宗地下有知，一定要破口大骂说："'起承转合'岂为我设！"但我也可以说："你老头子不要生气！我把老头子的文章分割得四分五裂，真是罪过！但从古至今干这傻事的人很多。我如今是把这黑幕拆穿，教大家不要再上当了！"

本来阮嗣宗写信时哪里会想到"起承转合"？文章是应该讲结构的，但结构的意义在求文字上的统一、联接（Coherence），并不是铸定一个模子，教大家写文章都钻进一个模子去。正因为中国人太讲求形式主义了，所以"起承转合"的极端就产生了八股文。在小说上，明清许多才子佳人的小说，都是从"起承转合"的模子里出来的。这些小说的主要人物事件，可归纳成一个公式，如：甲男是才子，乙女是才女。（起）才子一定是很穷的，连饭也没有得吃，但才女却是很富的。才子遇着才女，彼此一见倾心。（承）但好事多磨，丙男是傻子，家中很贵，也爱上乙女，于是天下从此多事。（转）可是甲男终于中了状元，奉旨与乙女完姻，丙男失望而去。（合）（参看鲁迅《中国小说史略》第二十篇）所以如《平山冷燕》、《好逑传》一类的书，千篇一律，读了令人索然无味。这都是过于讲求形式主义的结构的流毒。

所以"起承转合"的结构是应该打倒的了！岂但"起承转合"的死法应该打倒，现在那些做什么《作文述要》的人，如周侯于先生还在那里讲什么"呼应照应"、"伏应过渡"，什么"追叙补叙"、"插叙带叙"的鬼法子，老实说，这些鬼法子正如"呼风唤雨"、"撒豆成兵"一般早应该收起来了！这些鬼法子只能到三家村去骗骗黄口小孩,不应该在堂堂的学校中去"误尽苍生",尤其不应该印出来行世,害得连我这样穷汉也活丢了几角冤枉钱!

其实,结构的方法哪有一定的!善于作文的人,应该知道一篇文章有一篇文章的结构方法,有的直接(Direct)说起,有的间接(Indirect)说起,有的从正面(Positive)说起,有的从反面(Negative)说起。一篇文章有一篇文章的中心思想,一篇文章有一篇文章的结构去表现这个中心思想。古人所谓"文成法立,文无定法",本来也是有所感而言的。

但是,结构虽无一定的通例,却有一定的通则。什么是结构的通则呢?简单说起来,有以下数事:

(一)统一(Unity)。统一的意义就是一致(Oneness)。在结构中一致是很重要的。一个人的行为前后不一致,便是一篇坏"文章"。一篇好的文章正同一个强健人的身体一般,五官四肢,全身血脉,莫不统一,成为一个完全的有机体。做议论文的人,若没有统一的思想,正如创造社的成仿吾一般,一方面提倡"唯物史观"的无产文学,一方面又说什么"艺术的良心",完全弄成笑话了。做叙事文的人若不讲求记载上的统一，则如一个学生做一篇《西湖游记》，忽而扯到上海的热闹、繁华，南京的豆腐干丝如何好吃，自己忘记了是在记西湖，读的人也将莫名其妙了。但有了结构上的统一，则百变而不离其衷，如百川汇海，源源皆通。正如苏洵恭维欧阳修的文章，说他："纡徐委备，往复百折，而条达疏畅，无所间断；急言竭论，而容与闲易，无艰难劳苦之态。"这就是统一的好处！古往今来的大作家作品，没有一个不讲求结构的统一的。

（二）平均（Proportion）。平均的意义就是各部分匀称。一个人若是头大身小，手长腿短，便成为畸人。一篇文章若是头大尾小，前后不匀，便成为劣文。正如韩愈的《送孟东野序》，苏东坡的《潮州韩文公庙碑》，虽为绝世妙文，后人尚认为"虎头蛇尾"，因为文章的起始与结尾不相称。中国的有名小说，也有犯了不平均的毛病的。

如《水浒传》写武松、鲁智深何等动人，但后来写卢俊义、燕青便成了笨伯了。如《红楼梦》因为不是一个人的手笔，所以前面写"因麒麟伏白首双星"，是史湘云与贾宝玉后来应该结婚的,但后来结婚的却是薛宝钗而不是史湘云了!这都是前后不相称的毛病。不相称的毛病是作者的精神不能前后贯注所致。所以在结构上,平均是重要的通则。

(三)联接(Coherence)。一篇文章是积段(Paragraph)而成的,段是积句而成的。段段相联,句句相接,才是好文章。我们徽州有句骂人的话,说:"你这人上气不接下气了!""上气不接下气的人"是有病的人,快要死了;上气不接下气的文章是一篇有病的文章,该打手心的。但联接有种种不同:有总合的,有分开的,有错综(Complication)的,有解剖(Dissection)的。千变万化,方法不同。如作长篇小说宜于用错综的法子,短篇小说宜于用解剖的法子。又初学作文宜段落分明,平铺直叙,易于联接。

但文章做熟了之后,可以纵笔所之,莫不联接。如苏轼自夸他的文章说:

> 吾文如万斛泉源,不择地皆可出,在平地滔滔汩汩,虽一日千里无难;及其遇山石曲折,随物赋形,而不可知也。所可知者,常行于所当行,常止

于所不可不止,如是而已矣!其他,虽吾亦不能知也。

其实,这也没有什么稀奇。知"常行于所当行,常止于所不可不止",便是知道总合,知道联接,"如是而已矣"!

无论任何好的文章,没有能逃出上面三种简单的结构通则的。虽然作文人的性情不同,思想不同,用字造句的习惯不同,结构方面,自然也有特别布置(Special arrangement)的地方。善作文的人自然能随机应变,但初学作文的人应该从结构简单入手,文章做得熟了,自然会赶往艺术的(Artistic)的道路上去的。——但违反上面三条通则的人,决不会做出好文章来的!

第七讲　记事文

普通的作文法,都把记事文分为两种:一是记事文(Description 又译作"描写文"),二是叙事文(Narration)。其实,在实际应用上,记事文与叙事文常常混合的。但这个分类很普遍了。我们现在且采用这个分类把记事文与叙事文分开来说。

一、记事文的意义

什么是记事文呢?

记事文是将人或物在某时期中的形态、颜色、性质、位置等,依照作者感觉或想象所及的情形记述的文字。

例如:

> 话说匡超人睡在楼上,听见有客来拜,慌忙穿衣起来下楼,见一个人坐在楼下,头戴吏巾,身穿元缎直裰,脚下虾蟆头厚底皂靴,黄胡子,高颧骨,黄黑面皮,一双直眼。
>
> (《儒林外史》十九回)

这是描写人的形态的。

> 广余踏着雪,经过长安街,纵目一望,屋顶是白的,树是白的,路上的电线杆也是一根根地戴着厚厚的白帽子。
>
> (《友情》第八章)

这是描写雪的形态和位置的。

> 那权花生得聪明美丽,善得人欢,真是千人见,千人爱,万人见,万人爱。权花自幼便爱好文学的,旧诗词做得很好。
>
> (《友情》第八章)

这是描写人的性质的。

> 水皆缥碧,千丈见底。游鱼细石,直视无碍。

急湍甚箭,猛浪若奔。夹岸高山,皆生寒树,负势竞上,互相轩邈,争高直指,千百成峰。泉水激石,泠泠作响。好鸟相鸣,嘤嘤成韵。蝉则千转不穷,猿则百叫无绝。

(吴均《与朱元思书》)

这是描写地方(自富阳至桐庐)的形态和位置的。

这种例子也不必多举了。但一篇文章中,很少完全是记事文的。我们在长篇小说中,常看见许多处的记事文,但这些记事文多数是很短的。一个小说家常常用很少的句子来描写某时期中的人或物的形态,这些描写以简短而灵活有力为主。在游记中常常记事文与叙事文或解说文(Exposition)联用,以增加游记中文章的活力。

我们现在所讲的记事文,不过指一篇文章中性质或分量上多数是记事的罢了,当然免不了夹了少数叙事、说明或议论的句子的。

二、记事文的分类及写法

记事文可分两类:科学的记事文(Scientific description),艺术的记事文(Artistic description)。

(一)科学的记事文

什么是科学的记事文呢?

科学的记事文是用类别或机械的记述,以详细、正确为目的。譬如记述一所房屋,科学记事文是记述该房屋的一定大小,一定地位,一定形式,或者别的机械的情形。科学记事文的目的是使人一见了然,要写得精细,要写得真实。

普通的教科书,如动物学、植物学、天文、地理等书籍,用科学的记事文最多。但科学的记事文做得好,也可有文学上的艺术意味。正如达尔文的《物种由来》,赫胥黎的《天演论》,有些人也以为是文学的科学作品。又如法布尔(Jean Henri Fabre)的《昆虫故事》(有林兰女士的节译本,北新书局刊行),以生动有趣的笔墨,记载昆虫界的各种现象,匪特在科学上价值很高,即在文学上看来,也是不朽的作品,比一切无聊小说好得多。在中国,只有吴稚晖先生的《上下古今谈》四卷,是十分有趣味的谈科学常识的作品。(注意,上举的各书,记事文中也有说明文、叙事文等相混。)

我们现在且举一些例子：

第一位老大是水星。一颗大粟子，离开太阳一百十兆里。从水星到太阳，每昼夜走二千里的轮船，要走一百五十年。已经是最寿长的，也不能去得一次。

第二位老二是太白金星。一颗次号的豌豆，离开太阳二百兆里。从金星到太阳，轮船走二百九十年。

第三位老三就是我们地球。一颗长足的豌豆，离开太阳二百八十兆里。从地球坐轮船到太阳，说过了，是要四百年。

第四位老四就是火星。一颗大绿豆，离开太阳四百五十兆里。从火星到太阳，轮船要走六百年。老四老五的中间，有五百余颗的小行星。若问到底实数多少，还是没有查清。去年西洋天文台的清单上，是查得五百四十颗。因为小得厉害，差不多都要用千里镜才能看见。定然还有小的，要慢慢的逐渐考察出来。拿它最大的两颗说起来，尺寸便小得厉害。一颗的真尺寸是一千四百里对径，止有月亮五分之一，一颗是对径九百里，止有月亮七分之一。月亮算做细米，那它们连糠屑也算不上了。这五百四十个小儿子，离得太阳爷爷最近的一颗，有五百八十兆里,离得最远的一颗,有一千二百兆里。从最近的一颗到太阳,轮船要走八百年。若从最远的一颗走去,要走一千七百年。从诸葛亮造木牛流马的时候走起,到如今,刚刚恰好。

第五位老五是木星。一颗拳头大的橘子,木星又叫做"岁星"。说鬼话的风水先生,就把它叫做"太岁爷爷"。他在八位大弟兄里面,尺寸要算最大,比我们地球是大了一千几百倍。他离开太阳星一千四百兆里。刨去了一点零头计算,轮船要走一千九百年。从耶稣出世的时候,在木星里开船,现在正在太阳里上岸。

第六位老六是土星。一颗中号的橘子,比地球差不多大了一千倍。它离开太阳是二千七百兆里,轮船走起来,要三千七百年。当着商朝的成汤皇帝,正要起兵革命,若土星里的人,在彼时解缆动身,直到如今,还要过了三十年,方到得太阳边上去抛锚。

第七位老七是天王星。一颗中号的梅子,离开太阳是五千三百兆里,轮船要走七千四百年。若从我们伏羲皇帝画八卦的时候开船,那至少还要过了一千年,等我们第三十世的元孙手里,方才能听见说太阳里到了天王星的客人。

第八位老八是海王星。一颗大梅子，离开太阳，去了些零头好算一点，乃是八千兆里。从海王星乘了轮船，每昼夜走二千里，要走一万一千年。地球同太阳差不多来往了二十六七次，海王星里的朋友方才到得太阳一次。

（《上下古今谈》前编卷二十二第十三页）

这个例子引得太长了。但我的意思是要人知道，天空的八大行星的记载，写它们的面积大小，远近的位置，当然是最干燥无味的了。但在吴老头子的手里，便成了一段绝妙的文字，比看张资平的流行的无聊小说有趣而且有益得多了。

（二）艺术的记事文

什么是艺术的记事文呢？

艺术的记事文又叫做"文学的记事文"(Literary description)，又叫做"情绪的记事文"(Emotional description)。艺术的记事文在小说中用得最多。因为艺术的记事文是要受作者情绪的影响的，作者的感情随时变化，对于某人或某物的观察与描写也就心境各异。艺术的记事文是诉诸作者对某人或某物的情绪的，并且使看文章的人能够感动为主要目的。科学的记事文注重客观的描写，艺术的记事文则不免加入作者的主观印象。作者的印象因人的性格、年龄、人生观而各不同。我且不避"自己喝彩"的嫌疑,举出我自己的一段散文作个例子:

> 静穆的午夜已经走了,积雪还没有尽消,柏树显着祝祷的神气站在那里。
>
> 玄青色的天空,稀疏的星星,明月乘着白云的小车在天空行走。

这是我的小品文《小别赠言》的一小段。这篇文章先在北京《京报副刊》上发表,后来收在我的散文《樱花集》中。当我将这篇小文在《京报副刊》发表的时候,我看见鲁迅先生,鲁迅先生说:"你这篇文章做得很好!"鲁迅先生是素来不容易称许人的,颇使我受宠若惊。他又说:"你这文中写景写得很好!可是你的感觉完全与我不同。在我看来,我觉得雪飘飘地飞,天昏昏沉沉地,反觉得很有趣味。"

鲁迅先生小说中写景文的有力是很难学到的。我现在且举出一段小文来做例子:

> 临河的土场上,太阳渐渐的收了它通黄的光线了。场边靠河的乌桕树叶,干巴巴的才喘过气来,

> 几个花脚蚊子在下面哼着飞舞。面河的农家的烟突里，逐渐减少了炊烟，女人孩子们都在自己门口的土场泼些水，放下小桌子和矮凳；人知道，这已经是晚饭时候了。
>
> 老人男人坐在矮凳上，摇着大芭蕉扇闲谈，孩子飞也似的跑，或者蹲在乌柏树下赌玩石子。
>
> 女人端出乌黑的蒸干菜和松花黄的米饭，热蓬蓬冒烟……
>
> （《呐喊·风波》）

我在前面说过，艺术的记事文不免加入作者的主观印象，但这些主观印象都是从客观来的。我们读过《呐喊》的人，当知道《呐喊》的许多小说，有几篇的背景全是鲁镇。但这个鲁镇，正如张定璜先生所说："鲁镇只是中国乡间，随便我们走到哪里去都遇得到的一个镇，镇上的生活，也是我们从乡间来的人儿时所习见的生活。"我们看上面《风波》中的一段小文，活画出鲁镇的农家的环境风味，晚景幽然。鲁迅先生实在是一个乡村作家，他最会写出中国乡村风景的。我们再引一段乡村的野外风景：

> 我们已经点开船，在桥石上一磕，退后几尺，

即又上前出了桥。于是架起两枝橹，一枝两人，一里一换，有说笑的，有嚷的，夹着潺潺的船头激水的声音，在左右都是碧绿的豆麦田地的河流中，飞一般径向赵庄前进了。

两岸的豆麦和河底的水草所发散出来的清香，夹杂在水气中扑面的吹来，月色便朦胧在这水气里。淡黑的起伏的连山，仿佛是踊跃的铁的兽脊似的，都远远地向船尾跑去了，但我却还以为船慢。他们换了四回手，渐望见依稀的赵庄，而且似乎听到歌吹了，还有几点火，料想便是戏台，但或者也许是渔火。

（《呐喊·社戏》）

这是从平桥村到赵庄去的船上晚景。有谁在乡村的晚上坐过船的么？这船上望见的野景何等静穆、幽美！

鲁镇是以酒著名的，我们且看鲁迅先生笔下的鲁镇酒店的情景：

鲁镇的酒店的格局，是和别处不同：都是当街一个曲尺形的大柜台，柜里面预备着热水，可以随时温酒。做工的人，傍午傍晚散了工，每每花四文铜钱，买一碗酒，——这是二十多年前的事，现在每碗要涨到十文，——靠柜外站着，热热的喝了休息；倘肯多花一文，便可以买一碟煮笋，或者茴香豆，做下酒物了，如果出到十几文，那就能买一样荤菜。但这些顾客，多是短衣帮，大抵没有这样阔绰。只有穿长衫的，才踱进店面隔壁的房子里，要酒要菜，慢慢地坐喝。

（《呐喊·孔乙己》）

鲁镇的酒店自然很多，但那里的咸亨酒店，是鲁迅先生所不能忘怀的，在另一小说中写着：

> 原来鲁镇是僻静地方，还有些古风，不上一更，大家便都关门睡觉。深更半夜没有睡的只有两家：一家是咸亨酒店，几个酒肉朋友围着柜台，吃喝得正高兴；一家便是隔壁的单四嫂子，她自从前年守了寡，便须专靠着自己的一双手纺出棉纱来，养活她自己和三岁的儿子，所以睡的也迟。
>
> （《呐喊·明天》）

> 单四嫂子早睡着了，老拱们也走了，咸亨也关上门了，这时的鲁镇，便完全落在寂静里。只有那暗夜为想变成明天，却仍在这寂静里奔波；另有几条狗，也躲在暗地里呜呜的叫。
>
> （《呐喊·明天》）

这里写鲁镇的夜深以至深夜。夜深中的鲁镇，咸亨酒店、单四嫂子、老拱门,只寥寥数语,活画出乡村黑夜里的"古风"。

张定璜先生曾说鲁迅先生的特色,"第一个冷静,第二个冷静,第三个还是冷静。"但鲁迅先生实在不是一个冷静的人,否则,鲁迅先生也决不会来"呐喊"了。我们就在他的冷静记事文中也可以看出:

> 西关外靠着城根的地面,本是一块官地;中间歪歪斜斜一条细路,是贪走便道的人,用鞋底造成的,但却成了自然的界限。路的左边,都埋着死刑和瘐毙的人,右边是穷人的丛冢。两面都已埋到层层叠叠,宛然阔人家里祝寿时的馒头。

(《呐喊·药》)

只有心中有热烈的忍不住悲哀的人,才会写出这样凄恻的冷静句子。

近年以来,自都会以至乡村僻壤,这些冤枉死的"死刑和瘐毙"的青年的"馒头",不知又增加了几千几万了!呜呼!

当代作家中会写乡村风物的还有废名(冯文炳)先生。废名的文章,以简洁胜。我手头没有他的小说集,且举出最近《骆驼草》上登的小说《桥》中一段做个例子：

家家坟在南城脚下，由祠堂去，走城上，上东城下南城出去，不过一里。据说是明朝末年，流寇犯城，杀尽了全城的居民，事后聚葬在一块，辨不出谁属谁家，但家家都有，故名曰家家坟。坟头立一大石碑，便题着那三个大字。两旁许许多多的小字，是建坟者留名。

坟地是一个圆形，周围环植芭茅，芭茅与城墙之间，可以通过一乘车子的一条小径，石头铺的，——这一直接到县境内唯一的驿道，我记得我从外方回乡的时候，坐在车上，远远望见城墙，虽然总是日暮，太阳就要落下了，心头的欢喜，什么清早也比不上。等到进了芭茅巷，车轮滚着石地，有如敲鼓，城墙耸立，我举头而看，伸手而摸，芭茅擦着我的衣袖，又好像说我忘记了它，招引我，——是的，我哪里会忘记它呢，自从有芭茅以来，远溯上去，凡曾经在这儿做过孩子的，谁不拿它来卷喇叭？

这一群孩子走进芭茅巷，虽然人多，心头倒有点冷然，不过没有说出口，只各人的笑闹突然停住了，眼光也彼此一瞥，因为他们的说话，笑，以及跑跳的声音，仿佛有谁替他们限定着，留在巷子里尽有余音，正同头上的一道青天一样，深深的牵引人的心灵，说狭窄吗，可是到今天才觉得天是青的似的。同时芭茅也真绿，城墙上长的苔，丛丛的不知名的紫红花，也都在那里哑着不动——我写了这么多的字，他们是一瞬间的事，立刻在那石碑底下蹲着找名字了。

（《骆驼草》十五期）

记事文的写景在小说中是很重要的。小说的角色是人，人不能离地而生，人的性格与自然的环境，很有关系。中国的旧小说如《水浒》《红楼梦》等，大都缺乏对于自然风景有美妙的描写。《老残游记》里也闹出千佛山倒影在大明湖里的笑话。李白说得好："大块假我以文章。"中国新小说家应如何在自然中领取美感，在文字中细腻地表现出来，这实在比整天坐在洋楼上喝咖啡重要得多了。

上面是说艺术的记事文写景方面的，关于写人方面，我们也举出一些例子：

及至进来一看，却是位青年公子，头上戴着束发嵌宝紫金冠，齐眉勒着二龙戏珠金抹额，一件二色金百蝶穿花大红箭袖，束着五彩丝攒花结长穗宫绦，外罩石青起花八团倭缎排穗褂，登着青缎粉底小朝靴，面若中秋之月，色如春晓之花，鬓若刀裁，眉如墨画，鼻如悬胆，睛若秋波，虽怒时而似笑，即嗔视而有情。项上金螭缨络，又有一根五色丝绦，系着一块美玉。

这是《红楼梦》中黛玉眼中初见面的宝哥哥。

两弯似蹙非蹙笼烟眉，一双似喜非喜含情目。态生两靥之愁，娇袭一身之病。泪光点点，娇喘微微。闲静似娇花照水，行动如弱柳扶风。心较比干多一窍，病如西子胜三分。

这是《红楼梦》中宝玉眼中初见面的林妹妹。

武松身长八尺，一貌堂堂，浑身上下，有千百斤气力，不恁地，如何打得那个猛虎？这武大郎，身不满五尺，面目丑陋，头脑可笑，清河县人，见他生得短矮，起一个诨名，叫做三寸丁谷树皮。

这是《水浒》中有名的武松和武大郎。

权勿用见了这字，收拾搭船来湖州。在城外上了岸，衣服也不换一件，左手掮着个被套，右手把个大布袖子晃荡晃荡，在街上脚高步低的撞。撞过了城门外的吊桥，那路上却挤。他也不知道出城该走左首，进城该走右首，方不碍路。他一味横着膀子乱摇，恰好有个乡里人在城里卖完了柴出来，肩头上横掮着一根尖匾担，对面一头撞将去，将他的个高孝帽子横挑在匾担尖上。乡里人低着头走，也不知道，掮着去了。

这是《儒林外史》中怪模怪样的权勿用。

说起权花的娇貌，比以秋月，觉得秋月太淡了，比以春花，觉得春花太艳了，两道蛾眉，一双俊眼，最动人的是那流星般的乌黑眼珠。坐时首常微仰，常显沉思之态，行时衣履飘摇，仿佛安琪儿临凡。但举止间多带庄重神气，不苟言笑，使人觉得可爱可敬而不可犯。

这是《友情》中所写的汪权花。

记述人物要捉着人物状态或性格的特点。陈独秀常说："《红楼梦》记述人物的衣服装饰太琐碎。"不知道这正是《红楼梦》的特点所在。《红楼梦》中的小姐们那么多,若不在个人的服装嗜好上着意描写,如何分得出每个小姐的个性来。上面几个例子,如宝玉、黛玉、武松、武大郎、权勿用、汪权花,各人的状态或性格能在很简短的文字里表现出来,就因为捉着了每人个性特点,所以能使读的人得着一个深厚的印象。

科学的记事文应该真实,艺术的记事文应该美妙。艺术的记事文写的不是粗枝大叶的轮廓,而是他们具体的琐碎的血和肉。科学的记事文应该写得明白,艺术的记事文应该写得含蓄。这就是作者的技巧问题。

第八讲　叙事文

一、叙事文的意义

什么是叙事文呢?

叙事文是记述人或物在某时期的动作或变迁的过程的文字。叙事文与记事文不同的地方,是叙事文是写行为动作的。而记事文则以专写人或物的形态、颜色、性质等,一是动的描写,一是静的描写。

我们现在且举出叙事文的一些例子。

> 武松走了一直,酒力发作,焦热起来。一只手

提着哨棒，一只手把胸膛前袒开，踉踉跄跄，直奔过乱树林来。见一块光挞挞大青石，把那哨棒倚在一边，放翻身体，却待要睡，只见发起一阵狂风。那一阵风过了，只听得乱树背后扑地一声响，跳出一只吊睛白额大虫来。武松见了，叫声"阿呀"，从青石上翻将下来，便拿那条哨棒在手里，闪在青石边。那大虫又饥又渴，把两只爪在地上略按一按，和身望上一扑，从半空里撺将下来。武松被那一惊，酒都作冷汗出了。说时迟，那时快，武松见大虫扑来，只一闪，闪在大虫背后。那大虫背后看人最难，便把前爪搭在地下，把腰胯一掀，掀将起来。武松只一闪，闪在一边。大虫见掀他不着，吼一声，却似半天里起个霹雳，振得那山冈也动，把这铁棒也似虎尾，倒竖起来只一剪。武松却又闪在一边。原来那大虫拿人只是一扑，一掀，一剪，三般捉不着时，气性先自没了一半。那大虫又剪不着，再吼了一声，一兜兜将回来。武松见那大虫复翻身回来，双手轮起哨棒，尽平生气力只一棒，从半空劈将下来。只听得一声响，簌簌地将那树连枝带叶劈脸打将下来。定睛看时，一棒劈不着大虫，原来打急了，正打在枯树上，把那条哨棒折做两截，只拿得一半在手里。那大虫咆哮，性发起来，翻身又只一扑,扑将来。武松又只一跳,却退了十步远。那大虫恰好把两只前爪搭在武松面前,武松将半截棒丢在一边,两只手就势把大虫顶花皮胳嗒地揪住,一按按将下来。那只大虫急要挣扎,被武松尽力气捺定,那里肯放半点儿松宽。武松把只脚望大虫面门上、眼睛里只顾乱踢。那大虫咆哮起来,把身底下爬起两堆黄泥,做了一个土坑。武松把大虫嘴直按下黄泥坑里去。那大虫被武松奈何得没了些气力。武松把左手紧紧地揪住顶花皮,偷出右手来,提起铁锤般大小拳头,尽平生之力只顾打。打到五七十拳,那大虫眼里、口里、鼻子里、耳朵里,都迸出鲜血来,更动弹不得,只剩口里兀自气喘。武松放了手来,松树边寻那打折的哨棒,拿在手里,只怕大虫不死,把棒橛又打了一回。眼看气都没了方才丢了棒。

(《水浒》第二十二回)

这一段写武松打虎,武松的动作,虎的动作,都活灵活现地表示出来了。又如:

他立在这船的甲板上,吹下来的西风的对面,是太阳沉没的地方。驹岳隐在云里,当然看不见了。便是礼文华岭也很朦胧,几乎疑是魔女头发一般的缭乱的初夏之云的一部。太阳用了光明之鞭，将聚集了将要咬住的云打开，渐渐沉没下去。受鞭的云，浴着眩目的血潮。余下的血潮，将吓得引退的无数的鳞云染成黄红紫的颜色。

太阳也随即疲倦了，自己身上也受着丛云的血烟，变成烧烂了的洋铜模样。

在坚实的堆积着的云之死骸的中间，因了临终的苦冈，独乐一般的辘轳辘轳的旋转着沉没下去。正如垂死的人之趋死，太阳亦趋于夜。他屏息凝视着。

太阳在瞬息间，少许不见了。在瞬息间，一半不见了。在瞬息间，全个不见了。海水苍茫的一望是青碧，保持着微黄的缓和的呼吸，天空也传递海的叹息。

这一瞬间，万象绝声了。黄昏乃是无声。在那里没有叫唤的昼，也没有微语的夜。临终的可怕的沉默，管领了天与海。天与海成了沉默这事物了。

（有岛武郎，《朝雾》周作人译）

这是一段极美的文字！写一个人在"船的甲板上"望见云的变化，太阳的变化，海与天空的变化，以及黑夜的黄昏的来临。是写物的变迁的过程的。

(一) 作者的地位

叙事文是记述人或物的动作和变迁的。但作者或根据直接观察的经验，或根据传闻的想象。材料的来源不同，则作者的地位各异。叙事文的写法，依作者的地位，可分为三种：

1. 主动的写法。主动的写法，是以作者自己为主体来描写的。一切自传的文字可以说多数是主动的写法。例如《弗兰克林自传》、卢梭的《忏悔录》等书以自己为主体来叙述，都可以说主动的写法。主动的写法可以称为"个人的写法"（Personal Narration）。以自己为主体的文章，根据自己的经验，比较容易做，而且容易做得好。我现在且举一段文字作这样写法的例子：

> 我于一八八一年生在浙江省绍兴府城里的一家姓周的家里。父亲是读书的；母亲姓鲁，乡下人，她以自修得到能够看书的学力。听人说，在我幼小时候，家里还有四五十亩水田，并不很愁生计。但到我十三岁时，我家忽而遭了一场很大的变故，几乎什么也没有了。我寄住在一个亲戚家，有时还被称为乞食者。我于是决心回家，而我的父亲又生了重病，约有三年多，死去了。我渐至于连极少的学

费也无法可想；我的母亲便给我筹办了一些旅费，教我去寻无需学费的学校去，因为我总不肯做幕友或商人——这是我乡衰落了的读书人家子弟所常走的两条路。

（鲁迅，《自叙传略》）

2. 被动的写法。被动的写法，是以传闻或想象的人物为主体的，作者处于被动的地位。这个写法比较难。被动的写法，贵于"设身处地"。在历史、笔记的传说中，这类写法很多。但写得好的，也可以活灵活现，历历如绘。这就是作者的技巧问题。我现在也举出一篇文字来做例子：

先君子尝言乡先辈左忠毅公视学京畿，一日，风雪严寒，从数骑出微行，入古寺。庑下一生伏案卧，文方草成。公阅毕，即解貂覆生，为掩户。叩之寺僧，则史公可法也。及试，吏呼名至史公，公瞿然注视，呈卷即面署第一。召入，使拜夫人，曰："吾诸儿碌碌，他日继吾志事，惟此生耳。"及左公下厂狱，史朝夕狱门外。逆阉防伺甚严，虽家仆不得近。久之，闻左公被炮烙，旦夕且死，持五十金，涕泣谋于禁卒，卒感焉。一日，使史更敝衣、草屦、背筐，手长镵，为除不洁者，引入，微指左公处，则席地倚墙而坐，面额焦烂不可辨，左膝以下筋骨尽脱矣。史前跪，抱公膝而呜咽。公辨其声，而目不可开，乃奋臂以指拨眦，目光如炬。怒曰："庸奴！此何地也，而汝来前！国家之事糜烂至此，老夫已矣，汝复轻身而昧大义，天下事谁可支拄者？不速去，无俟奸人构陷，吾今即扑杀汝！"因摸地上刑械作投击势。史噤不敢发声，趋而出。后常流涕述其事以语人，曰："吾师肺肝皆铁石所铸造也。"崇祯末，流贼张献忠出没蕲、黄、潜、桐间，史公以凤庐道奉檄守御。每有警，辄数月不就寝，使将士更休，而自坐幄幕外。择健卒十人，令二人蹲踞而背倚之，漏鼓移则番代。每寒夜起立，振衣裳，甲上冰霜迸落，铿然有声。或劝以少休，公曰："吾上恐负朝廷，下恐愧吾师也。"史公治兵，往来桐城，必躬造左公第，候太公、太母起居，拜夫人于堂上。余宗老涂山，左公甥也，与先君子善，谓狱中语乃亲得之于史公云。

(方苞，《左忠毅公轶事》)

3. 客观的描写法。客观的描写法即"非个人的描写法"（Impersonal Narration）。纯客观的描写法，不独在叙述文方面用得很多，古来的叙事诗（Epic）、民歌

(Ballad)也很多用客观的方法描写的。例如古诗《孔雀东南飞》,杜甫的《石壕吏》,白居易的《长恨歌》等皆是。欧洲古代荷马(Homer)的伟大史诗《奥特赛》与《伊得亚特》,也是客观的描写。《水浒》的作者施耐庵虽不知道是什么人,但他写一百零八个好汉,以及书中许多闲杂人物,也纯用客观的描写法。客观描写法不加入作者的一句意见和议论。我们现在也举一个例子:

> 王婆接了这物,分付伴当回去,自禁,来开了后门,走过武大家里来。那妇人接着,请去楼上坐地。那王婆道:"娘子,怎地不过贫家吃茶?"那妇人道:"便是这几日身体不快,懒去走的。"王婆道:"娘子家里有日历么?借与老身看一看,要选个裁衣日。"那妇人道:"干娘裁甚么衣裳?"王婆道:"便是老身十病九痛,怕有些山高水低,预先要制办些送终衣服。难得近处一个财主见老身这般说,布施与我一套衣料——绫、绣、绢、缎——又与若干好绵。放在家里一年有余,不能够做。今年觉道身体好生不济,又撞着如今闰月,趁这两日要做,被那裁缝勒掯,只推生活忙,不肯来做。老身说不得这等苦!"那妇人听了,笑道:"只怕奴家做得不中干娘意;若不嫌时,奴出手与干娘做如何?"

那婆子听了这话，堆下笑来，说道："若得娘子贵手做时，老身便死来也得好处去。久闻娘子好手针线，只是不敢相央。"那妇人道："这个何妨。许了干娘，务要与干娘做了。将历头叫人拣个黄道好日，便与你动手。"王婆道："若得娘子肯与老身做时，娘子是一点福星，何用选日？老身也前日央人看来，说道：明日是个黄道吉日。老身只道裁衣不用黄道日，了不记他。"那妇人道："归寿衣正要黄道日好，何用别选日。"王婆道："既是娘子肯作成老身时，大胆只是明日起动娘子到寒家则个。"那妇人道："干娘，不必，将过来做不得？"王婆道："便是老身也要看娘子做生活则个，又怕家里没有看门前。"那妇人道："既是干娘恁地说时，我明日饭后便来。"那婆子千恩万谢下楼去了。

(《水浒》二十三回)

(二) 叙事文的成因

佛家说，人这东西，是"地、水、火、风"四种东西构成的。这自然是很粗的说法。现在科学家分析人身的原质，比这复杂的多了。但叙事文也有四种成因：

1. 人物
2. 动作

3. 时间

4. 地点

任何叙事文不能缺少这四种成因。我们且举一个例子:

> 彼时黛玉自在床上歇午,丫环们皆出去自便,满屋内静悄悄的。宝玉揭起绣线软帘,进入里间,只见黛玉睡在那里,忙走上来推她道:"好妹妹,才吃了饭,又睡觉!"将黛玉唤醒。
>
> 黛玉见是宝玉,因说道:"你且出去逛逛。我前儿闹了一夜,今儿还没有歇过来,浑身酸疼。"宝玉道:"酸疼事小,睡出来的病大。我替你解闷儿,混过困去就好了。"黛玉只合着眼,说道:"我不困,只略歇歇儿,你且别处去闹会子再来。"宝玉推她道:"我往那去呢?见了别人就怪腻的。"
>
> 黛玉听了,嗤的一声笑道:"你既要在这里,那边去老老实实的坐着,咱们说话儿。"宝玉道:"我也歪着。"黛玉道:"你就歪着。"宝玉道:"没有枕头,咱们在一个枕头上罢。"黛玉道:"放屁!外头不是枕头?拿一个来枕着。"
>
> 宝玉出至外间,看了一看,回来笑道:"那个我不要,也不知哪个腌臜婆子的。"黛玉听了,睁

开眼起身，笑道："真真你就是我命中的'魔星'！请枕这一个。"说着，将自己枕的推给宝玉，又起身将自己的再拿了一个来枕上，自己枕了。二人对着脸儿躺下。

（《红楼梦》第十九回）

这一段叙事文的成因分析如下：

  人物 宝玉 黛玉

  动作 宝玉访黛玉

  时间 午饭后

  地点 黛玉房中

二、叙事文的分类

叙事文的对象为人或物的动作和变迁，但因为写出来的文的目的和形式不同，所以有种种的分类。在英文的作文法和修辞学中，有因叙事文的形式把它分成两大类的：

（一）小说（Stories）等；

（二）历史（Histories）等。

这个分类法不大妥当。夏丏尊、刘熏宇两先生合编的《文章作法》，则依叙事文的目的，就是"主想"，把叙事文分成三类：

（一）以授与教训为主，例如传记等。

（二）以授与知识为主，例如历史等。

（三）以授与趣味为主，例如小说等。

这个分类比较妥当了。但我以为可以商酌的，是"传记"的主要目的不能说是"教训"，历史也不是授与"知识"，小说也不是授与"趣味"。其实，叙事文的形式很多，分类是很难的，我们大略可依了叙事文的形式和目的，把它分成下列几类：

（一）小说

（二）传记

（三）日记

（四）游记

（五）笔记

（六）书信

这个分类自然也还不妥当，但比较是详尽的了。我以为"历史"是一种独立的学科，在学术上有特别的位置，不能包括在叙事文里面的。

三、叙事文的写法

叙事文应该怎样写法呢?

依着上列的分类,我们一一述之于下:

(一)小说

写小说不是一件容易的事。我们研究小说史的人,当知道小说的派别很多。详细研究,有待专书。我们这里只能将叙事文在小说中的重要写法大略说明。

小说的对象是人生,个人的观察和经验是一切小说的底子。中国的新创作小说,至今还带浪漫的气息,正当的道路和救药还是"写实主义"。我们在这里不能高谈主义,我们以为个人的深刻的观察和体验是写小说的重要条件,而对于一切事物的同情心(Sympathy)和好奇心(Curiosity)能使人对于社会的生活更有深厚的兴味。

社会是复杂的,自然界的事物也是复杂的。莫泊桑曾说:"世界上绝对没有相同的两粒沙子、两根绳、两只手、两个鼻孔。"普遍的观察不是一件容易的事。但写小说的人有唯一的法宝,这法宝便是个人的经验。英人瓦独柏逊（Walter Besant）在他的《小说的艺术》上说：

> 生在乡间的女子，不应该描写兵营中的生活。作者的亲友们倘若全是中产阶级的人，则作者的小说中不应写贵族的举止形态。南方的作者，最好是不要用北方的方言。不要写自己经验以外的事情。这虽是很简单的规则，却是任何作者应守的规则。

"不要写自己经验以外的事情"，这规则虽然简单，但我国的鼎鼎大名的著作家竟很多不守这个规则的。正如冰心女士在《超人》小说中，一个"厨房里跑街"的小孩禄儿，可以写很柔和动人的爱"花"爱"香"的闺阁气的信。又如从前一位诗人闻一多先生曾做了一句有名的诗，说："他的笑声同碎了一座琉璃宝塔。"其实"碎了的琉璃宝塔"声音究竟怎样，诗人不说明，我们也不知道。又如，王统照先生形容泰戈尔说话声音之美，竟说是"如银钟之响于幽谷"。不知道王先生曾于何处幽谷听见有"银钟"之响，我们俗人们听见的只有铜钟铁钟罢了。又如一个老牌小说家写一对青年男女相抱，竟说"两个心儿的跳动竟同两个钟摆跳动一般"。

(原文记不清了，大意如是。）我不知道心的跳动能左右摇摆如钟摆一般，这两个青年男女还有性命没有？天下哪里有这样的怪心？这都是闭起眼睛来瞎写，不根据自己的经验的结果。

所以我以为写小说第一应该注意的是：

应该对于人生或事物精密的观察，不要写自己经验以外的事情。

这是写小说的第一条规则。

单是观察还不够的。

天下的事物无穷，一人的耳目有限。我们若闭起眼睛，随笔乱写，固不能成为好作品。但观察事物之后，随笔记录，也不能成为好创作。正如善照相的人，照相的配光及技术固然重要的，但选择背景尤其重要。我们常说，自然是美的。但自然不纯粹是美，有美也有丑。正如美丽的野花香草，也许生长于败瓦颓垣之旁，古木怪石，也许正临于蓬门陋户。人生也和自然一样。古人说："人生初看则美，细看则丑。"我们的黑幕小说家何尝不是写实，但写的只是丑，没有美，不能算是文学。

善于照相的人，能对于自然加以剪裁，去丑留美；善于作小说的人，也可以对于人生加以神化，丑中生美。正如朵思朵也夫斯基的《罪与罚》（有韦丛芜译本，未名社刊行），何尝不是描写丑恶的人生，但因为作者的态度严肃，技巧美妙，所以《罪与罚》仍是不朽的文学作品。章铁民、汪静之读了我的小说《友情》上卷，来信大骂，说不应该如此描写，有点像写"黑幕"。其实，我写《友情》的态度是严肃的。而且，像张广余汪博士黄诗人一伙人，正是我们所见得到的朋友们，不能算是"黑幕"中人。我不敢说《友情》是一部怎样了不得的大著，但如我的朋友祥云女士所说："希望广余汪博士永久死去，伟大的太阳快快出来。"《友情》能打动当代青年男女的心，终是一部文学作品。不懂得《友情》与"黑幕"的分别，是不懂得文学的，不能对于观察的材料加以选择，是不配做小说的。

所以我以为写小说第二应该注意的是：

应该对于观察的人生或事物有艺术的选择，神化而美妙地写出来。这是写小说的第二条规则。

怎样才能"神化而美妙地写出来"呢？

直抄人生或事物不能算是艺术。艺术所表现的是真实（Reality），不是现实（Actuality）。美人哈密尔顿（Clayton Hamilton）论小说，说："小说的目的，在以想象的事实的系列，来表现人生的真实。"这里所说"想象的事实"几个字应该特别注意。因为是事实，所以并不是胡思乱想的空想；是事实经过了头脑的同化，成为"想象的事实"。知道了小说是"想象的事实"，所以一定要考据贾宝玉是写什么人，林黛玉是写什么人，大观园是在什么地方，也可以说是傻瓜干的傻事。我在前面曾引了柏逊的话，"不要写经验以外的事情"。柏氏为注重个人经验的人，他的话诚足为我国头脑空洞的作者的良药。但美国大小说家亨利·詹姆士（Henry James）曾对柏逊的话加以辩驳，说：

> 经验是有限制的，同时亦为绝对不能满足的。眼睛所看得见的固然算是经验，但耳朵听见的又何尝不是经验？由一个道理推论到旁的道理，也可以说是经验……

是的，由一件事想象旁的事，由一个道理推论旁的道理也是经验。这就是我所说的神化（Mystification），但"神化"不是一件容易的事。我的朋友韦素园先生曾在《语丝》上发表了一篇小说，叫做《春雨》，是写一个少女的初恋的。当时有一个女子高师的学生见了，写信来问，说："这小说的主人翁是不是某女作家？"韦先生这篇小说写得很好的，但当时有人（好像是岂明先生）说这篇小说缺少了一种"神化"。善于作小说的人，不但要注重事实的选择，并且应对事实加以结构。结构不是一件简单的事情，正如哈密尔顿所说："结构不仅是提炼人生，而在于提炼人生所得的事实更加以提炼。"这话说得极妙。"神化"不是闭起眼睛化出来的，想象也不是从天到地想出来的，应该以事实为基础，加以头脑的同化，正如水受热成汽，汽凝结仍为水，是一种蒸溜作用。

所以我以为写小说第三应该注意的是：

应该对于人生或事物的观察结果，加以想象的同化作用，然后有结构的写出来。

这是写小说的第三条规则。

(二)传记

传记是文学上的宝物。有人说:"一切的创作都是自传。"这句话自然说得太过了。但我们可以说:"一切的创作皆有意或无意的受着作者自己的态度的影响。"即以写实派的大师莫泊桑而论,他自己以为写作的态度是完全客观的、冷静的。但莫泊桑的著作中也流露出他自己的人生态度。朱自清先生曾举他的短篇小说《月夜》(有周作人译,载《域外小说集》)为例,以为"《月夜》里所写的爱,便是受物质环境影响而发生的爱,与理想派所写的爱便决不会相同",以证明"他的唯物观,在作品里充满了的"。所以以文学作品而论,不懂得作者的一生生活与环境,便不懂得作品的态度来源,所以作者的传记是很重要的。这是就文学作品而论。但传记本身,也就有独立的价值。我们研究欧洲文学的人,都喜欢读卢梭的《忏悔录》,托尔斯泰的《忏悔录》,歌德的自传。这些伟大的自传,在文学上,在道德上,其影响实在伟大无比。近人如罗曼·罗兰(Roman Rolland)的《贝多芬传》、《甘地传》,都是极有价值的作品。最近我读了英文本的托洛斯基(Trotsky)的《我的自传》

(*My Life*)也受了极大的感动。我虽不是陈独秀党的托洛斯基派,但对于托氏的奋斗与失败,不能不表示相当的钦佩。传记的目的在记实,不在"教训",但伟大的传记的效果往往超过"教训",它令人感动,令人奋兴,它的价值是艺术的,又是智识的,也是道德的。

但中国的传记文学又是怎样呢?我且先举出胡适之先生的一些话来作证:

> 传记是中国文学里最不发达的一门。这大概有三种原因:第一是没有崇拜伟大人物的风气,第二是多忌讳,第三是文字的障碍。
>
> 传记起于纪念伟大的英雄豪杰。故柏拉图与谢诺芳念念不忘他们那位身殉真理的先师,乃有梭格拉底的传记和对话集。故布鲁塔奇追念古昔的大英雄,乃有他的《英雄传》。在中国文学史上所有的几篇稍稍可读的传记,都含有崇拜英雄的意义,如司马迁的《项羽本纪》,便是一例。唐朝的和尚崇拜那十七年求经的玄奘,故《慈恩法师传》为中古最详细的传记。南宋的理学家崇拜那死在党禁之中的道学领袖朱熹,故朱子的《年谱》成为最早的详细年谱。

但崇拜英雄的风气在中国实在最不发达。我们对于死去的伟大人物，当他刚死的时候，也许送一副挽联，也许诌一篇祭文，不久便都忘了！另有新贵人应该逢迎，另有新上司应该巴结，何必去替陈死人算烂账呢？所以无论多么伟大的人物，死后要求一篇传记碑志，只好出重价向那些专做诔墓文章的书生去购买！传记的文章不出于爱敬崇拜，而出于金钱的买卖，如何会有真切感人的作品呢？

传记的最重要条件是记实传真，而我们中国的文人却最缺乏说老实话的习惯。对于政治有忌讳，对于时人有忌讳，对于死者本人也有忌讳。圣人作史，尚且有什么为尊者讳，为亲者讳，为贤者讳的谬例，何况后代的诔墓小儒呢！故《檀弓》记孔氏出妻，记孔子不知父墓，《论语》记孔子欲赴佛肸之召，这都还有直书事实的意味，而后人一定要想出话来替孔子洗刷。后来的碑传文章，忌讳更多，阿谀更甚，只有歌颂之辞，从无失德可记。偶有诽谤，又多出于仇敌之口，如宋儒诋诬王安石，甚至于伪作《辩奸论》。这种小人的行为，其弊等于隐恶而扬善。故几千年的传记文章，不失于诔颂，便失于诋诬，同为忌讳，同是不能纪实传信。

传记写所传的人最要能写出他的实在身份，实在神情,实在口吻,要使读者如见其人,要使读者感觉真可以尚友其人。但中国的死文字却不能担负这种传神写生的工作。我近年研究佛教史料,读了六朝唐人的无数和尚碑传,其中百分之九十八九都是满纸骈俪对偶,读了不知道说的是什么东西。直到李华、独孤及以下,始稍稍有可读的碑传。但后来的"古文"家又中了"义法"之说的遗毒,讲求字句之古,而不注重事实之真,往往宁可牺牲事实以求某句某字之似韩似欧,硬把活跳的人装进死板板的古文义法的烂套里去,于是只有烂古文,而决没有活传记了。

因为这几种原因,二千年来,几乎没有一篇可读的传记。因为没有一篇真能写生传神的传记,所以二千年中竟没有一个可以叫人爱敬崇拜感发兴起的大人物!并不是真没有可歌可泣的事业,只都被那些谀墓的死古文骈文埋没了。并不是真没有可以叫人爱敬崇拜感慨奋发的伟大人物,只都被那些烂调的文人生生地杀死了。

(《南通张季直先生传记序》,《胡适文存》第三集卷八)

胡先生的话是很精到的。我们虽不敢附和胡先生的大胆地说"二千年来,几乎没有一篇可读的传记",但中国真正伟大的动人的传记实在不多。"多忌讳"、"与文字的障碍"实为最大原因。说中国人"没有崇拜英雄的风气",还有可以商酌的地方。我们只要看关羽之庙遍天下,便可证明中国人并不是不崇拜英雄。至于士人之崇拜孔丘,军人之崇拜岳飞,党人之崇拜总理,商人之崇拜吴佩孚,都可证明中国人的崇拜英雄热并不低于旁的国家和民族。中国古代传记也有可读的,如胡先生所说的《项羽本纪》和《慈恩法师传》,如《史记》的《孔子世家》、《孟子荀卿传》、《屈原贾生传》、《游侠传》,如《晋书》的《阮籍传》,萧统的《陶渊明传》,《唐书》的《韩愈传》,《宋史》的《朱熹传》、《王安石传》,《明儒学案》的《王守仁传》,等等,皆益人心智,颇可一读。如王充的《论衡自纪》,实为自传的很好作品。近人梁启超的《意大利三杰传》、《罗兰夫人传》等,"笔尖常带情感",尤为动人的作品。如胡先生的近作《四十自述》,将来一定为自传中的很好作品。文体解放了,忌讳渐渐少了,中国的传记文发达是无可疑的。

我们且举近人吴虞的《明李卓吾别传》,以作中国传记文的一个例子：

温陵李先生，名贽（袁宏道《李温陵传》作载贽），号卓吾，一曰笃吾，泉州晋江人。生明嘉靖丁亥之岁，生而母徐氏殁。

七岁，随父白斋公读诗歌，习礼文。年十二，试《老农老圃论》，曰："吾时已知樊迟之问，在荷蓧丈人间。"及长，身长七尺，目不苟视。虽至贫，辄时助朋友之急。读传注，愦愦不省，不能契朱子深心。因自怪，欲弃置不事，而闲甚，无以消岁月。乃叹曰："此直戏耳。但剽窃得滥目，足矣。主司岂一一能通孔圣精蕴者耶？"嘉靖间，领乡荐，以道远，不再上公车，为共城校官。共城为宋李之才宦游地，有邵尧夫安乐窝，在苏门山百泉上。卓吾生于泉，泉为温陵禅师福地。卓吾曰："吾温陵人，当号温陵居士。"至是，日游遨百泉之上，曰："吾泉而生，又泉而官，泉于吾有夙缘矣。"故自谓百泉人，又号百泉居士。

后官礼部司务，曰："吾闻京师人士所都，盍访而学焉。"人曰："子性太窄，苟闻道，当自宏阔。"卓吾曰："然。"遂又自命为宏父。初未知学道，有先生语之曰："公怖死否？"卓吾曰："死安得不怖。"曰："公既怖死，何不学道？学道，所以免生死也。"卓吾曰:"有是哉!"居官五载,潜心道妙,久之,有所契,超然于语言文字之表。

出为姚安知府,为政举大体,一切持简易,任自然,务以德化人,不贾世俗能声,自治清苦,僚属、士民、胥隶、夷酋,莫不向化。往往喜与衲子游处,常往伽蓝判事。或置名僧其间,簿书有暇,即与参论虚玄。俸禄之外,了无长物。是时上官严刻,吏民多不安。卓吾曰:"边方杂夷,法难尽执。任于此者,携家万里而来,动以过失狼狈去,尤不可不念之。但有一长,即为贤者,岂宜责备耶?"居三年,以病告,不许。遂入大理之鸡足山,阅《藏经》,不出。鸡足山,滇西名山也。御史刘维奇其节,疏令致仕。

初与楚黄安耿子庸善,罢郡,遂不归。曰:"我老矣,得一二胜友,终日晤言以遣余日,何必归乡也。"遂客黄安。

中年,得数男,皆不育。体素癯,淡于声色,恶近妇人,故虽无子,不置婢妾。

旋至麻城龙潭湖上,与僧无念、周友山、丘坦之、杨定见聚,闭门下键,日以读书为事。性爱扫地,数人缚帚不给。衿裙浣洗,极其鲜洁,拂身拭面,有同水淫。不喜俗客,不获辞而至,但一交手,即令之远坐,嫌其臭味。其欣赏者,镇日言笑;意所不契,寂无一语。滑稽排调,冲口而发,既能解颐,亦可刺骨。所读书,皆钞写为善本,逐字雠校,肌襞理分,时出新意。其为文,不阡不陌,摅其胸中之独见。诗不多作。亦喜为书,每研墨伸楮,则解衣大叫,得意者瘦劲险绝,骨棱棱纸上,亦甚可爱。一日,头痒,倦于梳栉,遂薙其发,独存鬓须。去冠服,即所居为禅院,居常与侍者论出家事,曰:"世间有三等人宜出家。其一,如庄周、梅福之徒,以生为我梏,形为我辱,智为我毒,灼然见身世如赘瘤然,不得不弃官隐者,一也。其一,如严光、阮籍、陈抟、邵雍之徒,苟不得比于傅说之遇高宗,太公之遇文王,管仲之遇桓公,孔明之遇先主,则宁隐毋出,亦其一也。又其一者陶渊明是也,亦爱富贵,亦苦贫穷。苦贫穷,故以乞食为耻,而曰:'叩门拙言辞',爱富贵,故求为彭泽令,然无奈其不肯折腰何,是以八十日便赋归去也,此又其一也。"侍者进曰:"先生于三者何居?"卓吾曰:"卓哉庄周、梅福之见,我无是也。待知己之主而后出,必具盖世才,我亦无是也。其陶公乎?夫陶公清风被千古,余何人而敢云庶几焉,然其一念真实,不欲受世间管束,则偶与之同也。"卓吾喜接引人，来问学者，无论缁白，披心酬对，风动黄麻间。时有女人来听法，或言："女人见短，不堪学道。"卓吾曰："谓人有男女则可，谓见有男女，岂可乎？谓见有短长，则可，谓男子之见尽长，女人之见尽短，可乎？且彼为法来者，男子不如也。"卓吾气既激昂，行复惊众。麻黄间士大夫皆大噪，诋为左道惑众。因卓吾共彼中士女谈道，刻有《观音问》等书，忌者更以帷薄蜚语，思逐去之。卓吾笑曰："吾左道耶，即加冠可也。"遂服其旧服。于是左辖刘东星迎卓吾武昌。

自后屡归屡游，刘晋川迎之沁水，梅中丞迎之云中，焦弱侯迎之秣陵，皆推尊为望人。无何，复归麻城，又有以蜚语闻当事者，当事乃逐卓吾而火其兰若。御史马诚所常问卓吾易义，大服，事以师礼，奉之入黄糵山。

壬寅，北游，抵郊外极乐寺，馆于通州诚所家。忽蜚语传京师，云："卓吾著书丑诋四明沈相。"沈相恨甚，踪迹无所得。礼垣都谏张诚宇乃疏劾之，遂逮下诏狱。逮者至，邸舍匆匆，卓吾力疾起行数步，大声曰："是为我也，为我取门片来。"遂卧其上，疾呼曰："我，罪人也，不宜留。"诚所愿从，曰："朝廷以先生为妖人，我藏妖人者，死则俱死耳,终不令先生往而已独留。"卒同行。明日,大金吾闻讯,侍者掖而入,卧于阶上。金吾曰:"若何妄著书?"卓吾曰:"罪人著书甚多,具在圣教,有益无损。"大金吾笑其崛强。狱竟,无所置词,大略止回籍耳。久之,旨未下,卓吾于狱中作诗读书自如,当事亦未必遽欲置之死也。一日,呼侍者薙发,遂持刀自割其喉,气不绝者两日。侍者问:"和尚痛否?"以指书其手,曰:"不痛。"又曰:"和尚何自割?"书曰:"七十老翁何所求!"遂绝。时年七十六矣。诚所以事缓,归觐其父,至是,闻而伤之,曰:"吾护持不谨以致于斯也。"乃葬其骸于通州北门外,为之大治冢墓,营佛刹焉。

(下略)

李卓吾为明代的大思想家,但在当时竟被朝野目为怪物,"下狱而死"。其书"一焚于万历三十年","再焚于天启五年"。但伟大的著作并不是焚烧禁止所能断绝的。陈明卿说得好:"卓吾书盛行,咳唾间非卓吾不欢,凡案间非卓吾不适。朝廷难禁毁之,而士大夫则相与重锓,且流传于日本。"吴先生这篇文章,写卓吾的一生思想、行止,甚为详尽动人。

替古人或今人做传记，有两个重要条件：

第一，要记载详实。

第二，要立论公允。

做传记不但要详细，而且要实在。传记比不得小说，不能造一句诳话。立论公允也不是容易的，如《宋史》的《王安石传》，便对于那"天变不足畏，祖宗不足法，人言不足恤"的王安石，有种种不公平的微词。又如陈寿替诸葛亮做传（见《三国志》），因为亮曾髡陈寿之父，故于亮颇有微词。这都是做传记的人应该引以为戒的。只有不为俗见所宥，不为私心所蔽的人，才能写出公允的话。

做自传是说自己的事，比较容易了。但法朗士老先生曾说：

> 你心里有什么说什么是可能的应当的，只要你知道怎样去做就完了。听一个十二分诚意的忏悔者忏悔，该是一件多么有趣的事！但是世界有始以来，从没有听见过这种忏悔辞。没有一个人肯什么事都告诉出来——就是凶恶的奥古斯丁，他的用意是要使曼尼歧阿斯人糊涂得莫名其妙，哪来有暴露他灵魂的真心；就是可怜伟大的卢骚，他因为神经

错乱,才恣意的诋毁自己。

(《乐园之花》,原名《伊壁鸠鲁园》,顾仲彝译)

做自传应该"心里有什么说什么",自己是什么说什么。夸张是不好的,故意"诋毁自己"固然也不好,但若卢梭那样暴露自己的真心,是伟大的行为,我们不能拿"神经错乱"来讥笑他。

(三) 日记

日记是文学的核心,是叙事文的础石。初学作文的人,练习记日记是最好的方法。日记可记两个方面的事情:一是自己的行为,一是自己读书的心得。前者是关于道德方面的,后者是关于知识方面的。如曾国藩一生的日记,虽然也有很多道学气可笑的,但他的平生事业文章,都可在他的日记中读出来,是研究曾国藩的人必不可少的参考品。又如顾亭林的《日知录》,是顾氏毕生研究学术有心得的记录,价值非常重大。清人李慈铭的《越缦堂日记》,也是近代日记中的名作,惜卷帙浩繁,价值昂贵,印本甚少,近难买得。近人胡适之先生也记日记,在北京时,我曾读了几册他的日记稿本,胡先生的思想与行为,在他的日记中是更灵活地表现出来了。惜胡先生的日记现在还锁在铁柜中,不知何年何月何日才可以刊行出来。鲁迅先生从前也是记日记的(鲁迅先生曾说笑话,说他要将日记的名称改为"夜记",因为他的日记都是晚上记的),他发表出来的《马上日记》、《马上支日记》,都很有趣味。我们且抄出他的日记中的一短篇以作例子:

六月二十六日　　　　　　　　　　晴

上午,得霁野从他家乡寄来的信,话并不多,说家里有病人,别的一切人也都在毫无防备的将被疾病袭击的恐怖中。末尾还有几句感慨。

午后,织芳从河南来,谈了几句,匆匆忙忙地就走了,放下两个包,说这是"方糖",送你吃的,怕不见得好。织芳这一回有点发胖,又这么忙,又穿着方马褂,我恐怕他将要做官了。

打开包来看时,何尝是"方"的,却是圆圆的小薄片,黄棕色,吃起来又凉又细腻,确是好东西。但我不明白织芳为什么叫它"方糖"?但这也就可以作为他将要做官的一证。景宋说这是河南一处什么地方的名产,是用柿霜做成的;性凉,如果嘴角上生些小疮之类,用这一搽,便会好。怪不得有这么细腻,原来是凭了造化的妙手,用柿皮来滤过的。可惜到她说明的时候,我已经吃了一大半了。连忙将所余的收起,预备将来嘴角上生疮的时候,好用这来搽。

夜间,又将藏着的柿霜糖吃了一大半,因为我忽而又以为嘴角上生疮的时候究竟不很多,还不如现在趁新鲜吃一点。不料一吃,就又吃了一大半了。

(鲁迅,《华盖集续编》一四八至一四九页)

记日记最要注意的,便是"真实不欺",因为日记是"写给自己看的"。我们应该不自欺。为什么大家都喜欢读《少女日记》呢?

因为那日记的主人翁奥国少女丽达记日记时,并不曾想到发表。她是瞒着他的父母、姐姐偷着记的,所以记得十分真实、有趣、动人。世间也有专为出版而记日记的名人,但那样"摆空架子"的东西,似流水账一般,是毫无价值的。懂得英文的人,应该读莎梅儿·贝比士(Samuel Pepys)的日记,那是英国文学中最有趣、最有名的日记。

(四)游记

游历是很重要的。古人曾说:"太史公游历海内名山大川，故为文有奇气。"所以"读万卷书，走万里路"，是古代文人传为美谈的。欧西文人嘉勒尔（Carlyle）将人们分为三种，说，第三流的人物，是诵读者（Reader），第二流的人物，是思索者（Thinker），第一流最伟大的人物，是阅历者（Seer）（参看鹤见祐辅《思想·山水·人物》二百七十页，鲁迅译）。那简直以"走万里路"比"读万卷书"还有价值而且重要了。我的朋友孙伏园君，也是欢喜游历的，他曾说："留学生未出国以前，最好先在本国各省旅行一遍，认清楚自己的本国，然后再看旁人国里的事情，比较更有趣味。"这也是很有意义的话。但旅行而不写游记，走马观花，也毫无益处。试看中国留学欧美人那么多，但关于欧美日本的有价值游记一本也没有。许多的留学生都是糊涂而去，糊涂而来，在外国吃面包、找女人罢了！

但游记的性质也因作游记人的趣味而不同。有的人旅行为着鉴赏风物，这是文学家的旅行；有的人旅行为着观察社会，这是哲学家的旅行。我们且举出两篇不同的文字，来作这两派的代表：

绿

（《温州的踪迹》第二篇）　朱自清作

我第二次到仙岩的时候，我惊诧梅雨潭的绿了。梅雨潭是一个瀑布潭。仙岩有三个瀑布，梅雨瀑最低。走到山边，便听见"哗哗哗哗"的声音。抬起头，镶在两条湿湿的黑边儿里的，一带白而发亮的水便呈现于眼前了。我们先到梅雨亭。梅雨亭正对着那条瀑布。坐在亭边，不必仰头，便可见它的全体了。亭下深深的便是梅雨潭。这个亭踞在突出的一角的岩石上，上下都空空儿的，仿佛一只苍鹰展着翼翅浮在天宇中一般。三面都是山，像半个环儿拥着，人如在井底了。这是一个秋季的薄阴的天气，微微的云在我们顶上流着，岩面与草丛都从润湿中透出几分油油的绿意，而瀑布也似乎分外的响了。那瀑布从上面冲下，仿佛已被扯成大小的几绺，不复是一幅整齐而平滑的布。岩上有许多棱角，瀑流经过时，作急剧的撞击，便飞花碎玉般乱溅着了。那溅着的水花，晶莹而多芒，远望去，象一朵朵小小的白梅，微雨似的纷纷落着。据说，这就是梅雨潭之所以得名了。但我觉得像杨花，格外确切些。轻风起来时，点点随风飘散，那更是杨花了。——这时偶然有几点送入我们温暖的怀里，便倏的钻了进去，再也寻它不着。

梅雨潭闪闪的绿色招引着我们，我们开始追捉她那离合的神光了。揪着草，攀着乱石，小心探身下去，又鞠躬过了一个石穹门，便到了汪汪一碧的潭边了。瀑布在襟袖之间，但我的心中已没有瀑布了。我的心随潭水的绿而摇荡。那醉人的绿呀，仿佛一张极大极大的荷叶铺着，满是奇异的绿呀！我想张开两臂抱住她，但这是怎样一个妄想呀。——站在水边，望到那面，居然觉着有些远呢！这平铺着、厚积着的绿，着实可爱。她松松的皱缬着，像少妇拖着的裙幅；她轻轻的摆弄着，像跳动的初恋的处女的心；她滑滑的明亮着，像涂了"明油"一般，有鸡蛋清那样软，那样嫩，令人想着所曾触过的最嫩的皮肤；她又不杂些儿尘滓，宛然一块温润的碧玉，只清清的一色——但你却看不透她！我曾见过北京什刹海拂地的绿杨，脱不了鹅黄的底子，似乎太淡了。我又曾见过杭州虎跑寺近旁高峻而深密的"绿壁"，重叠着无穷的碧草与绿叶的，那又似乎太浓了。其余呢，西湖的波太明了，秦淮河的又太暗了。可爱的，我将什么来比拟你呢？我怎么比拟得出呢？大约潭是很深的，故能蕴蓄着这样奇异的绿，仿佛蔚蓝的天融了一块在里面似的，这才这般的鲜润呀。——那醉人的绿呀！我若能裁你以为带，我将赠给那轻盈的舞女，她必能临风飘举了。我若能把你以为眼，我将赠给那善歌的盲妹，她必明眸善睐了。我舍不得你！我怎舍得你呢？我用手拍着你，抚摩着你，如同一个十二三岁的小姑娘。我又掬你入口，便是吻着你了。我送你一个名字，我从此叫你"女儿绿"，好么？

我第二次到仙岩的时候，我不禁惊诧于梅雨潭的绿了。

（《踪迹》一五三至一五七页）

东西文化的界线
《漫游的感想》之一　胡适作

我离了北京，不上几天，到了哈尔滨。在此地我得了一个绝大的发现：我发现了东西文明的交界点。

哈尔滨本是俄国在远东侵略的一个重要中心。当初俄国人经营哈尔滨的时候，早就预备要把此地辟作一个二百万居民的大城，所以一切文明设备，应有尽有，几十年来，哈尔滨就成了北中国的上海。这是哈尔滨的租界，本地人叫做"道里"，现在租界收回，改为特别区。租界的影响，在几十年中,使附近的一个村庄逐渐发展,也变成了一个繁盛的大城。这是"道外"。

"道里"现在收归中国管理了,但俄国人的势力还是很大的,向来租界时代的许多旧习惯至今还保存着。其中的一种遗风就是不准用人力车(东洋车)。"道外"的街道上都是人力车,一到了"道里"只见电车与汽车,不见一部人力车。道外的东洋车可以接到道里,但不准再拉客,只可拉空车回去。

我到了哈尔滨,看了道里与道外的区别,忍不住叹口气,自己想道:这不是东方文明与西方文明的交界点吗?东西洋文明的界线只是人力车文明与摩托车文明的界线——这是我的一大发现。

人力车又叫"东洋车",这真是确切不移。请看世界之上,人力车所至之地,北起哈尔滨,西至四川,南至南洋,东至日本,这不是东方文明的区域吗?

人力车代表的文明就是那用人作牛马的文明。摩托车代表的文明,就是用人的心思才智作出的机械来代替人力的文明。把人作牛马看待,无论如何,够不上叫做"精神文明"。用人的智慧造作出机械来,减少人类的苦痛,便利人类的交通,增加人类的幸福。这种文明却含有不少的理想主义,含有不少的精神文明的可能性。我们坐在人力车上,眼看那些圆颅方趾的同胞努起筋肉，弯着背脊梁，流着血汗，替我们做牛做马，拖我们行远登高，为的是要挣几十个铜子去活命养家——我们当此时候，不能不感谢那发明蒸汽机的大圣人，不能不感谢那发明电力的大圣人，不能不祝福那制作汽船汽车的大圣人，感谢他们的心思才智节省了人类多少精力，减除了人类多少苦痛！你们嫌我用"圣人"一个字吗？孔夫子不说过吗？"制而用之谓之器，利用出入，民咸用之谓之神。"孔老先生还嫌"圣"字不够，他简直尊他们为"神"呢！

（《胡适文存》第三集卷一）

我们读了上面二段性质不同的游记，当发生若何感想呢？朱自清先生把仙岩的一个小瀑布，写得那样有声有色，真有些神化了。这样细腻的写景文章，几百年来的古文游记中是很难看见的！我们读了朱自清先生的文章，再去看胡适先生的《庐山游记》（有单行本，新月书店刊行），他花了几千字去考证一个塔，竟把庐山的有名瀑布用"鹤鸣与龟背之间有马尾泉瀑布，双剑之左有瀑布水；两个瀑泉遥遥相对，平行齐下，下流入壑，汇合为一水，迸出山峡中，遂成最著名的青玉峡奇景。

水流出峡，入于龙潭"几句话轻轻写过去。有"历史癖和考据癖"的人竟不会描写风景！但胡适先生究竟是一个哲学家，能在哈尔滨的"道里"、"道外"的人力车与汽车中，看出东方文明与西方文明的交界线，这也是哲学上的一个"大发现"?!

游历是有益于学问的。"达尔文旅行全世界，完成他的进化论"。但达尔文可说是带了簿子旅行的。杜威说得好："达尔文常说，平常人偶然看见事物的例子同自己所好之说相反的，便敷衍放过，但是他自己则不特搜集种种不相同的例子，并且把所看见的，或所想到的，写在簿子上面。因为不写就要忘记了。"这实在是研究学问的人所应当效法的。但我们学文学的人，游历时大概欢喜欣赏风景。可是好风景正同云烟一般，一瞥即过的。所以袋里也应该带了一本簿子，无论是风俗，是人情，是风景，有趣味的都可以记下来。（记载的方法，参看本书第三讲及第四讲《论用字》"确切"一段）我们应该提倡带了簿子去游历。

我的朋友孙氏兄弟的《伏园游记》及《山野掇拾》（孙福熙著）都是很好的，很可看。古人游记中《徐霞客游记》（丁文江校点本）也是很好的，可说是中国第一部记游历的书。懂得英文的人，欧文（Washington Irving）的《见闻杂记》，是很可看的。又如威尔士（H. G. Wells）的《近代乌托邦》及《如神的人们》也可看，在那些著作中可看出威尔士的旅行热的心情的，并且带在游历的路上看，也很有趣味。

（五）笔记

在中国文学中有许多笔记小说，如宋人的许多笔记，清代有名的《聊斋志异》、《阅微草堂笔记》，都很有小说风味。这里的笔记是指 Notebook，如我和朱溪所译的《契诃夫随笔》便是。那实在是一本有趣而有益的书。契诃夫的癖性，都可在他的笔记中看出来。那是他的创作的底子。相传契诃夫写小说时总打开他的 Notebook 来看。一切爱好文学以及初学作文的人袋里都该带一册 Notebook，把自己所见、所闻、所想的随时随地记下来。这是最要紧的一个习惯，不养成这个习惯，是不能成为创作家的。

（六）书信

书信是最足表现作者人格的文字。书信可以说理，可以言情，但多数是叙事。古人的书信中如宋代的苏东坡、黄庭坚，唐代的李白、白居易，清代的郑板桥等人，均有许多很可爱的书信。书信最要是直写性情，如曾国藩的书信便多装假架子，不很好。中国人的家信写得好的不多。家长的地位太高了，小一辈子写信大都战战兢兢，吓得什么话也不敢说了。近年来这种地位的尊严的滥调渐渐打破了，家信也写得好出来了。近人冰心女士的《寄小读者》很可看。冰莹女士的《从军日记》也是用信的体裁写的，也很可看。我们现在且举清人郑板桥的一封信，作为书信的一个例子：

范县署中寄弟墨

十月二十六日得家信，知新置田获秋稼五百斛，甚喜。而今而后，堪为农夫以没世矣。要须制碓、制磨、制筛箩簸箕，制大小扫帚，制升斗斛；家中妇女率诸婢妾，皆令习舂揄蹂簸之事，便是一种靠田园长子孙气象。天寒冰冻时，亲戚朋友到门，先泡一大碗炒米送手中，佐以酱姜一小碟，最是暖老温贫之具。暇日咽碎米饼，煮糊涂粥，双手捧碗，缩颈而啜之，霜晨雪早，得此周身俱暖。嗟乎！嗟乎！吾其长为农夫以没世乎！

我想天地间第一等人,只有农夫!而士为四民之末。农夫上者种地百亩,其次七八十亩,其次五六十亩,皆苦其身,勤其力,耕种收获,以养天下之人。使天下无农夫,举世皆饿死矣。我辈读书人,入则孝,出则弟,守先待后,得志泽加于民,不得志修身见于世,所以又高于农夫一等。今则不然,一捧书本,便想中举、中进士、作官,如何攫取金钱,造大房屋,置多田产。起初走错了路头,后来越做越坏,总没有个好结果。其不能发达者,乡里作恶,小头锐面,更不可当。夫束脩自好者,岂无其人?经济自期,抗怀千古者,亦所在多有。而好人为坏人所累,遂令我辈开不得口。一开口,人便笑曰:"汝辈书生,总是会说,他日居官,便不如此说了。"所以忍气吞声,只得挨人笑骂。工人制器利用,贾人搬有运无,皆有便民之处,而士独于民大不便,无怪乎居四民之末也!——且求居四民之末而亦不可得也。

愚兄平生最重农夫,新招佃地人,必须待之以礼。彼称我为主人,我称彼为客户;主客原是对待之义,我何贵而彼何贱乎?要礼貌他,要怜悯他;有所借贷,要周全他!不能偿还,要宽让他!尝笑唐人七夕诗,咏牛郎织女,皆作会别可怜之语,殊失命名本旨。织女，衣之源也；牵牛，食之本也。在天星为最贵。天顾重之，而人反不重乎？其务本勤民，星象昭昭可鉴矣。吾邑妇人，不能织绸织布，然而主中馈，习针线，犹不失为勤谨。近日颇有听鼓儿词，以斗叶为戏者，风俗荡轶，亟宜戒之。

吾家业地虽有三百亩，总是典产，不可久恃。将来须买田二百亩。予兄弟二人，各得百亩足矣，亦古者一夫受田百亩之句也。若再求多，便是占人产业，莫大罪过。天下无田无业者多矣，我独何人，贪求无厌，穷民将何所措手足乎！或曰："世上连阡越陌，数百顷有余者，子将奈何？"应之曰："他自做他家事，我自做我家事，世道盛则一德遵王，风俗偷则不同为恶，亦板桥之家法也。"哥哥字。

第九讲　解说文

一、解说文的意义

解说文,英文为 Exposition,有人译做"说明文"。但我以为"说明文"这个名词不大妥当,不如称为"解说文"。

什么是解说文呢?

解说文是解释普通的或抽象的事理的文字。这一类的文字的主题不是直接诉诸感觉的。记事文与叙事文诉诸作者的观察与想象,是偏于情感的。解说文则以诉诸抽象的理解为主,是偏于理知的。

这一种主题的普通文字,可分为以下数类。

(一) 进行性质 (The nature of process) 的文字

这一类文字是说事物的制造或行为的活动的,例如教人如何做菜弄饭的烹饪教科书、体操游戏的说明书,都归这一类。

(二) 一类事物的性质 (The nature of a class of things) 的文字

这一类的文字,例如心理学、论理学、植物学、化学、解剖学教科书等等文字,均归这一类。

(三) 一般抽象性的性质 (The nature of an abstract quality) 的文字

例如,说仁、说义、说情、说意的文字均归入这一类。

(四) 字、句、论文的意义(The meaning of a word / sentence / or discourse)的文字

例如,字义学、文法学、文学概论一类的文字。

(五) 主义、法则的应用 (The application of a law or principle) 的文字

例如,谈好政府主义、共产主义、人权与约法的文字。

（六）一切事物的功用、效能、结果、原因（The use or uses; effect or effects; result or results; cause or causes）的文字

例如，解说电气（Electricity）的功用、效能、结果、原因的文字。

以上的各类，系就解说文的性质而分的（参看 Clippinger 的 *Composition and Rhetoric*）。解说文的用处最多，科学的、哲学的、文学的、政治的、考证的，门类极繁。中国古代的解说文，如韩愈的《进学解》、《获麟解》、《师说》，扬雄的《解嘲》，王半山的《复仇解》等，都是有名的解说文字。

二、解说文的种类

解说文在应用上，可以分为六类，如上节所说。普通英文中的修辞学作文法，大致把解说文分为以下两种：

（一）科学的解说文（Scientific Exposition）

什么是科学的解说文呢？

如上节所说，如心理学、论理学、植物学的教科书

等，应用科学的解说文最多。

但是，科学的解说文与科学的记事文有什么分别呢？

科学的记事文是用类别或机械的记述，但大致是描写比较具体的特殊事物，科学的解说文则以解释抽象的事理为对象、为主。如我们记一株桃花的花瓣颜色怎样、桃叶形态怎样，根据植物学的分类法写出来，是科学的记事文。我们若说，桃子吃到肚子里有怎样作用，为什么吃多了要肚痛，就非用解说文不可了。我们现在且举两个例子：

> 显花植物之特性。显花植物，率生种子，子内藏有原始幼植物，谓之曰"胚"，如第九图是。胚得适当之温润，发生为萌芽。发芽时，以需种种养分，如淀粉油，暨含窒素物质，故特预储于种子之内。某种种子，如牵牛子，营养物质，在胚周围，其色白，其状若粉，是曰"胚乳"。胚乳即由淀粉油暨含窒素物质所成者也。而称含胚乳之种子曰"有胚乳种子"。豆科植物暨槠（橡实之类）之实，概缺胚乳脂肪之营养物质，蕴于胚之一部，即子叶之内，故称是类曰"无胚乳种子"。子叶者，种子

萌发之际,始显出之叶也,如牵牛子,如豆,如楮,如蔷薇,芍药,暨此外多数植物。子叶有二,如稻、如麦、如百合、如射干、如兰,子叶仅一,故得大别显花植物为单子叶植物与双子叶植物之二类。

(黄以仁译《植物学讲义》二十三页)

这是科学的记事文。

单称名辞、普通名辞、集合名辞。

单称名辞(Single Term)谓同一意义之概念。发表之际,仅仅适用于单独的事物之名称之类。凡所谓固有名辞者,即单称名辞也。例如"南京"、"安庆"、"诸葛孔明"等皆是。又虽非单称名辞,而亦有仅用之于一事物者,如云"地球之中心"、"人类究竟之目的"、"现任内阁总理"等,亦得为单称名辞。

普通名辞(General Term)谓以同一意义,适用于多种事物之类。如"山"、"川"、"犬"、"马"、"人类"、"金属"等皆是。

集合名辞(Combinative Term)适用于个体合成之全体,而不适用于所由合成之个体之名辞。例如"内阁"、"联队"、"森林"之类,系泛言已成之集合体,而非全体中之各个体所能混称,故与普通名辞有别。

(张子和编《新论理学》十七页)

这是科学的解说文。科学的解说文应该注意界说(Definition)和分类(Classification)。

(二)说理的解说文(Informal Exposition)

说理的解说文(Informal Exposition),直译应为"报告的解说文"(但这个名词不大好)。说理的解说文是作者自由发表某种之意思或某种学理的,并不像科学的解说文那样琐碎和干燥。

关于说理的解说文,我们且举出三篇文章来做例子:

菿汉微言·自序　章炳麟

余自志学迄今,更事既多,观其会通,时有新意。思想变迁之迹,约略可言。少时治经,谨守朴学,所疏通证明者,在文字器数之间。虽尝博观诸子,略识微言,亦随顺旧义耳。

遭世衰微,不忘经国,寻求政术,历览前史,独于荀卿韩非所说谓不可易。自余闶眇之旨,未暇深察。

继阅佛藏,涉猎《华严》、《法华》、《涅槃》诸经，义解渐深，卒未窥其究竟。

及囚系上海，三岁不觌，专修慈氏世亲之书。此一术也，以分析名相始，以排遣名相终。从入之途，与平生朴学相似，易于契机。解此以还，乃达大乘深趣。私谓释迦玄言，出过晚周诸子，不可计数，程朱以下，尤不足论。

既出狱，东走日本，尽瘁光复之业。鞅掌余闲，旁览彼土所译希腊、德意志哲人之书。时有概述邬波尼沙陀及吠檀多哲学者，言不能详，因从印度学士咨问。梵土大乘已亡，胜论、数论，传习亦少，唯吠檀多哲学，今所盛行，其所称述，多在常闻之外。以是数者，格以大乘，霍然察其利病，识其流变。

而时诸生适请讲说许书，余于段、桂、严、王，未能满志，因翻阅大徐本十数过，一旦解寤，的然见语言文字本原，于是初为文始。而经典专崇古文，记传删定大义，往往可知。由是所见与笺疏琐碎者殊矣。

却后为诸生说庄子。间以郭义敷释，多不惬心，旦夕比度，遂有所得。端居深观，而释齐物，乃与瑜伽华严相会。所谓"摩尼现光，随见异色，因陀帝纲，摄入无碍"，独有庄生明之，而今始探其妙，千载之秘，睹于一曙。次及荀卿、墨翟，莫不抽其微言，以为仲尼之功，贤于尧舜，其玄远终不敢望老庄矣。

癸甲之际，厄于龙泉，始玩爻象，重籀《论语》。明作《易》之忧患，在于"生生"，"生"道济"生"，而"生"终不可济，饮食兴讼，旋复无穷。故唯文王为知忧患，唯孔子为知文王。《论语》所说，理关盛衰，赵普称"半部治天下"非尽唐大无验之谈。又以庄证孔，而"耳顺"、"绝四"之指，居然可明。知其阶位卓绝，诚非功济生民而已。至于程、朱、陆、王诸儒，终未足以厌望。

顷来重绎庄书，眇览齐物，芒刃不顿，而节族有闲。凡古近政俗之消息，社会都野之情状，华梵圣哲之义谛，东西学人之所说，拘者执箸而鲜通，短者执中而居间。卒之鲁莽灭裂，而调和之效，终未可睹。譬彼侏儒，邂逅于两大之间，无术甚矣。余则操齐物以解纷，明"天倪"以为量，割制大理，莫不孙顺。

程、朱、陆、王之俦，盖与王弼、蔡谟、孙绰、李充伯仲。今若窥其内心，通其名相（宋儒言天理性命，诚有未谛。寻诸名言，要以表其所见，未可执着。且此土玄谈，多用假名，立破所持，或非一实，即《老》、《易》诸书，尚当以此会之，所谓"非常名"也）。虽不见全象，而谓其所见之非象，则过矣。

世故有疏通知远、好为玄谈者，亦有文理密察、实事求是者。及夫"主静"、"主敬"，皆足澄心，欲当为理，宜于宰世。苟外能利物，内以遣忧，亦各从其志尔。汉、宋争执，焉用调人，喻以四民，各勤其业，瑕衅何为而不息乎？下至天教执耶和华为造物主，可谓迷妄，然格以"天倪"，所误特在"体相"，其由果寻因之念固未误也。诸如此类，不可尽说。执着之见，不离"天倪"。和以"天倪"，则妄自破而纷亦解。所谓"无物不然，无物不可"，岂专为圆滑，无所裁量者乎？

自揣平生学术，始则转俗成真，终乃回真向俗。世固有见谛转胜者邪！后生可畏，安敢质言？

秦、汉以来，依违于彼是之间，局促于一曲之内，盖未尝睹是也。

乃若昔人所诮，专志精微，反致陆、沉，穷研训诂，遂成无用，余虽无腆，固足以雪斯耻。

平民文学　　周作人

"平民文学"这四个字，字面上极易误会，所以我们先得解说一回，然后再行介绍。

平民的文学正与贵族的文学相反。但这两样名词，也不可十分拘泥。我们说贵族的平民的，并非说这种文学是专做给贵族或平民看，专讲贵族或平民的生活，或是贵族或平民自己做的；不过说文学的精神的区别，指它普遍与否，真挚与否的区别。

中国的现在成了民国，大家都是公民。从前头上顶了一个皇帝，那时"率土之滨，莫非王臣"，大家同是奴隶，向来没有贵族平民这名称阶级。虽然大奴隶对于小奴隶，上等社会对于下等社会，大有高下，但根本上原是一样的东西。除却当时的境遇不同以外，思想趣味，毫无不同，所以在人物一方面上，分不出什么区别。

就形式上说，古文多是贵族的文学，白话多是平民的文学。但这也不尽如此。古文的著作，大抵偏于部分的、修饰的、享乐的或游戏的，所以确有贵族文学的性质。至于白话，这几种现象，似乎可以没有了。但文学上原有两种分类，白话固然适宜于"人生艺术派"的文学，也未尝不可做"纯艺术派"的文学。纯艺术派以造成纯粹艺术品为艺术唯一之目的，古文的雕章琢句，自然是最相近；但白话固然适宜于"人生艺术派"的文学，也未尝不可雕琢，造成一种部分的修饰的享乐的游戏的文学，那便是虽用白话，也仍然是贵族的文学。譬如古铜铸的钟鼎，现在久已不适实用，只能尊重它是古物，收藏起来；我们日用的器具，要用磁的盘碗了。但铜器现在固不适用，磁的也只是作成盘碗的适用，倘如将可以做碗的磁，烧成了二三尺高的五彩花瓶，或做了一座纯白的观世音，那时，我们也只能将它同钟鼎一样珍重收藏，却不能同盘碗一样适用。因为它虽然是一个艺术品，但是一个纯艺术品，不是我们所要求的人生的艺术品。

照此看来，文学的形式上，是不能定出区别。现在再从内容上说。内容的区别，又是如何？上文说过贵族文学形式上的缺点，是偏于部分的、修饰的、享乐的或游戏的。这内容上的缺点，也正是如此。所以平民文学应该着重与贵族文学相反的地方，是内容充实，就是普遍与真挚两件事。第一，平民文学应以普通的文体，记普遍的思想与事实。我们不必记英雄豪杰的事业、才子佳人的幸福，只应记载世间普通男女的悲欢成败。因为英雄豪杰、才子佳人，是世上不常见的人，普通男女是大多数，我们也便是其中的一人，所以其事更为普遍，也更为切己。我们不必讲偏重一面的畸形道德，只应讲说人间交互的实行道德。因为真的道德，一定普遍，决不偏怙。天下决无只有在甲应守、在乙不必守的奇怪道德。所以愚忠愚孝，自不消说，即使世间男人多数最欢喜说的殉节守贞，也不合理，不应提倡。世上既然只有一律平等的人类，自然也有一种一律平等的人的道德。第二，平民文学应以真挚的文体，记真挚的思想与事实。既不坐在上面，自名为才子佳人，又不立在下风，颂扬英雄豪杰。只自认是人类中的一个单体，混在人类中间，人类的事，便也是我的事。我们说及切己的事，那时心急口忙，只想表出我的真意实感，自然不暇顾及那些雕章琢句了。譬如对众表白意见，虽可略加努力，说得美妙动人，却总不至于诌成一支小曲，唱的十分好听，或编成一个笑话，说得哄堂大笑，却把演说的本意没却了。但既是文学作品，自然应有艺术的美。只须以真为主，美即在其中。这便是人生的艺术派的主张，与以美为主的纯艺术派，所以有别。

平民文学的意义，照上文所说，大略已可明白。还有我所最怕被人误会的两件事，非加说明不可——

第一，平民文学决不单是通俗文学。白话的平民文学比古文原是更为通俗，但并非单以通俗为唯一之目的。因为平民文学，不是专做给平民看的，乃是研究平民生活——人的生活——的文学。它的目的，并非要想将人类的思想趣味，竭力按下，同平民一样，乃是想将平民的生活提高，得到适当的一个地位。凡是先知或引路的人的话，本非全数的人尽能懂得，所以平民的文学，现在也不必个个"田夫野老"都可领会。近来有许多人反对白话，说这总非田夫野老所了解，不如仍用古文。现在请问，田夫野老大半不懂植物学的，倘说因为他们不能懂，便不如抛了高宾球三氏的植物学，去看《本草纲目》，能说是正当办法么？正因为他们不懂，所以要费心力，去启发他。正同植物学应用在农业药物上一样，文学也须应用在人生上。倘若怕与他们现状不合，一味想迁就，那时植物学者只好照《本草纲目》讲点玉蜀黍性寒，何首乌性温，给他们听，文人也只好编几部《封鬼传》、《八侠十义》给他们看，还讲什么我的科学观、文学观呢？

第二，平民文学决不是慈善主义的文学。在现在平民时代，所有的人都只应守着自立与互助两种道德，没有什么叫慈善。慈善这句话，乃是富贵人对贫贱人所说，正同皇帝的行仁政一样，是一种极侮辱人类的话。平民文学所说，是在研究全体的人的生活，如何能够改进到正当的方向，决不是说施粥施棉衣的事。平民的文学者，见了一个乞丐，决不是单给他一个铜子，便安心走过；捉住了一个贼，也决不是单给他一元钞票放了，便安心睡下。他照常未必给一个铜子或一元钞票，但他有他心里的苦闷，来酬付他受苦或为非的同类的人。他所注意的，不单是这一人缺一个铜子或一元钞票的事，乃是对于他自己的，与共同的人类的运命。他们用一个铜子或用一元钞票赎得心的苦闷的人，已经错了。他们用一个铜子或一元钞票买得心的快乐的人，更是不足道了。伪善的慈善主义，根本里全藏着傲慢与私利，与平民文学的精神绝对不能相容，所以也非排除不可。

在中国文学中，想得上文所说理想的平民文学，原极为难。因为中国所谓文学的东西，无一不是古文。被挤在文学外的章回小说几十种，虽是白话，却都含着游戏的夸张的分子，也够不上这资格。只有《红楼梦》要算最好，这书虽然被一班无聊文人学坏，成了《玉梨魂》派的范本，但本来仍然是好。因为他能写出中国家庭中的喜剧、悲剧，到了现在，情形依旧不改，所以耐人研究。在近时著作中,举不出什么东西,还只是希望将来的努力,能翻译或造作出几种有价值有生命的文学作品。

元人的曲子　　胡适

介绍两部文学史料:

(1) 杨朝英编的《乐府新编阳春白雪》十卷。(南陵徐氏《随庵丛书》本)

(2) 杨朝英编的《朝野新声太平乐府》九卷。(商务印书馆《四部丛刊》本)

"诗变而为词,词变而为曲。"这句话,现在承认的人渐渐多了。但普通人所谓"曲",大抵单指戏曲。戏曲固然也应该在文学史上占一个地位,但"词变而为曲",乃是先变成小曲和套数,套数再变方才有董解元的《弦索西厢》一类的长篇纪事的弹词,三变乃成杂剧。

近人对于元朝的杂剧与传奇,总算很有注意了。但元人的曲子,至今还不曾引起许多人的注意。明代的小曲,也是最有文学价值的文学,不幸更没有人留意到它们。为补救这点缺陷起见,我们现在想陆续把这两朝的曲子介绍给那些有文学史兴趣的读者。

元朝曲子的材料,最重要的是杨朝英的《阳春白雪》和《太平乐府》两部选本。这两部书,现在微幸都不很难得了。《阳春白雪》有贯酸斋的序。贯酸斋是当日的曲子大家,他本是蒙古人,在《元史》(卷一四三)里他的名字是小云石海涯。元史根据欧阳玄《圭斋文集》,说酸斋死于泰定元年(一三二四),此序若是真的,《阳春白雪》代表的是元朝前半的作者,也许有一些金代的词人在内。《太平乐府》有至正辛卯(一三五一)邓子晋的序,已到了元末盗贼并起的时代了。杨朝英号澹斋,青城人,事迹不可考,我们只知道他也是当时的一个曲家。

当时的小令套数,都叫做"乐府";《阳春白雪》卷一有"唱论",说:成文章曰乐府,有尾声名套数,时行小令唤叶儿。

小曲的调子大都是民间流行的曲调,故"唱论"说:

凡唱曲有地所:东平唱《木兰花慢》,大名唱《摸鱼子》,南京唱《生查子》,彰德唱《木斛沙》,陕西唱《阳关三叠》、《黑漆弩》。

"有尾声名套数"一句最可注意。一只调子,有了尾声,即成套数;不必一定要几只调合起来方才是套数。董解元的《西厢》即是许多这种很简单的套数连接起来。

元曲大多数都是白话的。北方的新民族——契丹、女真、蒙古——在中国住久了,有一部分早已被中国文明同化了。这个时代的文学,大有一点新鲜风味,一洗南方古典主义的陈腐气味。曲子虽然也要受调子的限制,但曲调已比词调自由多了,在一个调子之中,句法与字数都可以伸缩变动。所以曲子很适宜于这个时代的新鲜文学。

我们为引起读者的兴趣起见,随便举了一些小令(包括单调和双调)来做例:

《黑漆弩》(一名《鹦鹉曲》)

侬家鹦鹉洲边住,是个不识字的渔夫;浪花中一叶扁舟,睡煞江南烟雨。觉来时满眼青山,抖擞绿蓑归去。算从前错怨天公,甚也有安排我处?(白无咎)

《清江引》

若还与他相见时,道个真传示;不是不修书,不是无才思,绕清江买不得天样纸。(贯酸斋)

樵夫觉来山月低,钓叟来寻觅。你把柴斧抛,我把鱼船弃,寻取个稳便处,闲坐地。(马东篱)

绿蓑衣,紫罗袍,谁是主?两件儿都无济。便

作钓鱼人,也在风波里。则不如寻取个稳便处,闭坐地。(同上)

相思有如少债的,每日相催逼。常挑着一担愁,准不了三分利。这搭钱,见他时才算得。(徐甜斋)

剔秃圞一轮天外月。拜了低低说:"是必常团圆,休着些儿缺。愿天下有情底都似你者!"(宋方壶)

《沉醉东风》

恰离了绿水青山那答,早来到竹篱茅舍人家。野花路畔开,村酒槽头榨,直吃得欠欠答答。醉了山童不劝咱,白发上黄花乱插。(卢疏斋)

一自多才疏阔,几时盼得成合!今日个猛见他门前过,待唤着怕人瞧科。我这里高唱当时《水调歌》,要识得声音是我。(徐甜斋)

《落梅风》(一名《寿阳曲》)

酒可红双颊,愁能白二毛。对樽前尽可开怀抱。天若有情天亦老——且休教少年知道。(姚牧庵)

红颜换,绿鬓凋;酒席上,渐疏了欢笑。风流近来都忘了,谁信道也曾年少?(同上)

装呵欠,把长吁来应;推眼疼,把泪珠掩;佯咳嗽,口儿里作念。将他讳名儿再三不住的惦。思量煞小卿也。双渐!(无名氏)

从别后音信杳,梦儿里也曾来到。问人知行到一万遭,不信你眼皮儿不跳。(马东篱)

心间事说与他,动不动早言"两罢"。"罢"字儿磣可可。你道是耍,我心里怕不怕!(同上)

实心儿待,休做谎话儿猜,不信道为伊曾害。害时节有谁曾见来?瞒不过主腰胸带。(同上)

它心罪,咱便舍!空担着这场风月。一锅滚水冷定也,再撏红几时得热!(同上)

因他害,染病疾。相识每(们)劝咱是好意。相识若知咱就里,和相识也一般憔悴。(同上)

《醉扶归》

频去教人讲,不去自家忙,若得相思海上方,不到得害这些闲魔障。你笑我眠思梦想,只不打到你头直上!(止轩,姓待考。)

有意同成就,无意大家休。几度相思几度愁,风月虚遥授。你若肯时肯,不肯时罢手。休把人空负!(同上)

以上举的是小令的例。"套数"太占篇幅,我们只能举两个例,一个短的,一个长的。

《仙吕赏花时》杨西庵《无题》

卧枕着床染病疾,梦断魂劳怕饮食。不索请客医,沉吟了半日:"这症候儿敢跷蹊!"参的寒来恰惊起，忽的浑身如火气逼。厌的皱了双眉，豁的一会加精细。烘不的半晌又昏迷。

（尾）减精神，添憔悴，把我这瘦损庞儿整理。对着那镜儿容颜不认得！呆打孩，转转猜疑。瘦腰围，宽尽了罗衣。一日有两三次，频将带绩儿移。觑了这淹尖病体，比东阳无异。不似俺，害相思，出落与外人知！

下面这一篇，是一篇很妙的滑稽的文学。太平乐府里，这一类的套数很不少。如卷九杜善夫的《庄家不识勾栏》，马致远的《借马》，都是滑稽的文学，在中国文学中别开生面。即如下面这一篇，借一个乡下人的口气，写一个皇帝的丑态，何等有味！

《哨遍》 睢景臣《汉高祖还乡》

（哨遍）社长排门告示，但有的差使无推故。这差使不寻俗，一壁厢纳草也根，一边又要差夫，索应付。又言是车驾，都说是銮舆，今日还乡故。王乡老执定瓦台盘，赵忙郎抱着酒胡芦，新刷来的头巾，恰糨来的袖衫，畅好是妆幺大户！

（耍孩儿）瞎王留引定伙乔男女，胡踢蹬吹笛擂鼓。见一彪人马到庄门，匹头里几面旗舒：一面旗白胡阑套住个迎霜兔，一面旗红曲连打着个毕月乌。一面旗鸡学舞，一面旗狗生双翅，一面旗蛇缠葫芦。

（五煞）红漆了叉，银铮了斧，甜瓜苦瓜黄金镀。明晃晃马镫枪尖上挑，白雪雪鹅毛扇上铺。这些个乔人物，拿着些不曾见的器仗，穿着些大作怪的衣服！

（四煞）辕条上都是马，套顶上不见驴。黄罗伞柄天生曲。车前八个天曹判，车后若干递送夫。更几个多娇女，一般穿着，一样妆梳。

（三煞）那大汉下的车，众人施礼数。那大汉觑得人如无物。众乡老屈脚舒腰拜，那大汉挪身着手扶。猛可里抬头觑，觑多时，认得熟，气破我胸脯。

（二煞）你身须姓刘，你妻须姓吕。把你两家儿根脚从头数。你本身做亭长耽几盏酒，你丈人教村学读几卷书。曾在俺庄东住，也曾与我喂牛切草，拽耙扶锄。

（一煞）春采了桑，冬借了俺粟，零支了米麦无重数。换田契，强秤了麻三秤；还酒债，偷量了豆几斛。有甚糊涂处，明标着册历，见放着文书！

（尾声）少我的钱，差发内旋拨还；欠我的粟，税粮中私准除。只道刘三，谁肯把你揪扯住？白甚么改了姓，更了名，唤做汉高祖！

     十一，十二，三。

以上三篇文章,第一篇是一部书的序言(Preface),系章炳麟氏自述一生学术造就的经历;第二篇系解说一种文学(平民文学)的意义的;第三篇是介绍两部曲子的内容的——都是说理的解说文。

因为是作者自由解说某一种意思,并不像科学的解说文那样干燥和琐碎。但是说理的解说文并不是没有主旨,如章炳麟自己说他的"学术","始则转俗成真,终乃回真向俗",这就是章氏学术得力所在。又如周作人解说"平民文学"乃是"人的生活"的文学,是"研究平民生活"的文学,这是周氏对于"平民文学"的见解。胡适介绍两本曲子的内容,抄了许多小曲子来证明"元曲大多数是白话的","曲调比词调自由得多",元代曲子的"新鲜风味"。在介绍两本小曲的内容中,仍然表示出作者的主旨。说理的解说文并不是不要"界说",他的文章的主旨就含了界说。说理的解说文并不是不要分类,他的文章中的段落就含着分类。这是说理的解说文与科学的解说文的分别。

三、解说文的写法

解说文应该怎样写法呢？

第一，做解说文，应该注意定义（Definition）。

有人说，中国科学的所以不发达，原因固然很多，但从古以来，谈道说学，不讲定义，思想混沌，实足以妨碍科学知识的发达。严幼陵在他译的耶芳斯《名学浅说》上说得好：

> 有时所用之名之字，有虽欲求其定义，万万无从者。即如中国老儒先生之言"气"字，问人之何以病，曰"邪气内侵"。问"国家之何以衰"，曰"元气不复"。于贤人之生，则曰"问气"。见吾足忽肿，则曰"湿气"。他若"厉气"、"淫气"、"正气"、"余气"。鬼神者二气之良能，几于随物可加。今试问先生所云"气"者，究竟是何名物，可举似乎？吾知彼必茫然不知所对也。然则凡先生所一无所知者，皆谓之"气"而已。指物说理如是，与梦呓又何以异乎？今夫气者，有质点、有爱拒力之物也。其重可以称，其动可以觉。虽化学所列六十余品，至热度高时，皆可以化气。而今地球所常见

者，不外淡、轻、养①，三物而已。他若空气、水气、炭酸亚、摩尼亚，皆杂质也。即今人言电气亦大误。盖电固非气，而特世间一种力而已。出言用字如此，欲使治精深严确之科学哲学，庸有当乎？今请与吾党约：嗣后谈理说事，再不得乱用"气"字，以祛障蔽。庶几物情有可通之一日。他若"心"字"天"字"道"字"仁"字"义"字，诸如此等，虽皆古书中极大极重要之立名，而意义歧混百出，廓清指实，皆有待于后贤也。

严氏的话是很对的！严氏此书，虽系翻译耶芳斯（Jevons）的 *Primer of Logic*，但"引喻设譬"，"多用己意"，可算是一部翻译的创作。至今尚为国内研究论理学的极好本子。中国人言"心"言"性"，谈"天"说"道"，讲"仁"讲"义"也是一样。解说文的目的，是使人明了所说的事物究竟是什么东西，倘作者对于所说的名辞或主题没有一定的界说，则说来说去，说了半天，旁人还不知说什么东西。

---

① 今译为氮、氢、氧。

什么是定义呢？

定义是确定一概念的意思，以区别于旁的概念。人类的知识愈进步，事物愈复杂，定义更重要。我们要判断一件事物，一种演说，一种主义，则对该事物、学说、主义的内容，必须明了。所以概念的定义是很重要的。譬如就社会主义而说，在俄国则为布尔什维主义（Bolshevism），在法国则为工团主义（Syndicalism），在英国则为基尔特社会主义（Guild Socialism），在美国则为 I. W. W.（The industrial workers of the world），概念意义各不相同。成仿吾讲无产阶级文学，钱杏村也讲无产阶级文学，但是成仿吾的无产阶级文学理论并不同于钱杏村的无产阶级文学理论。瓦逊（Watson）是心理学上的行为主义者，郭任远也是心理学上的行为主义者，但瓦逊的行为主义并不同于郭任远的行为主义。

胡适之先生也说"拜金主义"，上海滩上的买办也说"拜金主义"，但胡适之的"拜金主义"一定不同于上海买办的拜金主义。

一切学说、主义、事物，都应有一个明确的概念。概念有"种概念"，有"类概念"。每一个定义是以种概念和类概念，成一特别的界说。这"界说"普通文章中叫做"主旨"。解说文的第一目的，在使人懂得。有主旨有界说的文章才可使人懂得。我们谈起张勋，都知道他提倡复辟；谈起康有为，都知道他主张君主立宪。张勋、康有为固不值得说，但比那些朝北暮南、忽左忽右的军人政客能使人纪念，有价值得多。有界说有主旨的文章才是有价值的文章，正同有主张有操守的人物才有价值一样。

第二，做解说文，应该注意区分（Division）。

什么叫做"区分"呢？这里所说的"区分"，好像科学上所说的分类（Classification）。我们知道科学当中，如动物学、植物学等科，因为分类分得详细严密，所以能够有很大的进步。但分类也不是容易的事。如中国人把一切的东西都分作"金、木、水、火、土"，叫做"五行"。如是又把五行应用于算命、看相、医药。这是很荒谬的举动。科学上的详细分类法，这里不能详说。解说文中的区分是在一篇文章的界说或主旨已定之后，按界说中或主旨的论理上的次序说明。例如前面所引的周作人先生所作的《平民文学》一文，他的主旨是

"平民文学"即"研究平民生活——人的生活的文学"。但他一层一层的说来，首拿"平民文学与贵族文学"相比较，又拿"古文"与"白话"相比较，于是决定在"文字形式上，是不能分出区别。"接着是说明"平民文学"与贵族文学的区别，"是内容充实，就是普遍与真挚两件事。"于是又分"第一"、"第二"说明。后来又就"意义"上，说，"第一，平民文学决不单是通俗文学。""第二，平民文学决不是慈善主义的文学。"这样一层一层的说明，好像抽丝，好像剥茧，平民文学的意义，也就明白了。这就是叫做"区分"。近人胡适之、梁启超的文章都善用区分的法子，所以能明白通畅，令人易懂易解。徐志摩先生的文章也做得很美的，但他的文章，正如俄人伊凤诺（Ivanov）所说："有点糊涂，不大清楚。"

区分应该注意：（一）统一（Unity），（二）联接（Coherence）。否则，难免"有点糊涂，不大清楚"了。

第三，做解说文应该注意有力和有趣。

解说文的性质是偏于理知的。但拉长了脸孔说道理，实在也有点讨厌。古罗马的诗人诃累萧斯说：

"含笑谈真理,又有何妨呢?"

在讲台上讲书的教员,不能使学生发笑的人,是引不起学生的注意的。文章也是一样。我们为什么都喜欢鲁迅、吴稚晖的文章呢?因为他们的文章,不但有力,而且有趣。例如人生观是何等严重的题目,是何等冷静的文章,但到了吴老先生的笔下,便是:

> 所谓"人生",便是用手用脑的一种动物,轮到"宇宙大剧场"的第亿垓八京六兆五万七千幕,正在那里出台演唱。请作如是观,便叫做"人生观"。
>
> 这个大剧场是我们自己建筑的。这一出两手动物的"文明新戏"是我们自己编演的,并不是敷衍什么后台老板,贪图趁机挣几个工钱,乃是替自己尽着义务。倘若不卖力,不叫人"叫好",反叫人"叫倒好",也不过反对了自己的初愿。因为照这么随随便便的敷衍,或者简直踉踉跄跄地闹笑话,不如早遵守着漆黑的一团。何必轻易的变动,无聊的绵延,担任那兆兆兆兆幕,更提出新花样,编这一幕的两手动物呢?
>
> 并且看客也就是自己的众兄弟们,他们也正自粉墨了登场。演得好不好,都没有什么外行可欺,用得着自己骗自己吗?

并且，卖钱的戏只要几个"台柱子"，便敷衍过去。其余"跑龙套"的也便点缀点缀，止算做没有罢了。这唱的是义务戏，自己要好看才唱的。谁便无端的自己扮做跑龙套的，辛苦的出台，止算做没有呢？

并且，真的戏，唱不来，下场了不再上场，就完了。这是叫做"物质不灭"，连带着变动，连带着绵延，永远下了场马上又要登台的呀！尽管轮到你唱，止是随随便便地敷衍，踉踉跄跄地闹笑话，叫人搜你的根脚，说道："这到底是漆黑一团的子孙，终是那漆黑一团的性气！"不丢人吗？

（吴稚晖，《一个新信仰的宇宙观及人生观》）

一个冷静的题目，写成唱戏一般，何等有趣！有趣并不是一件坏事。我们研究教育的人，当知道趣味在教育上的价值。解说文第一应该使人容易懂得，第二应该使人容易记得。只有有力而有趣味的文章，才可使人容易懂而且容易记。使解说文有力而且有趣的方法很多。或者用譬喻的方法，或者用反复（Repetition）的方法，或者用比较（Comparison）和对比（Contrast）的方法。我们读过《新旧约》的人，知道耶稣讲道理是最会譬喻的。例如《路加福音》第十五章上说：

> 众税吏和罪人，都挨近耶稣要听他讲道。法利赛人和文士，私下议论说："这个人接待罪人，又同他们吃饭。"耶稣就用比喻说："你们中间谁有一百只羊，失去一只，不把这九十九只撇在旷野，去找那失去的羊直到找着呢？找着了，就欢欢喜喜的扛在肩上，回到家里。就请朋友邻舍来，对他们说：我失去的羊已经找着了，你们和我一同欢喜罢。我告诉你们，一个罪人悔改，在天上也要这样为他欢喜，较比为九十九个不用悔改的义人，欢喜更大。或是一个妇人，有十块钱，若失落一块，岂不点上灯，打扫屋子，细细的找，直到找着么？找着了，就请朋友邻舍来，对他们说：我失落的那块钱已经找着了，你们和我一同欢喜罢。我告诉你们，一个罪人悔改，在上帝的使者面前，也是这样为他欢喜。"

这些譬喻都很妙。夏丏尊先生曾说："研究文学的人，不可不看《圣经》和《希腊神话》。"我相信他的话很有理。譬喻是很重要的。一切大教主、大圣人、大哲学家，孔丘、孟轲、庄周、墨翟、荀卿的说教都喜欢用譬喻。我们可以随便在他们的书中找出例子。

比较和对比都是很重要的。如《庄子·外物篇》说：

筌者所以在鱼，得鱼而忘筌；蹄者所以在兔，得兔而忘蹄；言者所以在意，得意而忘言。

反复也可以促进文章的有力的。如《老子》上的：

道可道，非常道。名可名，非常名。无名，天地之始。有名，万物之母。

又如《庄子·寓言篇》上的：

终身言，未尝言；终身不言，未尝不言。有自也而可，有自也而不可。有自也而然，有自也而不然。恶乎然，然于然。恶乎不然，不然于不然。恶乎可，可于可。恶乎不可，不可于不可。物固有所然，物固有所可。无物不然，无物不可。

古书与古文用这种法子很多（参看唐钺的《修辞格》第五章，此书虽小而举例极精），可以令人容易讽诵，容易记忆。要解说文有力与有趣，不可不讲种种修辞方法。

第十讲 议论文

一、议论文的意义

议论文,英文为 Argumentation,有人译作"辩论文"。什么是议论文呢?

凡以自己的思想为主体,评判意见的是非,演说的正谬,事件的应行与否,并且希望旁人信从的文字,叫做"议论文"。

议论文的用处很多。议论文和解说文不同的地方,是解说文的目的在于解释(To explain),而议论文的目的,在使人信从(To persuade the reader or bearer)。

譬如,我们做一篇文章证明"达尔文的进化论",这是解说文。

我们若说"达尔文的进化论是不合理的",就非用议论文不可了。因为我们说达尔文的进化论合理不合理,一定要把他的原因说出来。把原因说出来还不够,我们一定还得拿出证据来。

拿不出证据便不能使人信从。所以在议论文中,证明(Proof)是很重要的。

在形式上,解说文的题目也与议论文不同。议论文的题目常常用一个命题(A Proposition)为题,换句话说,就是一个命题中有一个起词(Subject),一个语词(Predicate)。例如"诸子不出于王官论"、"社会主义不能实行于中国论"、"我们对于西洋文明的态度"等等。解说文则常常为一个单词。例如"诸子学说"、"社会主义"、"西洋文明"等。议论文的题目,也有用一个单词的,例如胡适的"名教",但他这篇文章的意思,实在是"我们应该打倒名教",内容依旧是一个命题,不过是形式上的省略罢了。

议论文也并不是不用解说文的。我们把文体分作"记事"、"叙事"、"解说"、"议论"四种，但我们应该知道分类是死的，文章是活的。在实际上，我们发表一种议论，也有"议论的解说"（Argumentative-expository），"议论的叙事"（Argumentative-narrative），"议论的记事"（Argumentative-descriptive）等等混用。例如一只轮船沉了，这个轮船上的船长从水中逃了出来，要做文章辩论这沉船并不是他的罪。他一定要说明这船沉了的原因，是在狂风暴雨之中，为海盗抢了，放火烧了，或者是这轮船年龄太老，内部机器已坏，所以沉了。总之，非用解说文来帮助辩论不可的。又如一个老先生要做一篇文章劝他的儿子不要学坏。他一定要引出许多"坏人得坏报"的例子来打动他儿子的心。这样的议论文就非用叙事文、记事文帮助议论不可。各种文体常常互相为用。这是我们应该注意的。

在中国古文中，"议"和"论"是有区别的。刘勰说："议者，宜也；周爰咨谋，以审事宜者也。"如韩愈有《改葬服议》，柳宗元有《晋文公问守原议》，贾谊有《过秦论》，嵇康有《养生论》，苏洵有《六国论》。"议"

的意思就是驳议。"论"的体裁,刘勰也说过:"原夫论之为体,所以辩证然否,穷于有数,追于无形,迹坚求通,钩深取极,乃百虑之筌蹄,万事之权衡也。"这些话是对的。但刘勰又说:

> 述经叙理,曰"论"。"论"者,伦也;伦理无爽,则圣意不坠。昔仲尼微言,门人追记,故仰其经目,称为《论语》,盖群论立名,始于兹矣。自《论语》以前,经无"论"字,《六韬》二论,后人追题乎?

这便是"什么话"了!在中国古代,无论是"议",是"论",大半都带些维持"圣意"的酸气。只有王充的《论衡》真是一部了不得的作品。所谓"文以载道",所谓"曾经圣人手,议论安敢到"(韩愈语),便是这些酸气的表现。中国学术思想的不发达,这也是一大原因。

二、思想的法则

我在前一节说,议论文是拿自己的思想为主体,评判是非、正谬的。但思想究竟是什么呢?

我们要知道思想是什么,且先看胡适之的话:

> 思想究竟是什么呢?第一,戏台上说的"思想起来,好不伤惨人也",那个"思想"是回想,是追想,不是杜威的"思想"。第二,平常人说的"你不要胡思乱想",那种"思想"是"妄想",也不是杜威所说的"思想"。杜威说明思想是用已知的事物作根据,由此推测出别种事物或真理的作用。这种作用,在理论学书上叫做"推论的作用"(Inference)。
>
> (《杜威论思想》,《胡适文存》第一集卷二)

在这节小文中应该注意的,是"思想是用已知的事物作根据,由此推测出别种事物或真理的作用","这种作用",叫做"推论作用"。要知道"推论作用"是怎样情形,就不可不研究"论理学"了。

(一)论理学的意义

论理学,英文为 Logic,拉丁文为 Logica,系从希腊文 Logike 变来的。Logike 这个形容词又从 Logos 变来。按其意,有"言辞"和"思想"两个意思。论理学在欧洲发达得很早。但到了亚里士多德(Aristotle)的手里,才成为一个完全科学。我国古代也有"名学",

如儒家有儒家的名学，墨家有墨家的名学（严幼陵即仅用"名学"这个名词来译 Logic）。印度也有因明学，但和欧洲的论理学并不相同。亚氏所著书，名曰《机关》（*Organon*），三段论法为古代论理学的中心，在亚氏书中已经说及。三段论法谓之"演绎法"。后来，到了十六世纪，英国哲学家培根（Bacon）出，乃著《新机关》（*Novan Organon*）以反对亚氏。培根所提倡的论理学是"归纳法"。再后，到了弥尔（Mill, 1806－1873）的 *A System of Logic*（即严幼陵译的《穆勒名学》）出版，集归纳法之大成。近世的论理学家，如耶方斯（Jevons）之流，将演绎归纳之法，合二为一。到了实验主义者杜威的手里，又把两千年来西洋的"法式论理学"（Formal Logic）创成"实验的论理学"（Experimental Logic），于是论理学益臻完善。

以上是西洋论理学的小史。论理学是一种专门的科学，学理很深。我们这里只能说个大略。

论理学究竟是怎样的科学呢？让我们来下个定义吧。

论理学是研究正确思想的形式法则的科学。

(二) 演绎法

什么是演绎法呢?

演绎法,英文为 Deduction。凡由普遍原理,以说明个别事实的,叫做"演绎法"。

其实,我们只是没有学过论理学,我们平常辩论事物,也常用演绎的。例如我们在莫干山上,看见竹林中有许多笾笋。于是我就想:

凡笋都可以吃的。

莫干山的笾笋一定也可以吃的。

这是很简单的演绎法,从已经知道的普遍原理,推想到个别事实。倘若我们用演绎法的三段论法(Syllogism)写出来,便成:

1. 凡笋都可以吃的。
2. 笾笋是笋。
3. 所以笾笋也可以吃的。

这上的第一句,论理学上叫做"大前提"(Major Premise)。第二句,论理学上叫做"小前提"(Minor Premise)。第三句,论理学上叫做"结论"(Conclusion)。

演绎法的格式虽简单,但是应用时也是很麻烦的。

从前亚里士多德（Aristotle）曾创立三段论法六条规则，这六条规则用了两千多年了。要用三段论法，不可不用这六条规则。

1. 每一个三段论法，必有三个名词，不能多，亦不能少。这一条是很容易懂的。论理学的名词，英文叫做 Term。

例如上面的例子，笋为媒介，与筀笋比较，与可吃的东西比较。笋叫做"媒介名词"，或叫做"中名词"（Middle Term）。结论的起词筀笋叫做"小名词"（Minor Term）。可以吃的实际上即指可以吃的东西，叫做大名词（Major Term）。四个名词，不能得结论，例如：

孔子是中国人。

耶稣是犹太人。

以上两个前提是不能得结论的。

2. 每一个三段论法中，必有三个命题，不能增减。

每一个三段论法，由大前提、小前提、结论合成。在实际应用上，有时由三个以上的命题合成的，乃变体的三段论法。

3. 中名词，在前提中，至少须一次周延。什么叫做"周延"？周延英文为 Distributed。例如：

凡牛都是动物。

这里的牛系指所有一切的牛，所以叫做"周延"。

又如：

某植物不结实。

某植物系指植物中的一部分，叫做"不周延"。

中名词在前提中为媒介物，在大小前提中俱不周延，则失了媒介效力了。例如：

凡科学家是人，

凡文学家是人，

故凡文学家是科学家。

以上二前提中，中词俱不周延，不能得正确的结论。

4. 在前提中为不周延的名词，在结论中亦不得为周延。因为结论同前提是有关系的，结论的意思，不能出于前提之外。例如：

凡狗为动物，

凡猫非狗，

故凡猫非动物。

这就是错误。因为动物这个名词,在前提中不周延,但在结论中却周延了。

5. 两前提都是否定,不能得结论。

这是显而易见的。因为前提都是否定,则中名词失了媒介的动力,同大小二名词,全无关系了。例如:

凡虎非豹,

凡狮非豹,

故凡狮者虎也。

这一看就知道错了。

6. 前提有一否定,则结论一定为否定;两前提俱无否定,则结论亦无否定。

这是亚里士多德所定三段论法规则的末条。例如:

非洲人是黑色人,

英国人不是非洲人,

故英国人不是黑色人。

这是小前提有否定,所以结论也是否定。又如:

人是动物,

中国人是人,

故中国人非动物。

这里两前提俱为肯定,结论是否定,所以是错了。但这样的错,显而易见,不会闹出笑话来的。

我把亚氏的六条规则,全抄下来了。学者要用演绎法,这六条规则是重要的。但演绎法是以普遍的原理为前提的,我们要知道这前提的普遍原理是否错误,我们就非用归纳法不可了。我们且说归纳法。

(三)归纳法

什么是归纳法呢?

归纳法,英文为 Induction,凡由个别事实,以发现普遍原理的,叫做"归纳法"。

中国宋儒所谓"格物",也是一种简单的归纳法。小程子说:"今日格一件,明日格一件,积习既多,然后脱然有贯通处。"这也是归纳法的精神,原是不错的。但宋儒的所谓"格物",格来格去,终格不出所谓古代"圣贤"的手掌心。正如朱子所说:"夫天下之物,莫不有理,而其精蕴则已具于圣贤之书。"这简直是一种演绎法,认"圣贤之书"的"精髓"为普遍原理,用来推论一切了。陆王一派的格物,主张"心外无物",简直是一种"唯心论",不是归纳法。

清代的校勘学,如胡适之先生所说,是有科学精神的(参看《清代学者的治学方法》,《胡适文存》卷二)。但平心而论,清代的汉学家花那么多的时间在故纸堆中去研究什么音韵、训诂之学,成绩虽好,也是可惜的。古灵禅师骂窗纸上的蜂子说:"世界如许广阔,不去寻路,只钻这故纸,驴年出!"中国几千年来的学问,都是一些故纸上的学问。

我们研究科学的人,都知道葛利赖(Galileo)、奈端(Newton)、达尔文诸人,在科学上的发明和发现,都是有得于归纳法的。归纳法实在是近代科学之母。

什么是归纳法呢?

归纳法系由已经知道的事实推知同类的事实。"以类为推"实在是归纳法的萌芽。电光来了,我们知道快要大雷,因为往日打雷之前,我们也看见电光。黑云四布,天色似墨,我们知道快要下雨,因为往日下雨之前,一定天上有许多黑云的。张三死了,李四死了,皇帝死了,总统也死了,老板死了,伙计也死了,于是我们知道"凡人皆有死"。昨日天冷了,刮风了,下雪了,今日天冷了,刮风了,也下雪了,于是我们又猜着明日天冷，刮风，也许要下雪。姊姊吃了苍蝇泻肚了，弟弟吃了苍蝇也泻肚了，于是我知道妹妹吃了苍蝇也要泻肚。这种平常的类推法子，在论理学上叫做"推论作用"。这虽是平常的法子，但奈端因苹果坠地而悟地心吸引力，瓦特（Watt）因水壶上升而悟蒸汽原理，富兰克林（Franklin）以铜丝系纸鸢放于空中而发现电光。科学上的发明和发现常有基于这种推论的。

所以归纳法是由个别事实，以发见普遍原理，个别的真的事实愈多，则推论的原理愈确。论理学上归纳法的普通公式如下：

$$M1 \quad M2 \quad M3\cdots\cdots 为 P$$
$$M1 \quad M2 \quad M3\cdots\cdots 为 S$$
$$所以 S 为 P$$

我们且用这个公式举出一个例子：

水星、火星、金星、地球等都是绕椭圆轨道跟太阳走的，

水星、火星、金星、地球等都是行星，
所以行星是绕椭圆轨道跟太阳走的。

这是论理学上归纳法的普通公式。

但天下的事物不是这样简单。同是一样的火柴,有的能燃火,有的不能燃火,同是一样野菌,有的吃得死人,有的吃不死人。天下因同果同的事物固多,因同果不同的事情也不少。归纳的简单公式固不能推测无限的事物。于是论理学家乃根据科学的实验,规定归纳法的次序。

我们且依耶芳斯(Jevons)所说,归纳法有四步功夫:

第一步,对于一些有关系的事实,用观察法。

第二步,造立假设(Hypothesis),用臆度法。

第三步,用演绎法的法子,推较所臆度的假设。

第四步,多用实事以校勘所得的例,用印证法。

这四步都是重要的。(参看严译《名学浅说》八十三至八十四页)

杜威在他的《我们如何思想》(*How We Think*, Chapter 7, 此书有刘伯明译本,名《思维术》,中华书局刊行。刘公译文间有可议处,惟不失为好参考本)中曾举了一个普通的例子。他说,假如一个人有一天走出去了,他出去的时候,房中的东西是井井有条的,但当他回家的时候，房中已紊乱不堪，东西翻得不像样了。他心中一惊，以为家中是失窃了。他为什么要想到了失窃呢？

因为房中的秩序紊乱，东西翻动，是一件事实。他想到从前他的外婆家、娘舅家、阿姨家失窃的时候，房中的东西都翻动，秩序紊乱的。他对于这一些有关系的事实，"用观察法"，造立一个"失窃"的"假设"（Hypothesis）。这是归纳法的第二步。但是停了一会，他又想到，这房中的东西紊乱，或是他的小儿子从学校中回家捣乱过了。他的太太在小学校中教书，他的儿子在学校中读书，每天一定要下午四点钟才回家。这时是下午两点钟，他们决不会回家。他用演绎法推论，他儿子捣乱的假设是不能成立的。于是又想：假如是失窃，一定要打开箱子的。他开箱一看，箱子里的五十元钞票没有了，他的皮大衣、银手表、古董全丢了。于是他想，这些事情，他的儿子是不会做的。他用"种种事实以校勘所得到的例"，于是"失窃"这个"假设"是证明了。这是归纳法的第四步。（例子的大意是杜威的，但话句的说明，是我自己的，未依原书。）

这是一个很粗浅的例子。归纳法的原理,实在不过是:"观察事实,造立假设;寻求证据,证明假设。"原理虽简单,而应用无穷。要明白归纳法的详细规则和应用,不可不看论理学专书。这里只说个大略罢了。

三、议论文的准备和写法

我们应该怎样做议论文呢?

议论文是很难做的。因为议论文是以自己的意见为主体,来批评意见是非、学说正谬、事件能行与否的文字的。但意见的是非是不容易批评的。公说公的理,婆说婆的理,"彼亦一是非,此亦一是非,果孰是而孰非?"且人各有偏见。戴黄眼镜者见一切物皆黄,戴白眼镜者见一切物皆白,拿自己的意见来批判是非实在不容易。中国的老年人看见少年男女谈自由恋爱就摇头,但他们对于自己的嫖妓纳妾却以为"古已有之",不足为奇了。所以是非的批判,以个人的偏见为标准,是很不可靠的。至于学说的正谬,更不是容易断定的事情。青年学生,看了一两本翻译的书籍,便高谈马克斯、克鲁巴特金,信口月旦,实在可怕。马克斯的演说是不容易懂的，西洋曾有人说四十岁以下的人不会懂得马克斯。马克斯的学说自然也有可议的，但我们假如连他的大著《资本论》($Das\ Kapital$)没有读过，一开口便"什么马克斯牛克斯"的乱骂，以为一骂便可以将马克斯的学说骂倒，那简直是笑话了。我们要反对一种学说，应该先对于这一种学说有深切的研究。没有做过白话文的人，不配反对白话文，没有研究过《资本论》的人，也不配高谈马克斯或反对马克斯。至于事件的应行与否，也不是简单的问题。青年人究竟是应该去革命呢，还是应该读书呢？读书应该多读呢，还是应该精读呢？胡适说："为学要如金字塔，要能广大要能高。"我说："为学应如绣花针，针头虽小能杀人。"究竟求学是"金字塔"一般才好呢？还是"绣花针"一般才好呢？天下的路是很多的，几个人叫左倾，于是许多人也跟着左倾了，几个人叫右倾，于是许多人也右倾了。忽左忽右，正不知死了多少冤枉人！"一失足成千古恨，再回头已百年人。"事件之应行与否也不是一个简单的问题。

有人说，我们对于一切意见、学说、事件的批评，可以论理学为我们的武器，我们的武器是演绎法和归纳法。但是论理学只是一种工具。懂得论理学未必一定能够思想正确,正如有笔的人不一定就会写字,有刀的人不一定就会杀猪。科学上的真理不是弥尔、耶芳斯一般人的论理发见的,是牛顿、达尔文、安因斯坦一般人实地研究出来的。单记得一些三段论法的规则,知道一些归纳法的步骤,仍旧不能叫人做得出思想正确的议论文。

我们究竟应该怎样做议论文呢?我们且先谈议论文的准备。

(一)议论文的准备

我是反对胡乱出题目使学生做议论文的。议论文就是不能不做,也应该少做。做议论文的准备是:

多看科学常识的书籍。

我在本书第二讲中,已大概说过科学常识的重要了。我以为中学生应该多看科学常识的书,然后发议论。

第一,中学生应该多看一些生物常识的书。如达尔文的《物种原始》,赫胥黎的《天演论》,丘浅次郎的《进化论讲话》及《进化与人生》之类,懂得人和生物界的变迁和趋势。知道人是从猴子变来的,生物是竞争着生存的,自然界的人类也是生物的一种,便不致相信鬼、神、扶乩、看相、算命、轮回、长生不老等之邪说了。生物学的常识在中国十分重要,能看英文书的,如赫胥黎的《人在自然界中的位置》及其他关于进化论的书均可看。

第二,中学生应该多看社会学、政治学常识的书。压迫青年不许知道政治,是很荒谬的行为。希腊的哲人说:"人类者,政治的动物也。"中国青年对于政治知识很缺乏。青年应该多懂得一些政治常识,如张慰慈的《政治学大纲》,高一涵的《西洋政治思想小史》之类均可看。看政治书不是为了做官,因为国家是人人的国家,政治是人人要受它的影响的。要中国青年多数能注意政治,懂得政治,中国政治前途才有澄清的希望。关于社会学的书籍,近来颇流行。但我们应该知道社会学派别很多,单记得一些口号公例是不行的。社会组织、经济变迁、人类文化道德的发展,均应该注意。如许楚生译的《唯物史观与社会学》,严几道译的《群学肄言》,黄凌霜译的《当代社会学说》,以及许多文化史、社会思想史、唯物史观、辩证法的书均可看。又罗家伦的《思想自由史》(Perry 原著）也可看。我们可知道思想自由之不是一件容易的事，但思想是压迫不住的。

第三，物理学、天文学、地质学的书也可以多看。但这一类的书，学文学的学生，最不注意的。在中国，关于这类常识的很好的参考书，尚不多见。许多学校的薄薄的几页课本，引不起学生的注意，是应该的。汤姆生的《科学大纲》（*Outline of Science*）有商务译本，可参看。最近斯罗生（Slosson）编的《科学改造世界》（*Science Remaking the World*）也有译本了（商务出版），也可看。现代外国科学界的进步，真是一日千里！自安斯坦的"相对论"发明以来，奈端的"地心吸力说"也几乎要被打倒了。从前人只知道有原子，现在我们知道原子外还有电子，电子比原子更小；从前人说原子有七十二种，现在已经有九十多种了。中国有两种《科学杂志》，但很少人看，中国人的不注意科学常识是可叹的。商务有一本翻译的《物理学精义》，虽然篇幅较多，说理极明，很可看。心理学可看郭任远《人类的行为》，及瓦逊（Watson）的《行为学讲义》（有谢循初译本）。

欢喜弗罗特（Freud）的人，可看北新出版的《疯狂心理》及《心理分析》（商务出版）。心理分析的书，中国出版的还不多，叶麐有一本翻译的《析心术五讲》，稿子我已见过，将来出版，是可看的。关于天文学、地质学，中文出版的好书不多，我们希望将来有研究的科学家，能编出一些好书给我们看。

我为什么要说这些无聊的话呢？科学常识的重要，谁不知道！但我是教过中学生的，中学生的议论文我是看见过的。中国的中学生喜欢在论文中杂引一些老庄或佛学的书，（老庄的势力，在中学生中，比孔丘大得多。许多人虽不肯仔细看《老子》、《庄子》，但几乎多数是老庄的私塾信徒，说来话长，有机会再说。）以自文其浮浅。老实说，《老子》、《庄子》的文词是好的，但多半是玩话或玄妙话，看了不易懂，懂了也无用。与其看《老子》、《庄子》，不如看达尔文或赫胥黎的著作！与其到唯识论中去研究心理学，不如看郭任远或瓦逊的行为心理学或弗罗特的心理分析学！

多看科学常识书籍，是做议论文准备的底子。论理学的演绎法和归纳法只是一种使思想正确的工具。但没有科学常识做底子,这些工具也没有用处的。

(二)议论文的写法

议论文应该怎样写法呢?

本来文章的写法是不能说的。一切的文章,都是表现(Expression),正如意大利美学家克罗司(Benedetto Croce)所说:"表现能力,为一切美术的标准。"林语堂先生说得好:

> 这个根本思想,常要把一切属于纪律范围桎梏性灵的东西,毁弃无遗,处处应用起来,都是发生莫大影响,与传统思想相冲突。其在文学,可以推翻一切文章作法骗人的老调;其在修辞,可以整个否认其存在;其在诗文,可以危及诗律体裁的束缚;其在伦理,可以推翻一切形式上的假道德,整个否认其"伦理的"意义。因为文章美术的美恶,都要凭其各个表现的能力而定。凡能表现作者意义的都是"好"是"善",反是就都是"坏"是"恶"。去表现成功,无所谓"美",去表现失败,无所谓"丑"。即使哑聋,能以其神情达意,也自成为一种表现,也自成为一种美学的动作。
>
> (《旧文法之推翻与新文法之建造》《中学生》第八号)

林先生是中国第一个提倡克氏学说的人。他曾根据克氏的学说，及 Otto Jespersen 的 *Philosophy of Grammar* 及 Ferdinand Branot 的 *La Pensce et la Longue* 两书中的主张，写了一册《开明英文文法》（上卷已出），诚为中国英文法中之破天荒（Epoch-making）杰作。林先生的书，如他的广告所说：

> 旧来文法，专注重繁琐的界说规则，致学者头脑昏胀无裨实用。因此新派语言学家，创造文法新论，完全以说者的意境为立场，来研究其表示那意境的文法构造。于是文法上起一大革命，把从前连篇累牍的规则诫条，都变成助长学者发挥己意的系统练习。

"繁琐的界说规则"都该打倒，所以我们这些说文章要怎样做怎样写的人，本来都是笨瓜干傻事。但我以为林先生的主张是不该误会的，那些头脑昏钝，文章不通的人，正不能借为护符。表现固应该自由，但普遍的通则有时也不能否认。"做戏无法，出个菩萨。"

议论文该怎样写呢？我且请出三个菩萨来：

1. 重论点。

2. 明因果。

3. 重证据。

我们应该怎样重论点呢？什么是"论点"？

论点就是一篇论文的中心思想。议论文的目的，是作者发表一种意见、一种主张、一种判断。每一篇文章都有一个中心思想，作者该明白的表示出来。这中心思想就是论理学上的结论（Conclusion）。我们研究论理学的目的，就是使我们所发表的结论正确。

结论最怕是含混（Obscure）。譬如我们做一篇"论普罗文学"的文章，或是赞成，或是反对，我们就应该明白表示出来。又如我们做一篇"论语体文的欧化"文章，我们是赞成欧化的句子呢，还是赞成老百姓口中的天然句子呢？我们也应该说出来。我们不能在一篇文章中主张自由恋爱，又赞成旧式家长代定婚姻。我们不能在一篇文章中赞成民主主义（Democracy），又赞成开明专制。耶稣说得好："你不能同时信奉上帝，又信奉财神。"一篇文章中应该有一特别的论点，明确说出来，不能既赞成甲，又赞成乙。笼统，含混，折衷，是中国思想界不进步的原因。新青年做论文不该再犯此病。这是我所说的重论点。

什么叫做"明因果"呢?什么是"因果"?

我们知道世界上的事不是无故发生的,每一事的发生,必有发生的原因。同一条件下面的同一原因,无论在何时何处,必生同一结果。例如"水受热化为汽,受冷化为水",这是自然的因果。"大兵之后,必有凶年"、"久病之后,身体必弱",这是人事的因果。善于做议论文的人,应该在文章中把论点因果说明。例如主张"无政府主义",应该把为什么主张"无政府主义"的原因说明。主张"好政府主义",也应该把主张"好政府主义"的原因说明。主张"白话"的,也应该把主张"白话文"的原因说明,赞成"古文"也应该把赞成"古文"的原因说明。林琴南"论古文之不当废",乃说"我识其理,而不能道其所以然。"这便是不明因果。这样的文章是不能使人信服的。

什么叫做"重证据"呢?什么是"证据"?

近代科学方法最大条件,就是"拿证据来"。你说天上有上帝，他便请你拿上帝来。你说空中有神，他便请你拿神来。你说地下有鬼，他便请你拿鬼来。中国思想界，本来好弄玄虚。新文化运动以来，这种玄虚的底子并未打破。譬如几年前有人说"革命革得虚空破碎，大地平沉。"许多少年都佩服这句大话。其实这正是疯话。试问"虚空"如何革得"破碎"？"大地"如何革的"平沉"？一问他要证据，这些疯话便无从开口了。实在的证据是要通过我们的感觉的。那些看不见、听不到、摸不着的东西，都不能拿来做证据。正如中国古人说月亮当中住了一个兔子，拿着小锤在捣药。这完全是想象的神话，不能拿来做证据。那意大利人葛利赖（Galileo）于一六〇九年造了望远镜，用这镜子发现太阳的黑点，月亮上的山谷。知道月亮是一个死了的地球，那里是没有动物的。这便是有证据的话。哈维（Harvey）解剖了许多活动物，用活动物来做试验，观察心的跳动和血液的流行，成就一册《血液循环论》，那便是有证据的话，不是胡说了。我们要学生在议论文中，不说空虚的话，要他们拿事实作证据，拿证据来证明论文中的结论或假设（这是归纳法的第四步），最好是多看科学的书籍，多观察，多试验。因为除了科学本身，是没有什么科学方法的。不懂得近代的科学，便不能应用科学方法。普通的世俗的证据是不大可靠的，只有用科学方法（归纳法、演绎法）所得的证据比较可靠。

这就是我说的"重证据"。

修辞学讲话

序

我立志想写一册《修辞学讲话》,已经是前年的事了。当我的《作文讲话》写好之后,因为那本书风行全国,于是我觉得羞惭了,想再写一册《修辞学讲话》来补《作文讲话》的浅陋,便搜求国内外的修辞学的著作,凡我所买得到的修辞学著作都搜来了。我遍读了那些中外大著之后,又忽然想把写《修辞学讲话》的念头搁起。为什么呢?古今中外的修辞学著作大多数是那些修辞匠做的,只有少数如亚里士多德、斯宾塞、刘彦和之流,可以算是例外。我们看古今中外的第一流文学家，他们对于修辞学的著作，何以那样漠然呢？因为文章的所以做得好，各人有各人的经验，各人的性情不同，他的方法与经验也不同。修辞学家要用一定的规例去研究作文的方法，本来是一种难能的"傻事"。

后来我又看克罗司（Croce）一流人批评修辞学的文章，以及明代袁中郎、近代林语堂一流人的议论，我真想不做《修辞学讲话》了。因为文章的妙处，是"性情的流露而不自觉"，你知道了不必说，你不知道说了也没有用。

今年春夏间，我应上海各学校的邀请，时常去讲文学上的种种问题。每次演讲后，总有许多学生围着我，问我文章如何做法。"作文法"与"修辞学"的流毒，是布满了学生界了。文章应该如何做法呢？我可以大胆地说，除了用功去"做"外，实在没有旁的妙"法"。

但后来，我又渐渐改变我的意见了，因为"拈花微笑"的境界究竟非尽人可能。"说法"也是有用的，为了要"普度众生"。我又开始我的修辞学写作了，费了几乎十个月以上的时间，这册《修辞学讲话》才写成。这虽然还是一册庸人凡见的作品，但对于我自己，总算是略尽心力了。

我平常著书总有些愚见,我们的作品最低的限度,应该要自己懂得,并且要使旁人懂得。那些咭唎咕噜的玄妙大著,他们的毛病是自己不懂,旁人也不懂。并且我以为,我们的著作,为了要使人看了不致打瞌睡,则字里行间应该加上一些有趣味的描写。我们的修辞学著作,好的也不少,但我不能不说,那些著作大部分都是很干燥的。

打开天窗说亮话,我们的修辞学著作,大部分是从英美日本的著作中参考来的,因为中国古代只有修辞学的材料,并没有有系统的修辞学作品。但我们的修辞学作者何以没有一个人睬到克罗司的说法呢?近代西洋许多修辞学教本有些简直不谈"修辞格"了,何以我们的修辞学著作,还以"修辞格"为唯一的法宝呢?西洋最繁琐的修辞学书,有些谈"修辞格"竟有三百格以上的。那样繁琐的修辞格,有什么用处呢?所以我这本书的第三讲的论修辞格的有用和无用的许多话,在中国似乎还没有人说起过。我的著作是参考了许多修辞学书(如后面参考书目所说)写成的,但我的每讲中都有我自己的意见存在。我的著作都有我自己的意见,我的文学也有我自己的风格。即如最末一讲,是参考五十岚力的《新文章讲话》和岛村泷太郎的《新美辞学》写成的。这因为修辞学的历史，是很繁复的事实，而那些欧洲古代的修辞著作，在中国，即购买也无从购起。五十岚力的讲述很详明，我有些是节略的，有些是全部地采用了。但有人在自己的书中到处引了五十岚力和岛村泷太郎的著作，竟一笔也不提起。

在中国，我总以为陈望道先生的《修辞学发凡》，是一部很详细的力作了。但用作中学教科书，似乎不大适用。我这本书是为初中和高中的学生们做的，所以处处顾着学生们的程度与兴味。我的叙述也许有不周到的，但我这本书第一是容易懂，第二是有趣味，第三是许多人云亦云的修辞学著作中，有我自己的意见存在。我的意见也许是浅薄的，但这一点独立的精神，是值得大家研究的。

谢谢曙天替我抄写这本书，谢谢张一渠、韩振业两先生替这本书出版。

绩溪　章衣萍
一九三三年十二月十二日

第一讲　修辞学的意义

什么是修辞学呢？

有许多年轻的人，以为一学修辞学，就马上可以把文章做通，或者把文章做好。那简直是一个笑话了。懂得修辞学，不一定可以把文章做得好，正同懂得论理学（Logic）不一定会把思想就弄清楚一样。正如章士钊先生是论理学研究最好的人（他在北京大学教过论理学），但他到如今还迷信古文可以复活。他曾对我的一个朋友说："现在白话文的弱点，渐渐暴露出来了。等到白话文的弱点完全暴露出来的时候，那古文就要复兴了。"

其实,这是一种不合论理的妄想。这种不合论理的妄想,竟出于懂得论理学的章士钊之口,实在是一怪事。为什么要闹出这种错误呢?因为,章士钊只看见白话文的弱点,而没有看见白话文的优点。这几年白话文的进步,无论在说理方面,在抒情方面,在描写方面,都非那些陈腐的、雕琢的古文所可梦见。白话文的优点,是被章士钊一笔抹杀了!他是没有多看白话文作品的书,所以要发这些荒谬议论。

不懂得论理学的人,也可以有很正确的思想,正同不懂得修辞学的人,也可以写很好的文章一样。但那些有正确的思想与写好文章的人,他们思想与文章一定暗合论理学的定律与修辞学的例证,这是很可以断定的。

那么,究竟什么是修辞学呢?

中国的"修辞学"名词,是从英语"勒妥列克"(Rhetoric)翻译出来的。但"修辞"两个字,却见于中国最古的书《易经》。《易·乾·文言》云,子曰:"君子进德修业。忠信,所以进德也;修辞以立诚,所以居业也。"这个"修辞"两字的原意与现在修辞学的意义本不全同。但《论语》上孔子说:"辞,达而已矣。"

(《卫灵公篇》)达，就是通达。这就是说，辞要通就好了。曾子说："出辞气，斯远鄙倍矣。"(《论语·泰伯篇》)远鄙倍是不要下流粗鲁，这就是说辞要求美。

辞如何可以求美？非"修"不可。《说文》："修，饰也。"漂亮的女子，一定讲求修饰。漂亮的文章，一定也讲求修饰。

所以我们替修辞学下个简单的定义：

修辞学是研究文辞美化的一种艺术。

我为什么说修辞学是一种艺术（Art）不说是一种科学（Science）呢？康培尔博士（Dr. Campbell）曾说："在意义方面，修辞学是靠着论理学的，在表现方面，修辞学是靠着文法的。"（Now it is by the sense, that rhetoric holds of logic, and by the expression that holds of grammar.）但修辞学本身至如今还不能成为一种科学。修辞学也可如吉能（Genung）所说，分为构造的修辞（Constructive Rhetoric）与批评的修辞（Critical Rhetoric）。构造的修辞，研究文章的组织与创造；批评的修辞，从许多文学作品中追溯而归纳出许多定例，有许多方法也是科学的，但修辞学自身至今还不能成为一种科学，它是美学的一部分。

吉能（Genung）在他的《实用修辞学》上说：

"修辞学是求文辞与题目及事理谐和以适应读者或听者的需要的一种艺术。"(Rhetoric is the art of adopting, discourse, in harmony with its subject and occasion to the requirement of a reader or listener.)

修辞学可以说是美学中的一部分。因为一切的文辞，都是表现（Expression）。近代意大利美术家克罗司（Benedetto Croce）说得好："表现能力为一切美术的标准。"林语堂先生是私淑克罗司的，所以他曾说：

> 这个根本思想，常要把一切属于纪律范围桎梏性灵的东西，毁弃无遗，处处应用起来，都发生莫大影响，与传统思想冲突。其在文学，可以推翻一切文章作法骗人的老调；其在修辞，可以整个否认其存在；其在诗文，可以危及诗律体裁的束缚；其在伦理，可以推翻一切形式上的假道德，整个否认其"伦理"的意义。因为文章美术的美恶，都要凭其各个表现的能力而定。凡能表现作者意义的都是"好"是"善"，反是都是"坏"是"恶"。去表现成功，无所谓"美"，去表现失败，无所谓"丑"。

即使哑聋，能以其神情达意，也自成为一种表现，也自成为一种美学的动作。

（《旧文法之推翻与新文法之建造》《中学生》第八号）

林先生是主张打倒一切的繁琐的文法与修辞学的。他的议论，自然也有美学上的根据。可是叫我们看来，文章如何做得好，本是一种拈花微笑的境界，可是要为了普度众生起见，"说法"也有时有用。一切形式的论理学（Formal Logic），繁琐的文法与修辞，在初学者也许都是有些用处的。

古人说："不以规矩，不能成方圆。"文人作文，正同木匠做工一样。木匠做桌子，做椅子，一定要依着一定的规矩。初学作文的人，也应该依着一定的规矩，然后才可以不错。教文章做得不错，是文法（Grammar）的职务。教文章做得美丽与有力的形式（in a skillful and effective manner），那是修辞学的一种职务。

所以在修辞学上，美丽比正确要紧。一句很通的句子，不一定是很好的句子。修辞学的目的，是要我们文章和句子造得更善更美的境界。

第二讲　修辞学的内容与形式

我在上一讲,曾说:"修辞学是研究文辞美化的一种艺术。"

那么,什么是"文辞"呢?我且引出明人袁伯修《论文》的话:

> 口舌代心者也,文章又代口舌者也,展转隔碍,虽写得畅显,已恐不如口舌矣,况能如心之所存乎?故孔子论文曰:辞达而已。达不达,文不文之辨也。

这是说得很对的。我们心里有事,讲在嘴里,就是话，写在纸上就是文。写得好，讲得好，都是辞达。

但是，什么叫做"辞达"呢？

"辞达"可以包括两个意思。第一个意思是要人懂得，第二个意思是要人感动。

我们为什么要讲话呢？为的是要把我们的意思告诉旁人。我们为什么要写文呢？为的也是要把我们的意思告诉旁人。我们说的话，人家不懂，那么，虽说也等于白说了；我们写的文，人家不懂，那么，虽写也等于白写了。说话要讲求声音正确，写文要讲求文法正确，为的是要人们能够懂得。但是，要说话令人感动，要文章令人感动，非讲求修辞不可。古代的修辞学都是研究辩论术的，现代的修辞学是专门研究文辞了（参看后一讲《修辞学的历史》）。但是"文辞"是什么东西组织成的？

我们以为"文辞"包括有四种要素：

（一）思想（Thought）

（二）情绪（Emotion）

（三）想象（Imagination）

（四）形式（Form）

前三种都是"文辞"的内容方面的事，把内容方面表现出来的,就是"形式"了。修辞学所研究的是形式方面的事。但是,我们先从内容方面说起。

第一章 思想

什么是思想呢?这是很容易讲的,思想就是"意见"。我们遇一事说一理,一定有自己的意见,美妙而正确地写出来,就是文章。

所以,没有美妙而正确的思想,单靠着字句的雕琢是不行的。袁伯修说得好:

> 爇香者,沉则沉烟,檀则檀气,何也?其性异也。奏乐者,钟不藉鼓响,鼓不假钟音,何也,其器殊也。文章亦然。有一派学问,则酿出一种意见,有一种意见,则创造一般言语,无意见则虚浮,虚浮则雷同矣。

这是很对的话。

孔子、孟子、耶稣、释迦、苏格拉底,他们都不曾自己写过文章,但他们片词只语,流传到现在,就因为他们有伟大的思想的缘故。没有伟大的思想便没有伟大的文章的。

所谓"文如其人",这话,不但是指文的表面说,也指思想说。一个人有一个人的思想,一个人就有一个人的文章。正如沉香有沉香的气味,檀香有檀香的气味,钟有钟的声音,鼓有鼓的声音。

我们最贵的是有独立的思想。

中国现代文坛,所以找不着好文章,就因为没有独立的思想的缘故。人家说共产主义,我们也说共产主义,人家说法西斯主义,我们也说法西斯主义。今天谈普罗文学,明天又说小资产阶级的革命文学,后天又说三民主义的民族文学。这都是没有独立思想的缘故。

我们要养成有独立思想的文人,应该有"富贵不能淫,贫贱不能移,威武不能屈"的精神。

我们不迷信孔子,也不迷信耶稣,不迷信列宁,也不迷信墨索里尼。我们对于一切主义,一切学理,都应该取怀疑的态度,拿自己的意见做判断。

这是我所说的独立思想。

奴隶的思想,是不会产生美妙而动人的文章的。所以研究修辞学的人,也应该研究论理学,使自己有一种独立思想的工具。

第二章　情绪

什么是情绪呢？

《毛诗·子夏》序说：

> 情动于中而形于言，言之不足，故嗟叹之，嗟叹之不足，故咏歌之，咏歌之不足，则不知手之舞之足之蹈之也。

这是很好的话。情是一切文章的原动力。我们看见林黛玉（假定有这个人）而知道林黛玉，那是知觉。看见林黛玉以后，或是喜欢她，或是厌恶她，那是情绪。喜欢得不得了，或厌恶得不得了，要写篇诗歌或散文恭维她或攻击她，就是文学了。写得好，你欢喜林黛玉，人家也欢喜林黛玉，你厌恶林黛玉，人家也厌恶林黛玉。写不好，人家看了就不能受你的感动。这都是修辞方面有关系的。

但是情绪自身在文学上实在有很重要的位置。

我们研究文学史或民歌的人，知道田夫野老不懂修辞的人也能写出很好的诗歌。

例如《古乐府》中有一首诗：

公无渡河！
公竟渡河！
渡河而死，
将奈公何？

这一首诗也不知是什么人做的。据梁任公先生的考证，说是有一个狂人，一清早，在河边，披着头发，逆流而渡，他的妻子从后面赶来，赶不及，看见她的丈夫坠在水里溺死了，口中哼出以上动人的句子。

南北朝时候的民间文学，如南朝的《子夜歌》就是这样作品。《子夜歌》之外，如《碧玉歌》：

碧玉破瓜时，
相为情颠倒。
感郎不羞郎，
回身就郎抱。

如《华山畿》：

奈何许！
天下人何限！
慊慊只为汝！

如《懊恼歌》：

> 懊恼奈何许。
> 夜闻家中论，
> 不得侬与汝。

这都是很好的儿女作品。这种作品是热烈的情绪，自然流露不假修饰的。

我们再看北朝的英雄文学。

如《敕勒歌》：

> 敕勒川，阴山下。
> 天似穹庐，
> 笼盖四野。
> 天苍苍，野茫茫，
> 风吹草低见牛羊。

"风吹草低见牛羊"真是好句！

又如《折杨柳歌辞》：

> 遥看孟津河，
> 杨柳郁婆娑
> 我是奴家儿，
> 不解汉儿歌。

这也是脱口而出略无修饰的作品（参看胡适《白话文学史》第七章，《南北新民族的文学》）。

其实，一直到现在，歌谣中也有这些好东西。我曾听见梁任公先生口中念的一首《粤讴》：

> 无情月，
> 挂在奈何天！
> 月呀！
> 你照人离别，
> 为什么偏要自己团圆？

这种好句子，哪里是咬文嚼字的人写得出的。

又如《霓裳续谱》中有一首杂曲：

> 欲写情书我可不识字。
> 烦个人儿——使不得！
> 无可奈何画个圈儿为表记。
> 这封书，唯有情人知此意。
> 单圈是奴家，
> 双圈是你。
> 说不尽的苦，
> 一溜的圈儿圈下去，
> 一溜的圈儿圈下去。

这种真实的情感，真是从古至今，无人能及。

我为什么要举出这些例子呢？我以为情绪有三个要点，让我一一道来：

第一，情绪要真挚。

第二，情绪要深刻。

第三，情绪要高超。

我上面所举的都是真挚的例子。到了情绪真挚的时候，无论田夫野老、乡女村童，都能表示出动人的作品。真挚是不做作，欢喜极了便笑，悲哀极了便哭，这便是不做作。譬如北平有一位先生，他每天见着人总是"今天天气，哈！哈！哈。"这种笑是假笑，便不能算作真挚。又如，我曾看见过一位女教育家，她每次演说，总是说："中国人不识字的多得很，真是可怜呀！"于是眼泪滔滔地滚下来了。这种哭，是假哭，也不能算作真挚。那些一天做几十首情诗，写些"妹妹，我爱你"的小说的人，骨子里一点真挚的情绪也没有，不消说是一钱不值的作品了。

岂但写儿女之情应该真挚，写社会之情又何尝不一样。上海滩上的文学家，他们连谷麦也不知道何时下种，何时收割，却偏要写什么农民文学。自己天天坐在黄包车上，只怨车夫拉得太慢了，回来还写一篇小说，说"洋车夫真苦呀"。这小说如何能动人？真挚的情感是不能假装的。只有诸葛亮那样真挚的情感，才写得出"鞠躬尽瘁，死而后已"的《出师表》，只有李密那样真挚的情感，才写得出"臣无祖母，无以至今日；祖母无臣，无以终余年"的《陈情表》，只有托尔斯泰（Leo Tolstoy）那样自己去种田做工的人，才写得出许多动人的人道主义的小说。

第二，我们且说情绪的深刻。

快乐的情绪不能使文字深刻。但是情绪受过悲哀的洗礼，就渐渐变成深刻了。看电影的人，看见陆克的笑片，不过笑笑而已。看过卓别灵的笑片，笑过之后，还使我们觉得笑后的悲哀，这就是深刻。李后主亡国以前的词如"画堂南畔见，一晌偎人颤。奴为出来难，教郎恣意怜。"也不过使我们觉得艳美而已。但他亡国以后，用"眼泪洗面"写出的词，却表示出深刻的悲哀。我们读了他的《浪淘沙》：

帘外雨潺潺，春意阑珊。罗衾不耐五更寒。梦里不知身是客，一晌贪欢。独自莫凭栏，无限江山！别时容易见时难！流水落花春去也，天上人间？

这种悲哀而动人的词，难怪宋朝的皇帝看见，以为他是"怨尤"，竟赐他牵机药，把他的命也送掉了！

这是描写个人的深刻的情绪的。我们觉得十几年来的新文学，尽管挂着什么漂亮的金字招牌，但是无论小说诗歌，俱浅薄无聊，没有什么好作品。我们还是读读唐朝杜甫的描写社会的作品吧：

石壕吏

暮投石壕村，有吏夜捉人。老翁逾墙走，老妇出门看。吏呼一何怒，妇啼一何苦！听妇前致词："三男邺城戍，一男附书至，二男新战死。存者且偷生，死者长已矣！室中更无人，唯有乳下孙。有孙母未去，出入无完裙。老妪力虽衰，请从吏夜归，急应河阳役，犹得备晨炊。"夜久语声绝，如闻泣幽咽。天明登前途，独与老翁别。

胡适先生批评这首诗说："捉人拉夫竟拉到抱孙的祖老太太，时世可想了！"请问现代描写社会痛苦的文豪们谁能写出这样动人的作品呢？深刻的情绪，是从经验（Experience）来的。没有深刻的经验，便没有深刻的情绪。我们不要怕吃苦，要深入社会，尝遍苦味，才能写得出深刻动人的作品。

第三，我们且说高超。

情绪有高超，也有下流。孔子说："《关雎》乐而不淫，哀而不伤。"这是表示高超的情绪。近人姜亮夫曾说：

> 换言之，文学是表同情于人生的。这无论谁也得承认。与人生最密切的关系的物件，是感情。而最佳的文学，自然是最健全的感情。此所谓健全之感情者，即道德是也。此道德云者，谓凡人之行为，所引起之情，为表同情于大多数之人生者——故情之发于道德性，或物之足以暗示道德者，较其发于感官或物质者为高。简言之，即道德感情之价值，较感官为高也。譬如我们读《杂事秘辛》（相传为汉代人作，实则新都杨慎所伪），其写美人体态，虽为逼真，而所引起之感情只不过是感官作用多，而感情作用少，反不如《洛神赋》之动人，永而有味，也不如《西厢记·酬简》之幽美不尽。所以"烹羊炰羔，斗酒自劳"自然不如"采菊东篱

下，悠然见南山","火腿蛋花摊薄饼，虾仁锅贴满盘装"自然不如"举杯邀明月，对影成三人"也。（《文学概论讲述》）

这自然是很对的话。最高的文学作品，一定是有道德性的，是使人生向上。从古至今，描写美人的文字很多，但没有一个，有杜甫那样写得高超的。我们且举出他的一首诗来：

> 绝代有佳人，幽居在空谷。自云良家子，零落依草木……在山泉水清，出山泉水浊。侍婢卖珠回，牵萝补茅屋。摘花不插发，采柏动盈掬。天寒翠袖薄，日暮倚修竹。

这一首诗写女性真是又美又高，是一个有人格、有志气、有风趣的美人。有这样高超的情绪，才可谓不唐突佳人了。

我们再数上去，只有陶潜，他写得出高超的《杂诗》：

> 结庐在人境，而无车马喧。问君何能尔，心远地自偏。采菊东篱下，悠然见南山。山气日夕佳，飞鸟相与还。此中有真意，欲辨已忘言。

秋菊有佳色，挹露掇其英。泛此忘忧物，远我达世情。一觞虽独进，杯尽壶自倾。日入群动息，归鸟趋林鸣。啸傲东轩下，聊复得此生。

陶潜为什么做得出这样高超的诗句呢？因为他是一个"不肯为五斗米折腰向乡里小儿"的人，只有陶潜那样高超的情绪，才写得出这样高超的句子。

中国小说中，表现高超的情绪的不多。但《儒林外史》作者吴敬梓总算了不得的人物了。我们且看他最后一回描写做裁缝的荆元：

一个是做裁缝的。这人姓荆，名元，五十多岁，在三山街开着一个裁缝铺。每日替人家做了生活，余下来功夫就弹琴写字，也极喜欢做诗。朋友们和他相与的问他道："你既要做雅人，为什么还要做你这贵行？何不同些学校里人相与相与？"

他道："我也不是要做雅人！也只为性情相近，故此时当学学。至于我们这个贱行，是祖父遗留下来的，难道读书识字，做了裁缝就玷污了不成？况且那些学校中的朋友，他们另有一番见识，怎肯和我们相与？而今每日寻得六七分银子，吃饱了饭，要弹琴要写字，事事都由得我；又不贪图人的富贵，又不伺候人的颜色,天不收,地不管,倒不快活?"

这算是很高超的情绪的表现了。只有高超的理想,才有这样高超的情绪。

第三章　想象

什么是想象呢?

我曾说过:"想象就是我们听见的、看见的,以及感触的影像涌现在我们心上来。"(《作文讲话》第三讲)

想象是很重要的。夏丏尊先生曾说:

> 经验以外,尤有一个重大要素,就是想象。左拉虽经验了酒肆的状况,但对于其小说中的男女人们的淫荡是难有直接经验的。弗罗贝尔虽试尝过砒霜的味道,但女主人公的临死的苦闷是无法尝到的。莎士比亚(Shakespeare)曾以一人描写过王侯、小民、恋爱、弑逆、见鬼、战争、嫉妒、重利盘剥、妖怪等等。被斥为重描写性欲的莫泊桑,一生中也未曾有过异常好色的经验。可知经验并不是文艺的唯一内容,文艺的本质是美的情感。情感固可缘经验而发生,亦可缘想象而发生。我们对了目前洋洋的海,固可起一种情感,但即使目前无海,仅唤起了海的想象时,

也一样可得一种情感的。艺术不是自然的复制,是一种的创造。在这意义上,想象之重要,实过于经验。虽非直接经验,却能如直接经验一般描写着,虽是向壁虚造,却令人不觉其为向壁虚造,这才是文艺作家的本领。(《文艺论ABC》第五章)

夏丏尊先生说得很对。文学家要是件件事都经历了再写,那么,施耐庵不会写出《水浒传》,曹雪芹也不会写出《石头记》了。一切伟大文学作品都是经验加上想象的结果。

鲁迅先生的"阿Q"是天下闻名的,但他自己说《我怎么做起小说来?》却如此说:

> 所写的事迹,大抵有一点见过或听到过的缘由,但决不全由事实,只是采取一端,加以改造,或生发开去,到足以几乎完全发表我的意思为止。人物的模特儿也不一样,没有专用过一个人,往往嘴在浙江,脸在北京,衣服在山西,是一个拼凑起来的脚色。有人说,我的那一篇是骂谁,某一篇又骂谁,那是完全胡说的。

采取事实的一端,"加以改造,或生发开去",这种想象,温却斯德(Winchester)叫它做"创造的想象"

(The Creative Imagination)。屈原的《离骚》，陶渊明的《桃花源记》，李华的《吊古战场文》，全是这种想象的产物。《西游记》、《水浒传》、《镜花缘》也是这种想象的产物。我们且举出《桃花源记》来做个例子：

> 晋太元中，武陵人捕鱼为业。缘溪行，忘路之远近。忽逢桃花林，夹岸数百步，中无杂树，芳草鲜美，落英缤纷。渔人甚异之，复前行，欲穷其林。林尽水源，便得一山。山有小口，仿佛若有光，便舍船从口入。初极狭，才通人；复行数十步，豁然开朗，土地平旷，屋舍俨然，有良田美池桑竹之属，阡陌交通，鸡犬相闻。其中往来种作，男女衣着，悉如外人。黄发垂髫，并怡然自乐。见渔人，乃大惊，问所从来。具答之。便要还家，设酒杀鸡作食。村中闻有此人，咸来问讯。自云先世避秦时乱，率妻子邑人来此绝境，不复出焉，遂与外人间隔，问今是何世，乃不知有汉，无论魏晋。此人一一为具言所闻，皆叹惋。余人各复延至其家，皆出酒食。停数日，辞去。此中人语云，不足为外人道也。既出，得其船，便扶向路，处处志之。及郡下，谒太守，说如此。太守即遣人随其往，询问所志，遂迷，不复得路。南阳刘子骥，高

尚士也。闻之，欣然亲往。未果，寻病终。后遂无问津者。

这一篇文章，代表陶渊明的"乌托邦"（Utopia），从古至今，无人能及。真是创造的想象的作品的代表。至于韵文一方面说，除了《离骚》以外，几千年来，多的是"短小的抒情诗，缺少伟大的叙事诗。"像欧洲古代荷马（Homer）的《依里亚特》（*Iliad*）与《奥特赛》（*Odyssey*），意大利但丁（Dante）的《神曲》（*The Divine Comedy*），英国弥尔顿（Milton）的《失乐园》（*The Paradise Lost*）等书，中国是一部也没有！

荷马的《依里亚特》与《奥特塞》影响后代欧洲文学非常之大。从这两个故事里演出许多奇怪的神话。希腊神话是欧洲文学之花，是创造的想象最大的结晶。中国的古代神话如《穆天子传》一类的东西比起来是简陋得多了。中国的文学中，只有"鬼话"，没有"神话"！为什么呢？中国人是记忆不佳的民族。正如《穆天子传》里的西王母不过是一个"瘟神"，住的地方是"增城九重"，到了司马相如作《大人赋》，西王母已经"白首"而"穴处"，简直是山洞里的一个白发老婆婆了。

《汉武帝内传》又说西王母"视之可年三十许""容颜绝世",西王母又成了真神仙,真美人!后来到了唐代,西王母被忘却了,黎山老母来了。后来,黎山老母又忘却了,观世音来了。西王母这个故事终于演变不出一篇很好的作品!

其实,中国古代的许多故事,如"蚩尤与黄帝之战",如"女娲补天",如"嫦娥奔月",都是很好的神话材料,何以演化不出一篇伟大的创造的想象作品呢?这里有地理的说明,那有伟大的史诗和神话的欧洲,古代民族都是亚利安(Aryan)族,他们是沿海洋而居的。中国古代民族是在黄河的北方,是一个大陆的民族。海洋的民族当然比大陆的民族富于幻想。我们几千年保守的国家,现在是同世界各国交通了。欧洲文学的输入,希腊神话的翻译与介绍,文学界的想象的材料,比从前多了。我们新文学应该创造出一个伟大的时代吧。

想象不是记忆,但没有记忆的材料也不行。

第四章　形式

什么是文章的形式呢?

刘勰在他的《文心雕龙》《章句》篇说得好：

> 夫设情有宅，置言有位。宅情曰章，位言曰句。故章者明也，置者局也……夫人之立言，因字而生句，积句而成章，积章而成篇。篇之明靡，句无玷也；句之清英，字不妄也。振本而末从，知一而毕矣。

这实在是很好的解释。我们无论做什么文章，总是积许多字而成句，积许多句而成段（就是《文心雕龙》所谓章），积许多段而成一篇文章。我们现在分开在下面研究吧。

一、选字

选字是修辞的初步。文章的好不好，要看字用得好不好。要用字用得好，一定要注意选字。英人司威夫特（Swift）曾说："什么是很好的句子呢？不过是适当的字摆在适当的地方罢了。"把适当的字，摆在适当的地方，不是一件容易的事。曹植不是三国时的大文豪吗？但是刘勰在《文心雕龙》《指瑕》篇说：

> 陈思之文，群才之俊也。而《武帝诔》云："尊灵永蛰"，《明帝颂》云："圣体浮轻"。浮轻有似于蝴

蝶，永蛰颇拟于昆虫。施之尊极，岂其当乎？

是的，这是很好的批评。拿形容蝴蝶、昆虫的字来恭维人，未免是"弄巧反拙"了。

中国古代，文人都很注意用字。如唐人诗云：

> 吟成一个字，
> 捻断几茎髭。

如贾岛诗云：

> 两句三年得，
> 一吟双泪垂。

这都可以看出古人选字造句的苦心。贾岛的"推""敲"更是很好的例子。正因为中国的字，同意义的字很多，所以选字更是很重要的事。刘勰说得好："缀字属篇，必须'练''择'。""练""择"就是我所说的选字。

那么应该怎样选字呢？可以分开几点说：

（一）适当

中国古代儒家的始祖孔子，是讲求"正名"的，汉韩婴的《韩诗外传》曾记下一个故事：

> 孔子侍坐于季孙，季孙之宰通曰："君使人假

马,其与之乎?"

孔子曰:"吾闻,君取于臣谓之取,不曰假。"

季孙悟,告宰通曰:"今以往,君有取谓之取,无曰假!"

孔子曰:"正假马之言而君之义定矣!"

"假"与"取"的意思是一样,但有尊卑之别。孔子是一个讲求君臣的名分的人,所以这两个字不可乱用!这是指用字的名分上说。封建的制度打破了,君主也推翻了,这些名分可以不讲求了。但是这种一字不苟的精神,是我们研究修辞的人所应该效法的。

古代的名人做文章,对于选字没有一个不十分注意适当的。我们且看宋洪迈的《容斋随笔》所记:

范文正公守桐庐,始于钓台建严先生祠堂,自为记,歌词云:"云山苍苍,江水泱泱,先生之德,山高水长。"既成,以示南丰李泰伯。泰伯读之,起而言曰:"公之文一出,必将名世,妄意辄易一字以成盛美。"公瞿然,握手扣之,答曰:"云山江水之语,于义甚大,于词甚溥;而'德'字承之,乃似局促。拟换作'风'字如何?"公凝坐颔首,殆欲下拜。

"先生之德山高水长",的确不如"先生之风山高水长"。为什么呢？近人杨树达说得好：

> 《孟子》云："闻伯夷风者，贪夫廉，懦夫有立志。"《庄子》亦云："闻其风而悦之。"李用"风"字本此。

我个人看来，觉得"德"字太庄重了，似乎不能形容那高卧钓台、辞宦不做的严子陵的高风。"风"字好极了，也可以解作"高风亮节"，这就是选字的适当。

这种例子很多。如黄鲁直作诗："归燕略无三月事，高蝉正用一枝鸣。""用"字初为"抱"，又改为"占"、为"在"、为"带"、为"要"，一直改到"用"字才觉得适当。

要选字适当，最好的法子，是再三把句子删改。古代的大文学家都是再三修改草稿的。

宋何薳的《春绪纪闻》说：

> 远尝于欧阳文忠公诸孙望之处得东坡先生数诗稿，其和欧叔弼诗："渊明为小邑"，继圈去"为"字，改作"求"字；又连涂"小邑"二字，作"县令"字，凡三改乃成今句。至"胡椒铢两多，安用

八百斛?"初云:"胡椒亦安用?乃贮八百斛?"若如初语,未免后人疵议。又知:虽大手笔,不以一时笔快为定而惮屡改也。

这是可以作我们的模范的。现在那些懒人,他们无论作诗写文,自以为是一等的天才,马上写好,马上发排,马上出版了。所以是著名的小说家,也闹出"我坐在茉莉花下"的笑话。

我们不要以为一两个字有什么要紧,修辞学所要研究的就在一两个字。正如曾国藩与太平天国的兵战,起初"屡战屡败"。李次青替他作奏文,内有"屡战屡败"一句。文正的幕友见了,把这句改为"屡败屡战",文气便壮得多了,救兵也来了,仗也打赢了。

所以选字的适当是要紧的。况且中国字同义的最多。章太炎曾引欧人的话说:

> 汉语有独秀者:如持者,通名也。高而举之,曰抗;俯而引之,曰提;束而曳之,曰捽;拥之在前,曰抱;曳之在后,曰拖;两手合持,曰捧;肩手任持,曰担;并力同举,曰抬;独立引重,曰扛。如是别名,则他国所无也。

是的,正因一字同义的这样多,所以我们应该更注意去选适当的字。

(二)明晰

什么叫做"明晰"呢?明晰就是浅近而且容易懂。我们是现代的人,用现近的文字,发表我们的思想,我们第一要义是要人容易懂。

中国是一个泥古的国家,古文做了几十年,那些做古文的人,他们第一拿手戏,就是用"古典"。清朝魏纪瑞曾痛骂他们:

> 人以文字就质于人,称曰"正之"。忽念政者正也,改称曰"政"。又念正者必须删削,乃曰"削政"。又念斧斤所以削也,转曰"斧正"。又念善斧斤者,莫如郢人,易曰"郢政",甚或单称曰"郢"。而最奇者,以为孔子笔削《春秋》,而《春秋》绝笔于获麟,遂曰"麟郢"。愈文而愈不通,令人绝倒。今俗人作古人官名地名之属,务称古号以为新别,而后多错谬;否则杜撰拈合,如称给事中为给陈,状元官修撰者为殿撰,三孤三公,保其一也,而通曰官保。牵强支离,竟不成语。著于文章之内,真所谓金瓯玉盏盛狗矢也。又如"日居月

诸","居""诸"乃语词,而称"日月"为"居诸";"刑于寡妻""友于兄弟","于"亦语词,而曰"刑于"(以代妻)"友于"(以代兄弟)。司马迁、诸葛亮复姓也,而曰"马迁"曰"葛亮",则古人先已不通,时俗又何怪乎?鄙背之远,不能不望于君子。

这自然是笑话。但文学革命以来,古文是打倒了,古典是不用了。但是,白话文是不是完全没有毛病了呢?林语堂先生在《论语》上曾举出一段《母性之光》的电影说明书来做例子,我们现在抄出一段:

  慧英是小梅的生母;但寄梅不是小梅的生父。小梅的生父家瑚是十年前军阀铁蹄下逃脱的革命者。那时,小梅尚是一个很小的孩子。当家瑚别离慧英时,他曾流露着极悲切而含有深痛的目光,切嘱于慧英要好好的教育他的小孩子!但是后来,慧英因困于生活经济,又难于教育她的孩子,便不得已而改嫁寄梅。可是他太失望了,小梅长成竟受了寄梅的麻醉,女人最可畏惧的物质贪欲和虚荣心她渐渐地都被培植养成。可是小梅并不知另有其父,而慧英亦不肯对她说明,一颗受了重创而残破的心灵,是永久地蕴藏在她的怀抱。

这天，小梅参加一个盛大的音乐会。慧英在这大会中遇见了前夫家瑚。当家瑚的一个面部轮廓触到慧英的眼帘时，她早呆了。（下略）

末句云：

她的悲歌，她的血泪，观众们的同情伤感、心弦的紧张——就在这悲歌血泪，观众们的同情伤感心弦紧张时，绣幕缓缓地垂落了。

林语堂先生批评这段文字说：

此文并非比普通白话文不通，其语法亦普通白话文之语法。此种语法，好在谨严，不善用之，则病啰嗦。所圈几句，谓其啰里啰唆，谁曰不宜？当系食洋不化者所作。文学革命刚排去骈四骊六，却又迎进来新四六，吁，吾憎之甚。

这种文字，可以称他是"新四六"，可以同魏纪瑞所说的文字比美。这种"新四六"式怎样来的呢？第一，是那些欧化的白话文害了他们。许多只懂 ABC 的人，他们一面查字典，一面译书，造出一些离奇古怪的白话文字。许多好奇的青年学了，愈学愈啰里啰唆。第二，是那些好修饰，好用辞藻，如"浓得化不开"的故徐志摩先生一流的文章害了他们。

徐先生是有意做得巧,结果是"弄巧反拙"了!许多青年学他,也就愈学愈坏。

明晰就是干净。林语堂先生曾提倡所谓"语录体"。什么是"语录体"呢?他说:

> 文人学子,有一种恶习惯,好掉弄笔墨,无论文言白话皆如此。语录体之文,一句一句说去,皆有意思。无意思便写不出,任汝取巧无用也。《论语》曾引龚定庵语,谓"圣者语而不论,智者论而不辩",便是此意。不能语者作论,不能论者作辩,故语者论之精英,辩者论之糟粕。圣人未曾搬弄辞藻,堆文砌字,而《论语》句句传至后世,此所以为圣。

他又替文言辩护,说有些地方,文言的"语录体"胜于白话,他说:

> 文言不合写小说,实有此事。然在说理,论辩,作书信,开字条,语录体皆胜于白话。盖语录体简练可如文言,质朴可如白话,有白话之爽利,无白话之啰嗦。若"盖""使""抑""曰""皆""无""何时""何地"等语皆文言,胜于白话之

"因为""倘使""还是""说""统统""没有""什么时候""什么地方"。汝若曰"盖""使""抑""曰""皆""无""何时""何地"白话亦可用,我便不与汝计较;所要者,汝赞成用"盖"比用"因为"省便,用"抑……乎"比用"还是……呢"简练,便是与我同意。汝若又曰:语录便是白话,我亦不与汝计较;所要者,汝肯写出老实语录体,不写别扭白话体也。

一人修书,不曰"示悉",而曰"你的芳函接到了";不曰"至感,叹甚",而曰"很感谢你""非常惭愧",便是啰里啰唆,文章不经济。

其实,白话文中,本不妨夹几个文言字眼,如周作人先生的文章便是例子。如周作人那样简洁的白话文,他的书信,比林先生所引的袁中郎尺牍,也就明晰的多。(可看周作人,《知堂文集》,天马书店刊行。《周作人书信》,北新书局刊行。)我们以为普通人口里的白话,多不会啰嗦的,啰嗦是"好掉笔墨"的"文人"的习气。乡下人说话,比城里人干脆得多;军人说话,比文人说话,也干脆得多。白话文中明晰的作品也很多,如《水浒》,《儒林外史》,《老残游记》都是好例。

所以我们不必跟林语堂先生提倡什么"语录体"。宋元以来,很有许多说来说去不知说了什么的"语录体"。我们只要翻翻一些"乌烟瘴气"的什么学案就可以知道。我们要提倡的是一些明晰的文字,白话文是明晰的文字的最好工具。

我们这些有志作文的人,应该打定宗旨,不用古典,也不用新典,努力选用一些明晰的白描文字。

我们且选一段《老残游记》的明晰的白描文字的杰作来做例子:

> 王小玉便启朱唇,发皓齿,唱了几句书儿。声音初不甚响,觉得到耳畔里,有说不出来的妙音,五脏六腑,像熨斗熨过,无一处不服帖;三万六千个毛孔,像吃了人参果,无一孔不畅快。唱了十数句之后,渐渐的越唱越高;忽然拔了一个尖儿,像一线钢丝,抛入天际,不禁暗暗叫绝。哪知她于那极高的地方,尚能回环转折,几转之后,又高一层,接连有三四叠,节节高起,恍如由傲来峰西面,攀登泰山的景象:初看傲来峰削壁千仞,以为上与天齐,及至翻到傲来峰顶,才见扇子崖,更在傲来峰上,及至翻到扇子崖,又见南天门,更在扇

子崖上，愈翻愈险，愈险愈奇。那王小玉唱到极高的三四叠后，陡然一落，又极力骋其千回百折的精神，如一条飞蛇，在黄山三十六峰半中腰里，盘旋穿插，顷刻之间，周匝数遍。从此以后，愈唱愈低，愈低愈细，那声音渐渐的听不见了。满园子的人，都屏气凝神，不敢少动。约有二三分钟之久，仿佛有一点声音，从地底下发出，这一出之后，忽又扬起，像放那东洋烟火，一个弹子上天，随化千百道五色火光，纵横散乱。这一声飞起，即有无限声音，俱来并发。弹弦子的，亦全用轮指，忽大忽小，同那声音相和相合，有如花坞春晓，好鸟乱鸣。耳朵忙不过来，不晓得听哪一声的为是。正在撩乱之际，忽听霍然一声，人弦俱寂。这时台下叫好之声轰然雷动。

这一段，用有形的泰山、黄山、烟火来形容无形的声音，真是自古至今，无人能及。这是我所说用明晰的字做的文章的好模样。

我们说用明晰的字，也有两个信条：

第一，不用古字。

第二，不用僻字。

什么是古字呢？钱玄同先生曾说："故如古称'冠、

履、袷、裳、筵、豆、尊、鼎'仅可用于道古，若道今事，必当改用'帽、鞋、领、裤、碗、盆、壶、锅'诸名。"这是很对的。用古字的笑话很多。明朝人就爱用古字。嘉靖中有个叫虞子崖的，曾改岳忠武的诗以嘲笑当时文人。

岳忠武的原诗是：

> 号令风霆迅，
> 天声动北陬。
> 长驱渡河洛，
> 直捣向燕幽。
> 马蹀月氏血，
> 旗枭可汗头。
> 归来报明主，
> 恢复旧神州。

虞子崖逐字改了他：

> 誓律飙雷速，
> 神威震坎隅。
> 遐征逾赵地，
> 力战越秦墟。
> 骥蹂匈奴顶，

戈殳軷靶軀。

旋师谢彤阙，

再造故皇都。

朋友们，这两首诗哪一首容易懂呢？用古字不过是闹笑话罢了。

用僻字也容易闹笑话的。宋朝有一个怪物，叫做"宋祁"，他专门做难懂的文章。他同欧阳修同修《唐史》，欧阳修很讨厌他。有一天，欧阳修写了"宵寐匪祯，札闼洪庥"八个字在门上。宋祁见了，很奇怪，问欧阳修是什么意思。欧阳修说："这是学你写《唐史》的笔法的。'宵寐匪祯'就是'夜梦不祥'的意思。'札闼洪庥'是'书门大吉'的意思。"宋祁这个怪物，也忍不住笑了。

奉劝天下的新旧文学家，不要用古字僻字，以免多闹笑话。

(三) 奇妙

善于作文的人，他的选字一定十分奇妙。我们且举杜甫的一首诗做例：

细雨鱼儿出，

微风燕子斜。

城中十万户,

此地两三家。

金圣叹批评这首诗说:

> 细雨出,出字妙,所乐亦既无尽矣。微风斜,斜字妙,所苦亦复无多矣。城中十万户,不知此地两三家;两三家,不知鱼儿燕子;鱼儿燕子,不知先生同处微风细雨之中……

金圣叹的话虽然有些难懂,但他的确是了解杜诗的人。

杜甫一生,最善用奇妙的字。因为他自己说过:"语不惊人死不休!"这可以看出他的用字的尽心。

我们再举出杜甫的一首诗:

熟知茅斋绝低小,

江上燕子故来频。

衔泥点涴琴书内,

更接飞虫打着人。

金圣叹批评这首诗说:

眼见则春色眼见,熟知则燕子熟知。皆最滑稽语。夫同是燕子也，有时郁金堂上，玳瑁梁间，呢喃得爱；有时衔泥污物，接虫打人，频来得骂。夫燕子何异之有，此皆人异其心，因而物异其致。先生满肚恼春，遂并恼燕子。看其"熟知"字，"故"字，"频"字，皆恼极，几于欲杀欲割，语可笑也。

金圣叹的话是对的。因为几个字的关系，就显得这首幽默的诗非常奇妙。

古人做诗用字奇巧的，如曹子建诗"惊风飘白日"的"飘"字，谢灵运诗"池塘生春草"的"生"字，谢道韫诗"秀极冲青天"的"冲"字（徐谦语），都可以见用字的奇妙。

我们怎样能够选字奇妙呢？法国小说家弗罗贝尔教他的学生莫泊桑说：

> 无论我们要表现什么东西，表现那东西的自身只有一个名词，表现那东西的运动，只有一个动词，表现它的性质，只有一个形容词。我们的责任，是努力去发现这唯一的名词、动词及形容词。不能以得着相像的语言为满足，也不能因为难于发现，遂随便了事。

这实在是给我们很好的教训。我们要选字选得奇妙，唯一的办法是观察事物的个性，泰山是泰山，不是黄山，李逵是李逵，不是武松。我们可以叫李逵做"黑旋风"，却不能叫武松做"黑旋风"；我们可以叫"行者"武松，却不能叫"行者"李逵。如古诗"日落江湖白，潮来天地青"，我们却不可以说"日落江湖青，潮来天地白"。如古人形容杨柳为"依依"，形容桃花为"灼灼"，把"依依"形容旁的树，"灼灼"形容旁的花，便不对。如杜甫诗"独留青冢向黄昏"，改为"独留青冢向白日"便毫无意义。如李白诗"白发三千丈"改为"白发三千尺"便没有神气。这都是用字奇妙的好处。

关系用字奇妙的法子很多，我们在"词藻论"一讲再说，此刻不谈了。

二、练句

怎么叫做"练句"呢？"句"这个字，就是英文的Sentence。两个以上的字联合起来，表示一个完全意思的，叫做"句"。每一个句子可以分做两部分，一部分叫做"主语"(Subject)，一部分叫做"述语"(Predicate)。例如：

水流。
花落。

这两个短句里,"水"同"花"是主语,"流"同"落"是述语。

(一) 句的分类

句子的种类很多。以上所说是短句(Short Sentence)。

短句是不难做的,但难做的是长句(Long Sentence)。长句做得不好,便拖泥带水,做得好便有力气。在古书上,司马迁和韩退之都是善做长句的,我们且举两个例子:

> A. 项羽乃悉引兵渡河,比沉船,破釜甑,烧庐舍,持三日粮,以示士卒必死,无一还心。(《史记·项羽本纪》)
>
> B. 虽然,其贤于世之患不得之而患失之者,以济其生之欲,贪邪而无道以丧其身者,其亦远矣。(韩愈《圬者王承福传》)

近人鲁迅的文章,也是会做长句的,我们也举一个例:

> 你看革命文学家,就都在上海租界左近,一有风吹草动,就有洋鬼子造成的铁丝网,将反革命文学的华界隔离,于是从那里面掷出无烟火药——约十万两——轰然一声,一切有闲阶级便都"奥伏赫变"了!(《三闲集》一百零九页)

短句、长句之外，还有很多类的句子。

如错句。什么叫"错句"呢？错句就是长短相错的句子。例如：

> 猿猱猴，错木据水，则不如鱼鳖；历险乘危，则骐骥不如狐狸。(《国策》)

如整句。什么叫做"整句"呢？整句是用严整的句子，使意思不致散漫。例如：

A. 圣人不死，大道不止。(《老子》)
B. 生则天下歌，死则天下哭。(《荀子》)
C. 只为你如花美眷，似水流年。(《牡丹亭》)

如复句。什么叫做"复句"呢？复句是用很多重复的句子，以表示文气之紧促。近人梁启超是最善用复句的文章的，我们且举一个例子：

> 罗兰夫人何人也？彼生于自由，死于自由。罗兰夫人何人也？自由由彼而生，自由由彼而死。罗兰夫人何人也？彼拿破仑之母也，彼梅特涅之母也，彼玛志尼、噶苏士、俾士麦、加富尔之母也。质而言之，则十九世纪欧洲大陆一切之人物，不可不母罗兰夫人，十九世纪欧洲大陆一切之文明，不

可不母罗兰夫人。何以故？法国大革命为欧洲十九世纪之母故，罗兰夫人为法国大革命之母故。(《罗兰夫人传》)

如叠句。什么叫做"叠句"呢？叠句是用许多重叠的句子，增加文章的力量。例如：

A. 天得一以清，地得一以宁，神得一以灵，谷得一以盈，万物得一以生，侯王得一以为天下贞。(《老子》)

B. 欢者，拜者，吊者，贺者，万花绕冢，每日香烟浮！(黄遵宪《赤穗四十七义士歌》)

如排句。排句是中国文字的特色。叠句是简单的重叠，排句是复杂的重叠。但排句与复句不同，因为排句是整齐的，句的长短有一定。这是中国文字的特色，只有方块的中国文字能够这样。例如：

A. 亲贤臣，远小人，此先汉之所以兴隆也；亲小人，远贤臣，此后汉之所以倾颓也。(诸葛亮《出师表》)

B. 曰推倒雕琢的、阿谀的贵族文学，建设平易的、抒情的国民文学；曰推倒陈腐的、铺张的古典文学，建设新鲜的、立诚的写实文学；曰推倒迂

晦的、艰涩的山林文学，建设明了的、通俗的社会文学。（陈独秀《文学革命论》）

如环句。环句是上下颠倒循环，互相联络的。例如：

信言不美，美言不信；善言不辩，辩言不善；知者不博，博者不知。（《老子》）

如递句。递句是蝉联下来，前后相续的。例如：

A. 今年望到明年好，明年望到后年好，望到后年，仍旧是一件破棉袄。（《歌谣》）

B. ……恶乎然？然于然。恶乎不然？不然于不然。恶乎可？可于可。恶乎不可？不可于不可。物固有所然，物固有所可；无物不然，无物不可。（庄子《齐物论》）

如扭句。什么叫做"扭句"呢？扭句是扭结上句，增减字数，以成一种句法的。例如：

故有生者，有生生者；有形者，有形形者；有声者，有声声者；有色者，有色色者；有味者，有味味者。（《列子》）

这种句子，是没有多大意思的。这种句子代表的只是一些恍恍惚惚的哲学，不能表现科学的系统文学的。

以上所说，是句的分类。句的分类很多。如果就句子的口吻而说，又可分为以下几类。

问句。问句是表示疑问的。问句也有种种的分别。

A. 急问。例如：

黛玉啐道："呸！你倒派我的不是！我怎么浮躁了？"(《红楼梦》第三十回)

B. 缓问。例如：

紫鹃隔着帐子，轻轻问道："姑娘喝一口汤吧？"(《红楼梦》第八十三回)

C. 惊问。例如：

宝玉听了，便走来直问到脸上道："你这么说，是安心咒我天诛地灭？"(《红楼梦》第二十九回)

D. 疑问。例如：

宝玉便问袭人道："怎么宝姐姐和你说的这么热闹，见我进来就跑了？"(《红楼梦》第二十一回)

E. 讶句。讶句是表示惊讶的意思的。例如：

抬头一看，见是宝玉、黛玉，便啐道："吓！

我打量是谁?原来是个狠心短命的!"(《红楼梦》第二十八回)

F. 诫句。诫句有警戒的意思。例如:

凤姐连忙喝道:"少胡说!那是醉汉嘴里的胡唚!你是什么样的人,不说没听见,还到细问!等我回了太太,看是捶你不捶你!"(《红楼梦》第七回)

G. 叹句。叹句表示感叹的意思。例如:

宝玉见了叹道:"睡觉还是不老实!回来吹风了,又嚷肩膀痛了!"(《红楼梦》第二十一回)

H. 愤句。愤句是表示愤激的意思的。例如:

那焦大哪里有贾蓉在眼里,反大叫起来,赶着贾蓉叫:"蓉哥儿,你别在焦大跟前使主子性儿!别说你这样儿的,就是你爹,你爷爷,也不敢和焦大挺腰子呢!不是焦大一个人,你们作官儿,享荣华,受富贵!你祖宗九死一生挣下这个家业,到如今,不报我的恩,反和我充起主子来了!不和我说别的还可,再说别的,咱们白刀子进去红刀子出来!"(《红楼梦》第十回)

以上说句的分类。

(二) 句的修辞

造句应该怎样修辞呢？以我个人看来，造句的修辞，有四点应该注意的。现在分开来说：

1. 简洁

造句的第一条件是简洁。斯宾塞尔论修辞，他说文章的第一要义是经济。什么是经济呢？经济是旁人十句话不能说完，我两三句话就说完了；旁人几十个字不能说完，我几个字就说完了。陆机在《文赋》中说得好："要辞达而理举，故无取乎冗长也。"冗长的句子，正同乡下姑娘的裹脚布，又臭又长。

《诚斋诗话》上曾说了一个故事。有一个人，从秦少游那里来，去见苏东坡。东坡问他："少游近来有什么好作品么？"他把秦少游的《燕子楼词》"小楼连苑横空，下临绣毂雕鞍骤"告诉东坡。东坡笑着说："又连苑，又横空，又绣毂，又雕鞍，又骤，也太麻烦了！"东坡并且念他自己的词："燕子楼中，佳人何在？空锁楼中燕。"那人十分佩服。

怎样能使句子简洁呢？唯一的法子，是除掉那些无用的字。刘知几在《史通》里曾举出一个例子(《史通》

卷六叙事篇）：

《汉书·张苍传》云："年老，口中无齿。"盖于此一句之内，去"年"及"口中"可矣。夫此六文成句，而此三字妄加，此为烦字也。

所以要简洁的第一好法子，是除去那许多"烦字"。中国的旧小说，如《水浒》，如《红楼梦》，都会用简洁的句子。我且举出一个例子：

黛玉欲答话，只听院外叫门。紫鹃听了听，笑道："这是宝玉的声音，想必是来陪不是来了。"黛玉听了说："不许开门！"紫鹃道："姑娘又不是了，这么热天，毒日头地下，晒坏了他，如何使得呢？"口里说着，便出去开门，果然是宝玉。一面让他进来，一面笑着说道："我只当宝二爷再不上我们的门了，谁知道这会又来了。"宝玉笑道："你们把极小的事倒说大了。好好的为什么不来？我就是死了，魂也要一日来一百遭。妹妹可大好了？"紫鹃道："身上病好了，只是心里气还不大好。"宝玉笑道："我知道了。有什么气呢？"一面说着，一面进来，只见黛玉又在床上哭。

那黛玉本不曾哭，听见宝玉来，由不得伤心，止不住滚下泪来。宝玉笑着走近床来道："妹妹，身上可大好了?"黛玉只顾拭泪,并不答应。宝玉因便挨在床沿上坐了,一面笑道:"我知道你不恼我,只是我不来,叫旁人看见,倒像是咱们又拌了嘴的似的。要等他们来劝咱们,那时候儿,岂不咱们倒觉生分了?不如这会子,你要打要骂,凭你怎么样。千万别不理我!"说着,又把"好妹妹"叫了几十声。

黛玉心里原是再不理宝玉的,这会子听见宝玉说"叫别人知道咱们拌了嘴就生分了似的"这一句话,又可见得比别人原亲近,因又撑不住,便哭道:"你也不用来哄我!从今以后,我也不敢亲近二爷,权当我去了!"宝玉听了,笑道:"你往哪里去呢?"黛玉道:"我回家去。"宝玉笑道:"我跟了去。"黛玉道:"我死了呢?"宝玉道:"你死了,我做和尚。"黛玉一闻此言,登时把脸放下来,问道:"想是你要死了?胡说的是什么?你们家倒有几个亲姐姐亲妹妹呢,明儿都死了,你几个身子做和尚去呢?等我把这话告诉别人评评理。"(《红楼梦》三十回)

我们看这些言情的句子,哪有一个烦字?这是简洁的好例子。现在有一些懒人,他们无论做文,写小说,总是罗哩罗嗦,像老太婆说话一样,真讨厌!

2. 秀美

怎么叫做"秀美"呢？文学的表现，总离不开美感。自然主义有自然主义的美，浪漫主义有浪漫主义的美，布尔乔亚有布尔乔亚的美，普罗阶级也有普罗阶级的美。正如美人一样，有涂脂抹粉的美人，也有荆钗布裙的美人。

使造句秀美的法子很多。那些普通的修辞学所讨论的"修辞格"或"词藻论"，多是使句子秀美的法子。我们在后面再详说吧。

但我们现在也不妨提出三个浅近的法子：

第一，用具体的写法。

什么是具体的写法呢？胡适先生说得好：

> 凡文学最忌用抽象的字。例如说"少年"，不如说"衫青鬓绿"；说"老年"不如说"白发霜髻"；说"女子"不如说"红巾翠袖"；说"春"，不如说"姹紫嫣红"、"垂杨茅草"；说"秋"，不如说"西风红叶"、"落叶疏林"。

胡适先生的话是对的。我们为什么要用具体的字，而不用抽象的字呢？因为"具体的字最能引起一种浓厚

实在的意象。"《雅歌》是《圣经》中的最好文字,我们现在且举出一些例子:

> 愿他用口与我亲嘴,
> 因你的爱情比酒更美。
> 你的膏油馨香,
> 你的名如同倒出的香膏,
> 所以众童女都爱你。

"爱情"是个抽象的名词,用酒来描写,却成具体的了。"名"也是个抽象的名词,用香膏来描写,却成具体的了。

在中国《诗经》中,这种例子也很多。例如"有女同车,颜如舜华","有女同车,颜如舜英"都是好例。在古诗词中,这种例子更多了:

> 北方有佳人,
> 绝世而独立,
> 一顾倾人城,
> 再顾倾人国。
> 宁不知倾城与倾国,
> 佳人难再得。

这首诗是李延年唱来恭维他的妹妹的,因为他的妹妹为汉武帝所宠。美人的美是"抽象"的,但是"倾城"与"倾国"都是具体的了。又如曹植的诗:

　　君如清路尘,
　　妾如浊水泥。

如刘禹锡的诗:

　　山桃红花满上头,
　　蜀江春水拍山流。
　　花红易衰似郎意,
　　水流无限似侬愁。

如秦少游的词:

　　便做春江都是泪,
　　流不尽许多愁。

如辛弃疾的词:

　　万事云烟忽过,
　　百年蒲柳先衰。

这样的例子很多,我们也不必多举了。具体的写法,是秀丽的最好法子。

第二，和谐的写法。

什么是和谐的写法呢？和谐是句子读起来顺口，听起来顺耳。现在有很多怪人，他们专门做那些稀奇古怪的文字。我且举出一个例子：

> 固然是个炎热的夏天，那些贵夫人令娘们也不怎样的盛装着，但将他们和奈绪美比较一看，立刻就会注意到生长于上层社会和下层社会之间，有不可争辩之气秉差异存在。奈绪美已经和在喝咖啡时候差远了，完全是别人一样的了。但她的出身不好，到底还是不行的么？（杨骚译《痴人之爱》）

这些话我们不知道说些什么。我们觉得几年来的新文学，好的固然不少，但有一些白话也没有写通的人，也大胆译书创作，这是新文学界的一种耻辱！

我所谓"和谐"，是写什么人，像什么人，写什么话，像什么话。要读得上嘴，听得上耳。写到这里，我且说一个笑话吧。有一次，有一个女作家某女士，她拿了一本描写工人的小说给我看，里面有描写洋车夫罢工的一节。一个洋车夫站起来，说："我们不能罢工，小不忍则乱大谋！"我当时忍不住笑了。我说："洋车夫如何说得出圣人的话呢?"那女士红着脸走了,后来就来信把我大骂一顿。

但我情愿挨骂,我也以为造句的重要,是句子的和谐。一个妇人要是语无伦次,脸上胭脂花粉乱涂,绝不能算是秀美。我们不要以为公子、小姐口中才说得出美妙的句子。一切所谓"下流"、"卑劣"的人们,他们的口吻神气,描写得好,也有美妙的句子。我们看《水浒》上描写武松、李逵、鲁智深一班粗人,哪一个不是惟妙惟肖,但描写得最好。记得胡适先生在南京讲白话文法,曾引出来的,是王婆教西门庆的妙计:

> 王婆笑道:"大官人却又慌了。老身那条计,是个上着。虽然入不得武成王庙,端的强似孙武子教女兵,十捉九着。大官人,我今日对你说,这个人原是清河县大户人家讨来的养女,却做得一手好针线。大官人,你便买一匹白绫,一匹白绢,再用十两好绵,都把来与老身。我却走将过去,问她讨茶吃,却与这雌儿说道:'有个施主官人,与我一套送终衣料,特来借历头,央及娘子与老身捡个好日子,去请个裁缝来做。'她若见我这般说,不睬我时,此事便休了。她若说:'我替你做',不要我

叫裁缝时,这便有一分光了。我便请她家来做。她若说:'将来我家里做',不肯过来,此事便休了。她若欢天喜地说:'我来做,就替你裁。'这光便有二分了。若是肯来我这里做时,却要安排些酒食点心请她。第一日,你也不要来。第二日,她若说不便,当时定要将家去做,此事便休了。她若依前肯过我家做时,这光便有三分了。这一日,你也不要来。到第三日晌午前后,你整整齐齐打扮了来,咳嗽为号。你便在门前说道:'怎地连日不见王干娘?'我便出来,请你入房来。若是他见你入来,便起身跑了归去,难道我托住他?此事便休了。她若见你入来,不动身时,这光便有四分了。坐下时,便对雌儿说道:'这个便是与我衣料的施主官人。亏煞他!'我夸大官人许多好处,你便卖弄她的针线。若是她不来兜揽应答,此事便休了。她若口里应答说话时,这光便有五分了。我却说道:'难得这个娘子与我作成出手做。亏煞你两个施主一个出钱的,一个出力的。不是老身路歧相央,难得这个娘子在这里。官人好做个主人,替老身与娘子浇手。'你便取出银子来央我买。若是她抽身便走时,不成扯住她?此事便休了。她若是不动身时,事务易成,这光便有六分了。我却拿了银子,临出门对她道：'有劳娘子相待大官人坐一坐。'她若也起身走了家去时，我也难道阻挡她？此事便休了。若是她不起身走动时，此事好了，这光便有七分了。等我买得东西来，摆在桌子上，我便道：'娘子且收拾生活，吃一杯儿酒，难得这位官人攘钞。'她若不肯和你同桌吃时，走了回去，此事便休了。若是她只口里说要去，却不动身时，此事又好了，这光便有八分了。待她吃的酒浓时，正说得入港，我便推道没了酒，再叫你买，你便又央我去买。我只做去买酒，把门拽上，关你和她两个在里面。她若焦躁，跑了归去，此事便休了。她若由我拽上门，不焦躁时，这光便有九分了。只欠一分光了便完就……这一分倒难。——大官人，你在房里，着几句甜净的话儿，说将入去。你却不可躁暴，便去动手动脚，打搅了事，那时我不管你。先做做把袖子在桌上拂落一双箸去，你只做去地下拾箸，将手去她脚上捏一捏，她若闹将起来，我自来搭救，此事也便休了，再也难得成。若是她不做声时，此事十分光了。她必然有意，这十分事得成。这条计策如何？"

这一段文，描写一个下流妇人，她的曲折心理，真是活灵活现。她说了这一大套话，却是前后相应，全体和谐，天衣无缝。这样和谐的好句，才是千古妙文，无人能及。只有这样的妙文，才可以当得起"秀美"两个字。

3. 新奇

"文似看山不喜平。"所以新奇的句子是文章的生命力。做文章的人，最要紧的是自造新奇的句子，不拾古人的牙慧。章实斋说得好：

> 盖言文章之士，极其心之所得，当恐古人先我而有是言。苟果与古人同，便为伤廉衍义，虽可爱之甚，必割之也。
>
> ——《文史通义·辨似》

这是很对的话。古人已经说过的，我们便不再说。

一时代有一时代的风俗人情习惯。我们最好是如黄遵宪所说的"我手写我口"。我们是这个时代的人，便应用这个时代的字。写到这里，忽然记起金兆梓先生的《实用国文修辞学》上，有一处曾劝人"少用译音语或外国字"，又令人"须避方言"。这是我们不能同意的。

我曾说过："中国文学，虽然是独立的，也时受别种的影响。如从印度来的'卍'字，从蒙古来的'歹'字。又如'袈裟'、'刹那'、'匹克匿克'等外国译名，也随时代而流行。"金先生曾说:"如鲁迅先生的《阿 Q 正传》,以之标题,大可不必。"实则《阿 Q 正传》已成一种普遍的读物,阿 Q 也成了一个典型人物,可见用一两个英文字母并无害处。又如方言的好处,在能补"语汇"之所不及。

如吴语"像煞有介事",如北平语"打住",都是很好的例子。我们要造句新奇,须用活字,不用死字。什么是死字,什么是活字呢?我且举出胡适先生的一首打油诗吧:

> 文字没有雅俗,却又死活可道。
> 古人叫做欲,今人叫做要;
> 古人叫做至,今人叫做到;
> 古人叫做溺,今人叫做尿;
> 本来同是一字,声音少许变了,
> 并无雅俗可言,何必纷纷胡闹?
> 至于古人叫字,今人叫号;
> 古人悬梁,今人上吊;
> 古名虽未必不佳,今名又何尝不妙?
> 至于古人乘舆,今人坐轿;
> 古人加冠束帻,今人但知戴帽;

若必叫帽作巾，叫轿作舆，
岂非张冠李戴，认虎作豹？
……

——《尝试集·自序》(《胡适文存》第一集二册)

其实打油诗未尝无句，宋朝的张打油，是这派打油诗的始祖，他做的一首咏雪诗：

宇宙一笼统，
井上黑窟窿。
黄狗身上白，
白狗身上肿。

这诗末两句都是新奇的句子。

用死字写出来的是死话，用活字写出来的是活话。魏善伯说得好："眼前景，口头语，当时情，意中事。神妙莫过于此，应付莫便于此。"这是我们造新奇的句子最好的教训。

我们再举出一个新奇句子的例子：

半醒半醉问诸黎，
竹刺藤稍步步迷。

> 但寻牛矢觅归路,
> 家在牛栏西复西。
>
> ——苏东坡《被酒独行归至诸黎之舍》

"牛矢"何尝不是臭物!"牛栏"何尝不是秽地!但经东坡一用,便成新奇的句子了!邱文庄(濬)与人论诗说得好:

> 吐语操辞不用奇,
> 风行水上茧抽丝。
> 眼前景物口头语,
> 便是诗家绝妙辞。

我们要记得,"绝妙辞"便是"眼前景物口头语"。

三、成篇

我们怎样做成一篇文章呢?由字而成句,由句而成段,由段而成篇。成篇是文章组织的最后形式,是应该十分注意的。

在西洋修辞学中,最初讨论文章的组织的,是把文章分成"序论"、"叙说"、"论证"、"副叙"、"结论"(Proem, Narrative, Argument, Subsidiary Remarks, Peroration)五段。后来,又变而为四段论说,就是"序论"、"叙说"、

"证明"（Proof）、"结论"四种。再后来，亚里士多德觉得这些繁琐的方法是无用的，他以为只有"叙说"、"立证"（Statement，Proof）二段方法也够了。

中国古代做文章的人，也讲求"起承转合"。在印度佛教学者中间，则通行为"序分"、"正宗分"、"流通分"的三段方法。"序分"就是序论的意思，"正宗分"就是论的本部的意思，"流通分"就是结尾的部分。正如日本做文章的人，也讲求"序"、"破"、"急"，正是同样的意义。

但是我们觉得文章的组织是没有一定的方法的。中国古代做文章的人也讲求"起承转合"，八股文尤其有一定的法则，集形式文章的大成。但是中国文章做得不好，就是受了这形式主义的害处。我在《作文讲话》中曾说：

> 文章是应该讲结构的，但结构的意义在求文字上的统一、联接（Coherence），并不是铸定一个模子，教大家写文章都钻进一个模子去。正因为中国人太讲求形式主义了，所以"起承转合"的极端就产生了八股文。在小说上，明清许多才子佳人的小说，都是从"起承转合"的模子里出来的。这些小说的主要人物事件，可归纳成一个公式，如：甲男

是才子，乙女是才女。（起）才子一定是很穷的，连饭也没有得吃，但才女却是很富的。才子遇着才女，彼此一见倾心。（承）但好事多磨，丙男是傻子，家中很贵，也爱上乙女，于是天下从此多事。（转）可是甲男终于中了状元，奉旨与乙女完姻。丙男失望而去。（合）（参看鲁迅《中国小说史略》第二十章）所以如《平山冷燕》、《好逑传》一类的书，千篇一律，读了令人索然无味。这都是过于讲求形式主义的结构的流毒。

所以我们现在应该打倒一切繁琐的结构方法，"起、承、转、合"同应该打倒，一切西洋、东洋货的三段、四段、五段方法也该打倒。

我们以为文章的成篇没有一定的方法，却有一定的通则。我们且举出四个通则。

（一）统一（Unity）

怎么叫做"统一"呢？统一的文章是前后一致。这一致可分两面说，一是意义方面，一是形式方面。在意义方面，譬如你既赞成共产主义，便不能再赞成法西斯主义。在形式方面，譬如你前半的文章用了白话，后半的文章便不能再用文言。

我说个笑话吧。有一次，我接得一个讣文，是一个亲戚的父亲死了。那文中说："我父亲平生赞成社会主义，尤其赞成社会主义中的个人主义。"这就不通了。因为"个人主义"与"社会主义"是冲突的。又如最近出版的《长风》半月刊上有一篇金先生的文章，叫做《中国往哪里走》。那文章中说：

> 假使中国的将来，一蹴而走进社会主义的路，那么私有财产制，和相互的一切制度，根本废除，这家族主义之翳，当然失其存在。否则这出路的被发现，难乎其难。我敢大胆地说，无论中国要走向资本主义或社会主义之路，都要以发展个人主义为初步途径。结论就是僵了的中国，我们如果要它走动，那至少得先往个人主义的路走！

这在我们这些"文丐"看来，是不通的。因为"发展了个人主义"便不能走上"社会主义的路"。这是思想不统一的毛病。

（二）平均（Proportion）

平均是一篇文章之中，应该各部分都匀称。短篇的文章还容易匀称，长篇的巨作，便不容易匀称了。譬如《水浒传》写一百零八个好汉，因为写的人太多了，所以如武松、鲁智深、李逵、宋江一流人写得太多,如燕青、卢俊义等人便写得太少了。又如太史公的《屈原列传》也是一篇不匀称的文章。梁任公先生曾说:

> 如《屈原列传》,太史公将屈原的人格看错了。他最崇拜屈原的文学,但是他的程度还不能认出屈原的文学的价值。所以这篇列传,满纸恭维都弄错了。史公认屈原的文是忠君爱国的文,所以写出许多当时政府上的背景。实在屈原的文,固然有忠君爱国的话,但此不过是他的文章中一部分,且仅仅是一部分,他的好处并不尽在这一方面。若要写出屈原的人格,应写过去文学如何。(三百篇)屈原前没有专门文学家,屈氏是开山祖师。这一点非写不可。这要把屈原的文和过去文学不同之点,以及屈原所生之地,是从前蛮夷之邦,新加入文明民族团体而能戛戛独造,都写出来,才能见屈原的好处。史公这篇文实在太坏,叫我看卷子,一定取不着优等,至多勉强及格。

这是很对的话。

(三)联接(Coherence)

怎么叫做"联接"呢?

一篇好的文章,是有机体的,正同一个人一样,各

部分筋肉骨骼都相联接。坏的文章便不同了,前后不相联接。但联接也不是一件容易的事。宋洪迈《容斋随笔》云:

> 韩文公《送孟东野序》云:"物不得其平则鸣。"然其文云:"其在唐、虞,咎陶、禹,其善鸣者也,而假之以鸣;夔假于《韶》以鸣。伊尹鸣殷,周公鸣周。"又云:"天将和其声而使鸣国家之盛。"然则非所谓不得其平也。

像韩愈这样的大文豪,文章还有前后不联接的毛病,可见我们作文应该小心谨慎。

(四)谐和(Harmony)

怎样叫做"谐和"呢?我们看见一些老年人,他们读起古文来,总摇头摆脑,显出很感动的样子。那时节,文章的情感,同读的人的情感,是相合了。所以悲哀的文章,我们读了便悲哀,快乐的文章,我们读了便快乐。这是意义方面的谐和。还有音节方面的谐和。姚姬传说得好:"诗文要从声音证人,不知声音,总为门外汉。"所以我国做诗词的人,总讲求平仄和韵脚。这也是谐和的表示。近来做新诗的人,虽不十分严格讲求韵脚了，但他们也讲求天然音节的谐和。古代散文中也有很多音节很和谐的，如读李华的《吊古战场文》，便令人生悲哀之感；读陶渊明的《桃花源记》，便令人生隐逸之思。我们且举杨晖《报孙惠宗书》的一种文章，作个例子：

> 臣之得罪，已三年矣！田家作苦，岁时伏腊，烹羊炰羔，斗酒自劳。家本秦也，能为秦声；妇赵女也，善鼓瑟。酒终耳热，仰天拊缶而呼"乌乌"，其诗曰："田彼南山，芜秽不治。种一顷豆，落而为萁。人生行乐耳，须富贵何时！"

这种音节谐和的文章，真是"读得上口，听得上耳。"

第三讲 修辞格论

我在上一讲,已经把修辞的内容和形式,很简要的说明了。普通的修辞学,总以为修辞学最重要的部分是在"修辞格"。什么是修辞格呢?修辞格是英文的 Figures of speech,也译作"辞藻"。纳士斐尔(Nesfield)在他的《高级作文法》(*Senior Course of English Composition*)上面说:

> 修辞格的用处,有很多种,如用作说明,则有显比、隐比诸格;如用作正确,则有相形格;如用作变化,则有伴名、类名、迁德等格;如用作简

洁，则有隐比、反言等格。但是修辞格的普通目的，是在令人感动。

是的，修辞格的普通目的，是在令人读了感动。我们研究修辞学的历史的人，知道西洋修辞学在古代如昆特利安及布列亚诸公，他们对于修辞格的分类，都各不相同。所以我们若要仔细研究，则从希腊以至现在，一一列举起来，修辞格当有三百多种之多。近代也有修辞学者把修辞格写成六七十种的，也有写成十几种的。但近代修辞学的作者，如吉能（Genung）之流，则并不十分重视修辞格的繁琐的分类，不过把修辞格的原理说明，再举三四重要的修辞格来做例罢了。（见吉能的《实用修辞学》Genung: *Practical Elements of Rhetoric*）近来英美著作修辞学的人，也有简直不谈修辞格的，那大概多是受了克罗司（Croce）一流学说的影响。但我国著作修辞学的人，则大概还把修辞格当做唯一的法宝。修辞格究竟有用还是无用，这是我们应该仔细研究的。

第一章　论修辞格的有用和无用

修辞格有什么用处呢？

我们知道有许多"性灵派"的文学家,如林语堂先生等,他一定把修辞格当做无用的废物。老实说,性灵派的文章观,我也是很赞成的。为"格套所拘",为"章法所役",都足以埋没性灵。什么是性灵呢?林语堂先生说:

> 有意见始有学问,有学问始有文章,学文必须先自解脱性灵、参悟道理始。古文盛行时,文字成一问题,故修炼辞藻,可虚靡半世工夫。今则皆用质直文字,文章即说话,能说话即能做文章。巧话有巧文,陋话有陋文,故令文人所苦者,无话可说而已。无话可说,乃无病呻吟。萎靡纤弱,甚有盈篇累牍,读完仍不见一句真知灼见的话。
>
> ——《论文下》,《论语》第二十八期

林先生主张文章须从"解脱性灵、参悟道理中来。"所以他反对"修炼词藻"。"巧话有巧文,陋话有陋文。"所以他主张用"质直文字"。意大利的性灵派大师克罗司先生,也是反对繁琐的修辞法的,他在《修辞学的批评》(*Criticism of Rhetoric*) 曾怀疑隐比 (Metaphor) 的用处。他说:隐比的普通定义,是用旁的字来代替固有的文字 (Another word used in place of the proper word)。我们为什么要找这些麻烦呢？为什么我们有近路好路不走，要走那些远路坏路呢？或者有人说，因为固有的字不及那些旁的字（隐比）容易表现。但是隐比能很恰当的代替固有的字，则隐比也成固有的字了，这样不是愈弄愈麻烦吗？

我们觉得克罗司的话也是有感而说的。我们要细心推究修辞格的起源，则知道修辞格本来是一种自然的创造。正如陈望道先生所指出的，从"灼灼"、"依依"等叠字演进为"随随便便"、"不不少少"。但我的意思与陈先生不同，陈先生以为是"从凭借《诗经》、《书经》上成语渐次演进为直用口头上的成语。"（《修辞学发凡》四百二十八页）其实，《诗经》、《书经》上的成语，也是从口头上的成语来的。我们可以在口头语中找出许多例子：假如我们在路上走着，我们听见甲乙相称，甲称乙为"浑蛋"，乙称甲为"乌龟"。其实，"浑蛋"与"乌龟"不都是一种隐比吗？又如北京的儿歌："风来啦！雨来啦！老和尚背了鼓来啦！"小孩子不说"雷来啦！"，而说"老和尚背了鼓来啦"，就是一种拟人格。所以修辞的起源，是一种自然的创造。无论老人、孺子、痴妇、愚夫,他们的随便言谈,多可以发现修辞格的例子。又如不说"你来玩",而说"你来玩玩",不说"你去走",而说"你去走走"。其余如"盘"下加"儿",叫做"盘儿","桌"下加"子",叫做"桌子",这都是自然创造的修辞格。但是自然创造的修辞格,到了文人的手里,却变成有意的做作了。有意的做作,便容易成滥调。所以骈体文和古文的滥调,是满纸都是修辞格。

我们也可以想到,林语堂先生主张"质直文字",也是有感而发的。但是爱美是人类的天性。三家村的小姑娘,也会梳光头发,钳细眉毛,挽上土布衣裙,为的是要人感动。我们以为爱美也是性灵的流露,所以不十分反对"修炼词藻",可是也绝不愿"虚靡半世工夫"。我们反对雕琢的美,主张自然的美。林黛玉嘴里的娇滴滴的声音固然是美,李逵的开口"干你鸟事"又何尝不美?"巧话有巧文,陋话有陋文。"

所以我们赞成纳士斐尔的话,修辞格的目的,是在令人感动。能令人感动就是修辞格的用处。我们知道修辞格是起源于自然的创造,创造是无止境的,也是无穷尽的。所以在一本《修辞学》中,列举几百种修辞格,使人去学习仿造,是一种无用的傻事。

第二章　修辞格的原理

修辞格的用处,我们看了上面所说,大概可以明白了。但修辞格是根据什么原理组成的呢?从前昆特利安曾将修辞格(Figures of speech)与"转义格"(Trope)分别来说。什么叫做"转义格"?那就是将一语本来的意义转用于旁的意义。例如将丹青转用于绘画,将犬转用于侦探,将破镜转用于离婚之类。但是后来有许多修辞学家,又将转义格包括在修辞格之中了。又如布列亚及其他的修辞学家,又将转义格分为言语格(Figures of Words)及思想格(Figures of Thought)两种。正如印度的佛教学者,亦有将文章的美从言语及思想两方面来看。前者谓之音庄严(Colds Alamkara),后者谓之义庄严(Attha Alamkara)。所谓"庄严"即修辞的意思。近代修辞学家,也有分为类似、联想、对照(Resemblance, Association, Contrast)三方面的修辞格。有分为智力的、情绪的、意志的(Intellectual, emotional, volitional)三方面修辞格。也有分为幻想、排列、矛盾(Imagery, arrangement, contradiction）三方面的修辞格。这些分类，自然还不能完全包括。于是跟多人将一些不明白的，列为"杂"类。日本及中国的修辞学者，也有分为譬如、化成、布置、表出四方面的修辞格。如唐钺先生，则根据纳士斐尔的意见，将修辞格斟酌损益成为"类似"、"差异"、"联想"、"想象"四方面。陈望道先生则将修辞格分为以下四类：

（一）材料上的辞格——指就客观事像而行的修辞；

（二）意境上的辞格——指就主观心境而行的修辞；

（三）词语上的辞格——指一切利用词语成素的修辞；

（四）章句上的辞格——指一切利用章句结构的修辞。

（《修辞学发凡》）

但是陈先生的分类，要说"能包括一切辞格"，正如他自己所说，"实际上也还有困难"。日本五十岚力则将修辞格分为八种原理：

  结体原理与烘晕原理
  增义原理与存余原理
  融会原理与奇警原理
  顺感原理与变性原理

徐梗生先生的修辞学教程，便是根据这些原理做成的。陈望道先生曾笑这些原理都是"不合实际的玄谈"。我们老实说，那些繁琐的修辞格的分类与论争，多是一种"无益的浪费"。关于研究修辞格的用处，陈望道先生曾说：

  据我看来，辞格论的用处约有四项：（1）让我们明白每段全体的条理，读书或讲书时容易通晓或解释作者的真意；（2）让我们明白每格全体的条理，作文时尽可在通则里回旋，不致拘拘去模仿别人的一点一画；（3）让我们统观已有的一切格，修辞不致偏于自己偶然留心到的一面；（4）让我们周览现在已有的一切格，进而创造现在未有的多少格。

         （《修辞学发凡》四三二页）

我们的意思，也如陈先生一样，研究修辞格的用处，是"进而创造现在未有的多少格"，"不致拘拘去模仿别人的一点一画"。但我们以为,"统观已有的一切格"和"周览现在已有的一切格"都是不可能的事。文章的内容,无论是思想方面,情感方面,或想象方面,表现出来都是一种流动无定的形式。我想将来也许有一个很大的修辞学傻瓜,把修辞格列成一千格或两千格。但那有什么用处呢?修辞格的目的,不过是使人感动。吉能在他的《实用修辞学》上,曾把修辞格轻轻地分为两大类:

(一)促进简洁化与具体化的修辞格(Figures of speech that promote Cleaness and Concretness);

(二)加重语势的修辞格(Figures of speech that promote Emphasis)。

吉能的见解,比普通修辞学家的麻烦分类是好得多了。简洁化、具体化、加重语势,都是使人感动的最大的方法。我们以为表现是千变万化的,所以不赞成一切的修辞格的分类。我们只指出几种最重要的修辞格的应用,给人们做一个参考。

第三章　修辞格的应用和举例

斯宾塞尔（A. Spencer）在他的《文体论》（*The Philosophy of Style*）上，曾说起修辞格的用处，是因为他有益于思虑的节省（Economy of Attention），换句话说，怎样能使我们容易了解那个指定的概念（To bring the mind more easily with desired conception），那就是修辞格的目的。这几句话也说得很有理的。我们觉得在研究修辞格之前，应该十分注意思想与品性的修养。从前亚里士多德（Aristotle）一些人，他们以为修辞学的任务，实基于真理与正义之上。这话说来虽然有点道学气，但我们试想想，古今中外的大文学家，哪一个不是大思想家？那些专在文字上下工夫的人，古人也笑他们是"雕虫小技"，正如泥塑木雕的美人，有什么用处？

所以我们应该在大自然界和人生方面去找取材料，在实际的方面去创造活的修辞格。世界上没有什么东西比创造新的东西更能使人快乐。正如谭友夏在《诗归序》上所说：

> 法不前定，以笔所至为法。趣不强括，以诣所

安为趣。词不准古,以情所迫为词。

这是很好的说话。我们应该时常记着的。

关于一些重要的修辞格,我们现在一一举例在下面:

(一)显比格(Simile)

显比格的用处,是把那另外的事物,来比喻抽象的思想或文中的事物,但它们中间一定有相同之点。例如:

1. 你的爱情比酒更美。(《雅歌》)
2. 秋老荻芦花似雪。(郑省空《秦溪道中》)
3. 堪笑一场颠倒梦,原来恰似浮云。(朱敦儒《临江仙》)
4. 人情翻覆似波澜。(王维《酌酒与裴迪》)
5. 画舫游情如雾。(吴文英《西子妆慢》)

显比格常用"比"、"似"、"如"等字,把相比的两方面联合起来。但也有不用这些字的。如:

1. 养儿防老,积谷防饥。(俗语)
2. 旧恨春江流不断,新恨云山千叠。(辛弃疾《念奴娇》)

(二) 隐比格 (Metaphor)

隐比与显比不同的地方，是显比的比喻的事物，都说得明白，隐比却把比喻都含在文中，有时竟用譬喻代替本来的事物或意义。隐比是一种有含蓄的比喻法，比直喻法难。例如：

1. 民将拯救于水火中也。(《孟子》)
2. 鸱鸮！鸱鸮！既取我子，无毁我室！(《诗经·豳风》)
3. 瓶之罄矣，维罍之耻；鲜民之生，不如死之久矣！(《诗经·小雅》注，刘瑾曰：以瓶比父母，以罍比子；但取其相赀之义，而不取义于瓶罍之大小也。)
4. 匪兕匪虎，率彼旷野，哀我征夫，朝夕不暇！(《诗经·小雅》注：兕虎以比战士。)
5. 昔为鸳与鸯，今为参与辰。昔者长相近，邈若胡与秦。(苏武诗四首之一，鸳、鸯、参、辰、胡、秦，皆比兄弟。)
6. 不惜歌者苦，但伤知音稀。(《古诗十九首》之一，注：知音是借伯牙、子期的故事来的。)

隐比格与显比格在修辞上的用处最大。因为有形物质的事物容易使人动听。对于普通之人，譬喻更有用处。正如佛教徒用草上的露水与水上的泡沫比"人生无常"。"人生无常"是不容易懂的,但是一经譬喻,就容易明白了。

(三) 寓言格(Allegory)

寓言格其实就是成篇的显比或隐比。隐比和显比是词和句的譬喻,寓言不过把譬喻扩大成段或篇罢了。关于寓言的著作,最有名的,为《伊索寓言》(*Aesop's Fables*)、《天路历程》(*Pilgrim's Progress*)、《百喻经》、《莱森寓言》(*Fables by Lessing*)、《拉芳登寓言》(*Fables by La Fontain*)以及《西游记》中的一部分,都是好例。耶稣的《圣经》以及《庄子》、《墨子》等书中,都找得出很好的寓言。

寓言是不容易做的。没有高超的理想,与锐敏的观察的眼光,则写不出很好的寓言。我们现在举出一些例子:

1. 狮与驴

一只伊索的狮,偕了一只驴,同到森林中去。驴以可怕的声音帮助他。一只乌鸦栖息在一株树上,见了这两个不相称的伴侣,笑对狮道:"好一个伴侣!你同一只驴偕游,自己不觉得羞耻么?"狮答道:"无论什么动物,只要我想用到它,我便愿意与它偕行。"

伟大的人物,当他们与平常的人同事时,常是如此想着。

2. 荆棘

柳树向荆棘问道:"请你告诉我,为什么你这样热心地钩挂着人类的衣服,当他们走过你的旁边时?你要他们有什么用处?"

荆棘答道:"没有,并且我也不愿意把它们从人的身上取了下去,我不过想要钩撕它们。"

3. 路加福音

众税吏和罪人,都挨近耶稣要听他讲道。法利赛人和文士,私下议论说:"这个人接待罪人,又同他们吃饭。"耶稣就用比喻说:"你们中间能有一百只羊,失去一只,不把这九十九只撇在旷野,去找那失去的羊直到找着呢?找着了,就欢欢喜喜地扛在肩上,回到家里。就请朋友邻舍来,对他们说:'我失去的羊已经找着了,你们和我一同欢喜吧。'我告诉你们,一个罪人悔改,在天上也要这样为他欢喜,较比为九十九个不用悔改的义人,欢喜更大。"

善于说寓言的人，他的著作或讲演，一定容易受人欢迎。因为空虚的道理是容易使人生厌的。具体的事实便容易打动人们的心了。一切天堂地狱的寓言，都是用具体的事实，来劝诫愚夫愚妇的一种方法。但是那些寓言是"超人生"的。超人生的事实还不如人生的事来得使人动听。这是我们应该记住的。

(四) 借代格 (Synecdoche and Metonymy)

什么叫做"借代格"呢？借代格是以部分的事物代全体的事物，或以全体的事物代部分的事物。中国古文用的典故，很多这种的例子。例如"赤绳系足"代婚姻，"倚马可待"代作文甚快都是。但这些典故近来是不多用了。关于借代格，我们也举一些例子：

1. 弹指百年今古，有甚成亏处？（朱希真《樵歌》）
2. 十目所视，十手所指。（《大学》）
3. 千山鸟飞绝，万径人踪灭。（柳宗元《江雪》）
4. 升沉不用君平卜，已辨秋江一钓竿。（黄仲则《杂感》注：君平，古之善卜人，此处代卜者。）
5. 悟道往来唯一气，不妨胡越与同舟。（黄仲则《途中遇病颇剧怆然作诗》注：胡在北，越在南，此处代远人同在一处。）

6. 干戈队里，无复生还。（周清原《姚伯子至孝受显荣》注：干戈以物代战争。）

7. 马氏五常，白眉最良。（《三国志·蜀书·马良传》注：白眉以部分代人，代马良。）

8. 鼙鼓鞭月行春雷，洞房花梦酣不回。（宋子虚《乌夜啼》鼙鼓代战争。）

中国古文中的典故，多数是滥调的借代格，我们不能多用了。我们要紧的是用眼前的事物，创造一些新的借代格。

（五）夸饰格（Hyperbole）

夸饰是一种言过其实的修辞格，《文心雕龙·夸饰篇》云："故自天地以降，豫人声貌，文辞所被，夸饰恒存。虽诗书雅言，风格训世，事不宜广，文亦过焉。是以言峻，则嵩高极天；论狭，则河不容舫；说多，则子孙千亿；称少，则民靡孑遗。襄陵举滔天之目，倒戈立漂杵之论，辞虽已甚，其义无害也。"这是很好的解释。杜甫说诗的"语不惊人死不休"，也可拿来作夸饰的注脚。我们且举出一些例子：

1. 千门皆闭夜何央，百忧俱集断人肠。（王筠《行路难》）

2. 万里赴戎机,关山度若飞。(《木兰诗》)

3. 妾闻此妇伤心语,竟日阑干泪如雨。(韦庄《秦妇吟》)

4. 云山叠叠连天碧,路僻林深无客游。(《寒山子诗》)

5. 月明乌夜啼,空闺泪如霰。(元好问《春风来》)

6. 峰峦一一插霄汉,涧瀑处处奔虹雷。(潘耒《华峰顶》)

7. 乱石穿云惊涛拍岸,卷起千堆雪。(苏轼《念奴娇》)

8. 月挂霜林寒欲坠。(程垓《酷相思》)

9. 帘卷西风,人比黄花瘦。(李清照《醉花阴》)

10. 愁肠已断无由醉,酒未到,先成泪。(范仲淹《御街行》)

人类总喜欢"言过其实",因为"言过其实"容易使人感动。但是"夸饰"太过了也不行。正如蔺相如的"怒发冲冠"是一个好句,但有人改为"怒发冲冠,冠为之裂",便成笑话了。

(六) 拟人格(Personification)

什么是拟人格呢?拟人格是把那些无知觉和感情的

事物，看成有知觉和感情的人类一样。换句话说，就是用人类的知觉和感情，把一切事物同化。在诗词中，这种拟人格很多，我们举出一些例子：

1. 春心一如此，情来不可限。（梁武帝《春歌》）
2. 春风婉转入曲房，兼送小宛百花香。（魏收《挟琴歌》）
3. 不及杨花意，春来到处飞。（侯夫人《妆成》）
4. 江头宫殿锁千门，细柳新蒲为谁绿？（杜甫《哀江头》）
5. 白日放歌须纵酒，青春作伴好还乡。（杜甫《闻官军收河南河北》）
6. 庭树不知人去尽，春来还发旧时花。（岑参《山房春事》）
7. 洛阳亲友如相问，一片冰心在玉壶。（王昌龄《芙蓉楼送辛渐》）
8. 卷帘人睡起，放燕子归来，商量春事。（张枢《瑞鹤仙》）
9. 叹来往今古，物换人非，天地里，唯有江山不老。（林外《津仙歌》）
10. 芳草无情，更在斜阳外。（范仲淹《苏幕遮》）

(七) 讽刺格 (Irony)

讽刺格, 唐钺译作"舛辞格"。什么叫做"讽刺格"呢? 讽刺格就是些反话, 使读的人自己去想, 可以增加深刻动人的力量。在言论不自由的时代, 文字中的讽刺格外多, 例如:

1. 楚庄王之时, 有所爱马, 衣以纹绣, 置之华屋之下, 席以露床, 啖以枣脯。马病肥死, 使群臣丧之, 欲以棺椁大夫礼葬之。左右争之, 以为不可。王下令曰: "有敢以马谏者, 罪至死!" 优孟闻之, 入殿门, 仰天大哭。王惊而问其故。优孟曰: "马者, 王之所爱也。以楚国堂堂之大, 何求不得? 而以丈夫礼葬之, 薄! 请以人君礼葬之!"

(《史记·滑稽列传》)

2. 还是留着国产的兵士和现买的军火, 自己斗争下去吧! 中国的人口多得很, 暂时总有一些子遗在看着的。但自然, 倘要这样, 则对于外敌, 就一定"非爱和平"不可。

(鲁迅《观斗》)

3. 我们还记得, 自前年冬天以来, 学生是怎么闹的, 有的要南来, 有的要北上, 南来北上, 都不给开车。待到得首都, 顿首请愿, 却不料"为反动派所利用",许多头都恰巧"碰在刺刀枪柄上",有的竟"自行失足落水而死了"。

(鲁迅《伪自由书·逃的辩护》)

(八)反复格(Repetition)

反复格是用反复的语句,或用反复的意思,以表现强烈的情感,《诗经》中这样句法很多。古文、诗词中,也有很多这样的句法。例如:

1. 桃之夭夭,灼灼其华。之子于归,宜其室家。桃之夭夭,有蕡其实。之子于归,宜其家室。桃之夭夭,其叶蓁蓁,之子于归,宜其家人。

(《诗·国风·桃夭》)

2. 蓼蓼者莪,匪莪伊蒿。哀哀父母,生我劬劳。蓼蓼者莪,匪莪伊蔚。哀哀父母,生我劳瘁。

(《诗·国风·蓼莪》)

3. 岂其食鱼,必河之鲂。岂其娶妻,必齐之姜。岂其食鱼,必河之鲤。岂其娶妻,必宋之子。

(《诗·国风·东门之齐》)

4. 郁郁陌上桑,盈盈道旁女。送君上河梁,拭泪不能语。郁郁陌上桑,遥遥山下蹊。君去戍万里,妾来守空闺。

(古乐府)

5. 秦人不暇自哀，而后人哀之；后人哀之而不鉴之，亦使后人而复哀后人也！

(杜牧《阿房宫赋》)

6. 天丧予！天丧予！

(《论语》)

反复格有时好像文学的游戏，但也是自然的倾向，正如《水浒》中的强盗骂人："你这为奴才做奴才的奴才！"其实这也是反复格之一。

(九) 感叹格 (Exclamation)

感叹格是强烈的感情的表现。人们欢喜到极点，悲哀到极点，或惊异到极点，往往发出不平常的语气，这是自然的表现，不是可以矫揉造作得来的。

1. 为复强视息，虽生何聊赖！

(蔡琰《悲愤诗》)

2. 北上太行山，坚哉何巍巍！

(曹操《苦寒行》)

3. 命也可奈何！长戚自令鄙。

(潘岳《悼亡诗》)

4. 直得悠游卒一岁，何劳辛苦事百年！

(鲍照《拟行路难》)

5. 长夜缝罗衣,思君此何极!

(谢朓《玉阶怨》)

6. 行人何寂寞,白日自凄清!

(王维《哭殷遥》)

我们以为文章的好处,思想、情感、想象的修养,都很重要。修辞格是一种技巧,技巧是无穷的,我们不必把它太看重了。我们要知道熟能生巧,创造也是无穷的。每篇文章都是一个有机体,结构非常重要。离了文章的结构,修辞格不能单独应用。我们以为那些十几种以至几十种几百种的修辞格,都是博物院里宝贝,看是好看,用是没有用的!

第四讲　文体论

第一章　什么叫做"文体"？

什么叫做"文体"呢？

文体在英文，叫做"Style"。这字本有两种意义。普通的用法，Style 可以解作"体式"、"式样"或"风格"等。例如建筑上的"体式"，绘画上的"体式"都是。特殊的用法，Style 是用作文章的"体裁"，就是说文章的"作风"或"风格"。在中国古书中，文体也叫做"文品"。司空表圣的《二十四诗品》，便是好例。我们再追溯上去，刘勰的《文心雕龙·体性篇》说："总其归途，数穷八体，一曰典雅，二曰远奥，三曰精约，四曰显附，五曰繁缛，六曰壮丽，七曰新奇，八曰轻靡"。这可以说是最早论文品的话。后来还有什么《赋品》、《词品》等书，也是讲文体的。

在欧洲，研究文体也成了一种专门学问，就是所谓"Stylistic"或"Stylistics"，意思就是"文体原理"（Theory of Style），我们也可译作"文体学"。

我们研究欧洲"文体学"的人，自然不能不想到亚里士多德的《修辞学》一书，那是最初论到文体的。亚氏以后，论文体的名家辈出。究竟什么是文体呢？我们且举出一些名家的话来看看。

亚里士多德（Aristotle）在他的《修辞学》一书中说："文体是讲述事物的一种艺术。"（The art of saying things）

英国诗人华兹华斯（Wordsworth）说："文体是思想的化身。"（The incarnation of thougths）

却斯特菲尔特（Chesterfield）说："文体是思想的服装。"（The dress of thougths）

纽曼（Newman）也说："文体是语言中的'思出'。"(A thinking out into language)

法国大作家伏尔泰（Voltire）说："文体不是什么别的，不过是自然法则的结果罢了。"(Style will never be anything but a result of the laws of nature.)

德国的文豪歌德说："文体是艺术所能达到的最高阶段，是艺术得以争取人类努力的极致的阶段。"(The highest stage that art can reach, the stage where art may claim to rival the loftiest of human endeavors.)

德国的哲学家叔本华（Schopenhauer）说："文体是精神的相学，是比较面貌更可靠的性格的索引。"(Style is the physiognomy of the mind, and a safer index to character than the face.)

法国的文学家蒲芳（Buffon）说："文体即人的本体。"(Style is the man himself.)

斯威夫特（英国小说家）说："以适当的文字，布置在适当的地位，就是文体的真正定义。"(Proper words in proper places make the true definition of a style.) 以前，莎士比亚在他的《哈姆雷特》（*Hamlet*）一剧中曾间接说及文体是:"把动作配合到文字上,又把文字配合到动作上",其含义正是相同的。

我们随便举出以上各名家的意见,他们的意见虽不相同,看了也可以知道文体究竟是什么东西。欧洲论文体的文章,我们成篇的译出来的,还只有吴致觉译的斯宾塞尔《文体论》(Herbert Spencer's *The Philosophy of Style*)。

我们看了以上的解释,可以知道文体就是文章的姿态,换一句话说,文体就是文章的风韵、趣味、形态、风格。但文体也可从各方面观察。第一我们要说的,是一国的文章有一国的风格。英文有英文的风格,法文有法文的风格,日本文有日本文的风格。例如中国的四六骈体文、辞赋、对联等,为任何国家文字所无的。每一国文字的风格,也可以叫做"国风",也叫做"国家文体"(National Style)。所以翻译不是一件容易的事。我的朋友俄人柏烈伟君(S. H. Polevoy)曾告诉我,他想把《金瓶梅》翻到俄文去,可是遇着里面的诗词土话,毫无办法。我们再看王际真翻译《红楼梦》到英文,也删节了不少,大观园中的对联,有谁能翻成英文么?我们要懂那国的文学真趣,非直接学懂那一国的文字不可,翻译是不可靠的。

可是每一国家的文章,也因时代的不同,各时代有各时代的代表文体。这叫做"时代文体"(Oral Style)。如以唐诗而论,也有初唐、中唐、晚唐的不同。以宋词而论,也有北宋、南宋的分别。这都是我们这些学过文学史的人应该知道的事。

但是同一时代,同一国家的作家,因个人性情、学问、环境的不同,他们也各有各人的文体。李白、杜甫是同时代的人,但"杜甫笃于忠义,深于经术,故其诗雄而正;李白喜任侠,喜神仙,故其诗豪而逸。"(《岁寒诗话》)这是李杜的不同。胡适、鲁迅也是同时代的人,但鲁迅文章深刻,胡适文章流畅。他们每个人有每个人的文体,叫做"个人文体"(Individual Style)。

是的,我们再谈文体的分类。这个分类,大概是说个人的文体,是修辞学特别应该注意研究的。

第二章　文体的分类

文体的分类,很难肯定。我们看刘勰的《文心雕龙》，分为八体。清人曾国藩，亦分文章为"雄、怪、丽、茹、洁、适"等八美。近人陈望道则分文体为八组，即"简约、繁丰、刚健、柔婉、平淡、绚烂、谨严、疏放"。普通英文《修辞学》中有将文体分为二十多种的，也有将文体分为三种的。如吉能(Genung)氏即以分为清楚(Cleaness)、有力(Force)、美丽(Beauty)三种。我们现在也分文体为八种。且听我一一说来：

第一，由于内容和言语的相应而分类的，有简洁体和华衍体的分别。

（一）什么叫做"简洁体"呢？

简洁体，英文叫做"Concise Style"。凡用简洁的很少的语句，作扼要的叙述的，叫做"简洁体"。上古印刷、造纸等俱未发明，以竹代简，书写不易，为便于传诵起见，很多用简洁体的著作，如《论语》、《易经》、《书经》、《老子》等书，俱是很好的例子。明人的小品文字中，也有很好的简洁文字，我们且举张京元的文字作个例子：

韬光庵

韬光庵在灵鹫后，鸟道蛇盘，一步一喘。至庵

> 入坐一小室,峭壁如削,泉出石罅,汇为池,蓄金鱼数头,低窗曲槛,相向啜茗,真有武陵世外之想。

这种文字不但是简洁,还有一种说不出的美感,是简洁文字的上乘。

(二) 什么叫做"华衍体"呢?

华衍体,英文叫做"Diffused Style"。华衍体恰是与简洁体相反,乃是用许多文字将自己的思想,充分展开的文体。近代印刷发达,出书容易,所以一切文字,用华衍体的比较多。如新闻纸的记载,杂志的论文和小说,多用华衍体的文字。华衍体是用许多方法,多方面解说,使读的人看了一目了然的文字。

我们现在且举梁启超的《论进步》的一节做个例子:

> 然则救危亡求进步之道将奈何?曰,必取数千年横暴混浊之政体,破碎而齑粉之,使数千万如虎如狼如蝗如蝻如蟋如蛆之官吏失其社鼠城狐之凭借,然后能涤肠荡胃以上于进步之途也!必取数千年腐败柔媚之学说,廓清而辞闻之,使数百万如蠹鱼如鹦鹉如水母如畜犬之学子勿得弄舌摇笔舞文嚼字为民贼之后援,然后能一新耳目以行进步之实

也!而其所以达目的之方法有二:一曰无血之破坏,二曰有血之破坏。无血之破坏者,如日本之类是也;有血之破坏者,如法国之类是也。中国如能为无血之破坏乎?吾馨香而祝之!中国如不得不为有血之破坏乎?吾蓑絰而哀之!虽然,哀则哀矣,然欲使吾于此二者之外,而别求一可以救国之途,吾苦无以对也。呜呼,吾中国而果能行第一义也,则今日其行之矣。而竟不能!则吾所谓第二义者,遂终不可免。呜呼,吾又安忍言哉?呜呼,吾又安忍言哉?

这种文章,令人看了一目了然,并且也能够感动,是华衍体文字的杰作。

第二,由于文气的有无,或文气性质之如何,可分为刚健体与柔和体。

(一) 什么是刚健体?

刚健体,英文叫做"Nervous Style"。刚健体的作家,好写雄伟的事物。例如汉高祖的《大风歌》:

> 大风起兮云飞扬,
> 威加海内兮归故乡!
> 安得猛士兮守四方!

这是刚健体的作品,虽然是专制帝王的口吻。中国古代文学中,如辛稼轩的词,如陆放翁的诗,有许多是刚健体的文学。岳飞的《满江红》也可作刚健体的代表。刚健体易流于粗疏。我少时曾唱过一支歌,内有"拳打五大洲,脚踢东西球"的句子,那种夸大狂的句子,是不好的。

(二)柔和体,英文叫做"Feeble Style",是用柔和婉转文字表出作者的性格的。女子的文字,大体用柔和体的居多。远的如李清照、朱淑真的作品,近的如冰莹女士的作品,多是柔和体的。到战场去打仗,总算是一件刚健的事情了,但冰莹女士的赴敌,却表示出一种柔婉的气概,我们且看她的诗:

> 晓角遥吹,
> 催动了我的桃花骑。
> 它奋鬣长鸣,
> 耸鞍振辔。
> 要我先为备。
> 哪知道它的主人,
> 这次心情异?

我扶着剑儿,
倚着马儿,
不自主的留下几滴英雄泪!

残月未坠,
晓山凝翠,
湖上的春风
吹得我心魂醉。
休想杀得个敌人,
我无有精神——
昨夜不曾睡!

我扶着剑儿,
倚着马儿,
不自主的留下几滴英雄泪!

昨夜灯筵,
几个知人意?
朋友们握手拍肩,
笑谈轻敌,
只长我骄奢气。
如今事到临头,

等闲相弃!

我扶着剑儿,
倚着马儿,
不自主的留下几滴英雄泪!

朝阳在地,
鸟声相媚。
迷糊里捧起湖泉,
磨着剑儿试。
百战过来,
谁知此次非容易?

我扶着剑儿,
倚着马儿,
不自主的留下几滴英雄泪!

晓角再吹,
余音在树,
远远地敌人来也!
匹马单刀,
仓皇急遽,

它也无人相助!

向前去,
生生死死无凭据!

家山何处?
一别便成泪花飞絮!
等着些儿,
让我写几个字儿,
托一托寄书使,
拜告慈亲,
暴虎冯河,
只为着无双誉。

向前去,
生生死死无凭据!

晓光下定神静虑,
把往绩从头细数。
百万军中,
也曾寻得突围路。
这番也只要雄心相护,

勇力相赴!

向前去,
生生死死无凭据!

轩然一笑,
拔刀四顾,
已半世英名昭著。
此战归来,
便是安心处!

向前去,
生生死死无凭据!

所以从前鲁迅先生看了这诗,曾笑着说:"冰莹女士的赴敌,到底是向前去呢,还是不去?到底是打仗呢,还是不打?"

第三,由于使用辞藻的多少,可分为平淡体与艳丽体。

(一) 什么叫做"平淡体"?

平淡体,英文叫做"Plain Style"。平淡体是用普通平常的句子，来表现作者的思想的文体。在中国，最善用平淡体做文章的，是周作人先生。平淡体与干燥体（Dry Style）不同。平淡体是清茶喝了还有回味。干燥体则是白开水或者沙滤水，一些回味也没有了。我们且举出周作人先生的《北京的茶食》一文作个例子：

> 在东安市场的旧书摊上买到一本日本文章家五十岚力的《我的书翰》，中间说起东京的茶食店的点心都不好吃了，只有几家如上野山下的空也，还做得好点心，吃起来馅和糖及果实浑然融合，在舌头上分不出各自的味来。想起德川时代江户的二百五十年的繁华，当然有这一种享乐的风流余韵留传到今日，虽然比起京都来自然有点不及。北京建都已有五百余年之久，论理于衣食住方面应有多少精微的造就，但实际似乎并不如此，即以茶食而论，就不曾知道什么特殊的有滋味的东西。固然我们对于北京情形不甚熟悉，只是随便撞进一家饽饽铺里去买一点来吃，但是就撞过的经验来说，总没有很好的点心买到过。难道北京竟是没有好的茶食，还是有而我们不知道呢？这也未必全是为贪口腹之欲，总觉得住在古老的京城里，吃不到包含历史的精炼的或颓废的点心，是一个很大的缺陷。北京的

朋友们，能够告诉我两三家做得上好点心的饽饽铺么？

我对于二十世纪的中国货色，有点不大喜欢，粗恶的模仿品，美其名曰国货，要卖得比外国货更贵些。新房子里卖的东西，便未免都有点怀疑，虽然这样说好像遗老的口吻，但总之关于风流享乐的事，我是颇迷信传统的。我在西四牌楼以南走过，望着异馥斋的丈许高的独木招牌，不禁神往，因为这不但表示它是义和团以前的老店，那模糊阴暗的字迹，又引起我一种焚香静坐的安闲而丰腴的生活的幻想。我不曾焚过什么香，却对于这件事很有趣味，然而终于不敢进香店去，因为怕他们在香盒上已放着花露水与日光皂了。我们于日用必须的东西以外，必须还有一点无用的游戏与享乐，生活才觉得有意思。我们看夕阳，看秋河，看花，听雨，闻香，喝不求解渴的酒，吃不求饱的点心，都是生活上必要的。虽然是无用的装点，而且是愈精炼愈好。可怜现在的中国生活，却是极端地干燥粗鄙，别的不说，我在北京彷徨了十年，终未曾吃到好点心。

艳丽体，英文叫做"Flowery Style"。艳丽体是用很多华美辞藻的文字和句子，中国的骈体文，多是这种文字。平淡体是不事修饰的乡下美人，华丽体则是涂脂抹粉的美人，有点妖气了。近人徐志摩最善作这样的文字，我们也举出他的《想飞》中一段文字作一个例子：

飞，"其翼若垂天之云……背负苍天，而莫之夭阏者"，那不容易见着。我们镇上东关庙外有一座黄泥山，山顶上有一座七层的塔，塔尖顶着天。塔院里常常打钟，响动时，那在太阳西晒的时候多，一枝艳艳的大红花贴在西山的鬓边，回照着塔山上的云彩，钟声响动时，绕着塔顶尖，摩着塔顶天，穿着塔顶云，有一只两只有时三只四只有时五只六只蜷着爪往地面瞧的"饿老鹰"，撑开了它们灰苍苍的大翅膀，没挂念似的在盘旋，在半空中浮着，在晚风中泅着，仿佛是按着塔院钟的波荡来练习圆舞似的。那是我做孩子时的"大鹏"。有时好天抬头不见一瓣云的时候，听着虦悠悠的叫响，我们就知道那是宝塔上的饿老鹰寻食吃来了，这一想象半天里秃顶圆睛的英雄，我们背上的小翅膀骨上就仿佛豁出了一锉锉铁刷似的羽毛，摇起来呼呼响的，只一摆就冲出了书房门，钻入了玻璃镶边的白云里玩儿去，谁耐烦站在先生书桌前，晃着身子背早上的多难背的书！啊，飞！不是那在树枝上矮矮地跳着的麻雀儿的飞；不是那凑天黑从堂扁后冲出来赶蚊子吃的蝙蝠的飞;也不是那软尾巴软嗓子做窝在堂檐上的燕子的飞。要飞就得满天飞,风拦不住云挡不住的飞,一翅膀就跳过一座山头,影子下来遮得阴二十亩稻田的飞,到天晚飞倦了就来绕着那塔顶尖顺着风向打圆圈做梦……听说饿老鹰会抓小鸡!

第四,由于作者情感表现之不同,可分为幽默体(Humorous Style)与讽刺体(Satirical Style)。

(1) 什么叫做"幽默体"呢?

我们都知道现在有一个半月刊《论语》,是专门提倡幽默文学的,那杂志是林语堂先生主编。幽默是Humorous 的翻译。幽默和滑稽不同。什么是幽默呢?我们且看日本人鹤见佑辅的解释:

> 倘说,那么,幽默是怎么一回事呢?要举例,是容易的。不过以幽默而论,哪一个是上等,却因着各人的鉴赏而不同。所以在幽默,因此也就有了种种的阶级和种类了。熊本地方的传说里,有着不肯认错的人的例子。那是两个男人,指着一株大树,说道,那究竟是什么树呢?争论着。这一个说,那是檞树;那一个便说,不,那是榎树,不肯服。这个说,但是,那树上不是现生着檞树子么?

那对手却道:"不。即使生着櫹树子,树还是榎树。"

我以为在这"即使生着櫹树子,树还是榎树"的一句里,是很有幽默的。遇见这一流人的时候,我们的一伙便常常说:"那人是即使生着櫹树子,树还是榎树呵。"

这话,是从友人岩本诺吉君那里听来的。在一个集会上,讲起这事,柳田国男君也在座,便说,还有和这异曲同工的呢。那讲出来的是:

"即使爬着,也是黑豆。"

也是两个人争论着!掉在那里的,是黑豆。不,是黑东西,蠕蠕地爬动起来了。于是一个说,你看,岂不是虫么?那不肯认错的对手却道:

"不,即使爬着,也是黑豆。"

这一个似乎要比"即使生着櫹树子,树还是榎树"高超些。在黑豆蠕蠕地爬着这一点上,是使人发笑的。

看了这段解释,什么是幽默文章,也可以了然了吧。我们且举中国的幽默大师林语堂先生的文字做一个例子:

大暑养生

出汗为人权之一,人不出汗,有伤天赋。近见人吃冰琪琳,大违养生,愤而书此,以告世人。

上古之世，游牧时代，人以角逐胜，耳目诸官，作用亦极灵敏，美洲印第安人，便是好例。文明愈进，人事愈繁，由游牧转入耕垦，又由耕垦转入工商，由是所谓人类也者，居湫屋，饮沟水，叩头鞠躬，以终天年，而前之驰骋牧马，改为步行，又由步行改为清闲之散步，由是而在某种阶级，如读书人，掌柜，司阍等几有全年不出汗者，去自然生活甚远，而失天赋人权矣。然海禁未开，《饮冰室文集》未风行之时，暑天人届饮茶出汗，以为调剂。盖汗为人身之生理作用，所以保体温之平衡。茶饮汗出，温度自低，精神焕发，人身大快。且汗之多寡，与人身之温度过剩，适成比例，毫厘不爽，亦可见造物之求。饮冰则使人体温骤低，自然反应，腹中反热。既热之后，又欲使之再凉，则再饮冰，长期如此，吾胃苦矣。夏天宜以热水洗脸，不宜冷水，亦同此理。此非黄妈之论也，乃洋人之论也，是最近《字林西报》、《大陆报》及工部局卫生处谈话。然吾何以愤？愤在上海中国银行公会饮不到中国茶也，愤在杭州西泠饭店饮不到龙井香片也。问之侍者，保罗曰，仅有锡兰岛茶也。威廉亦曰，仅有锡兰茶也。呜呼，我生为中国人，在中国银行公会饮不到中国茶，而必饮最劣之印度茶，而犹曰提倡国货，岂不怠哉！吾与美人亚诺 Julean Arnold 谈其事而愤慨，亚诺君比我更愤慨，曰，难懂中国人。我乃幽默对曰，此所以为中国也。亚诺君告我，在中国国有之头等火车，欲饮到中国茶，似甚困难（近日似已改良）。亚诺君又告我曰：李顿博士莅沪之际，沪上名流招待之于沪西某中国富翁宅，李顿饮得锡兰茶，乃叩问主人，可否一试有名之中国茶？主人无以应。李顿慨然。其未列入国联调查团之报告，幸也。国货云乎哉！国货云乎哉！

(二) 什么是讽刺体呢？

约翰·弥儿（John Mill）说："专制使人冷嘲。"在专制时代，人们不敢说冠冕堂皇的反抗的话，一说，就有吃苦或杀头的危险，所以讽刺体的文章就特别发达了。我们看《诗经》中就有好多讽刺的诗歌。讽刺是一种不满或怨恨的曲折的表现。英国文学家斯威夫特（Swift）和萧伯纳（Bernard Shaw）都有许多很好的讽刺文章。在中国，鲁迅和周作人都会作讽刺的文字。我们现在且举周作人的文章作一个例子：

吃烈士

这三个字并不是什么音译,虽然读起来有点佶屈聱牙,其实乃是如字直说,就是说把烈士一块块地吃下去了,不论生熟。

中国人本来是食人族,象征地说,有吃人的礼教。遇见要证据的实验派,可以请他看历史的事实,其中最冠冕的有南宋时一路吃着人腊去投奔江南行在的山东忠义之民。不过这只是吃了人去做义民,所吃的还是庸愚之肉,现在却轮到吃烈士,不可谓非旷古未闻的口福了。

前清时捉到行刺的革党,正法后其心脏大都为官兵所炒而分吃,这在现在看去,大有吃烈士的意味,但那时候也无非当作普通逆贼看,实行国粹的寝皮食肉法,以维护纲常,并不是如妖魔之于唐僧,视为十全大补的特品。若现今之吃烈士,则知其为——且正因其为烈士而吃之,此与历来吃法又截然不同者也。

民国以来久矣没有什么烈士,到了这回五卅——终于应了北京市民杞天之虑,因为阳历五月中有两个四月,正是庚子预言的"二四加一五"——的时候,才有几位烈士出现于上海。这些烈士的遗骸当然是都埋了,有亲眼见过出丧的人可以为凭,但又有人很有理由地怀疑，以为这恐怕全已被人偷吃了。据说这吃的有两种方法，一曰大嚼，一曰小吃。大嚼是整个地吞，其功效则加官进禄，牛羊繁殖，田地开拓。有此洪福者闻不过一二武士，所吞约占十分之七八，下余一两个的烈士供大众知味者之分尝。那些小吃者多不过肘臂，少则一指一甲之微，其利益亦不厚，仅能多卖几顶五卅纱秋，几双五卅弓鞋，或在墙上多标几次字号，博得蝇头之名利而已。呜呼，烈士殉国，于委蜕更有何留恋，苟有利于国人，当不惜举以遗之耳。然则国人此举既得烈士之心，又能废物利用，殊无可以非议之处，而且顺应潮流，改良吃法，尤为可喜。西人尝称中国人精于吃食的国民，至有道理。我自愧无能，不得染指，但闻"吃烈士"一语觉得有趣味，故作此小文以申论之。

这种讽刺体的文字是不容易写的。

第三章　研究文体的准备

我们研究文体有什么用处呢？我们怎样研究文体呢？每个人都有个人文学的嗜好。以小说而论，有的喜欢《水浒》，有的喜欢《聊斋》，有的喜欢《红楼梦》，有的喜欢《儒林外史》。喜欢那本书的人，他的文学就不知不觉的受他的影响。所以研究文体的准备，有以下几点：

（一）多读名著

法国有个文学家蒲芳（Buffon）说："文如其人。"所以李太白有李太白的文体，杜工部有杜工部的文体，苏东坡有苏东坡的文体，徐志摩有徐志摩的文体，周作人有周作人的文体，郭沫若有郭沫若的文体。各人有各人的文体。好的书有好的书的文体，坏的书有坏的书的文体。中国人看多了章回小说，所以看见契诃夫一流的短篇小说就讨厌，说："没有看，就完了。"所以赵景深翻译的《契诃夫全集》（赵译作柴霍甫）不十分流行。又如住在上海滩上的人，看惯了《九尾龟》、《啼笑因缘》的人，新的恋爱小说反而不要看了。我们不但要读书，并且要读好书，不能读那一时流行的书，要读那些有永久价值的书。英国一个批评家说了一句好话："书不像女人，老了便不行。"许多大文豪毕生爱一个人的著作，例如法国诗人波德莱尔（Baudelaire）之爱好美国诗人爱伦·坡（Edgar Allan Poe），法人伏尔泰（Voltaire）之爱好马西隆(Massillon),弥尔顿(Milton)之爱好荷马(Homer)。

威廉·马秀士（William Mathews）曾做了一篇文章，叫作《一本书》(*One Book*)。他说，有些人专读一本书，不是以为一本书就够了，那是以一本书为爱物，以一本书为伴侣。他一辈子费了许多功夫在这本书上，直到那些书中的意思化为自己心灵上的一部分。所以专读一种名著是把自己的文体提高的最好方法。

(二) 多模拟

文体之研究，既然是多方面的，模拟也就是学习文体的初步功夫。正如小孩走路，总要学着大人一样。但是模拟是一种初步，第二步就是变形。什么叫作"变形"呢？蚕吃桑叶吐出丝来就是变形。本来文化史上也有怪事，正如胡适之先生所说："我们知道文化史上自有怪事。往往古人走错了一条路，后人也会将错就错，推波助澜，继续走那条错路。譬如缠小脚本是一件最丑恶，最不人道的事，然而居然有人模仿，有人提倡到一千年之久。骈文与律诗正是同等的怪现状。"在中国文学史上，律诗与骈文也影响了好些年，许多文匠都无知无识地去模拟。一直到民国初年，还有人做什么《拟陆

士衡拟古》及《拟江文通拟古》的旧诗。胡适之先生曾做了一首"打油诗"嘲笑他们:

> 可怜陆士衡,
> 作诗爱拟古!
> 更怜现在的诗人,
> 作诗要拟"陆士衡拟古"!
> 不知最古的诗人,
> 作诗是"拟古"呢?
> 还是"拟古人拟古"?

这是一个笑话了。那些知模拟而不知变化的人,是该骂的。但初学作文的人,拿名家的作品来读,模拟他们,受他们的好影响,对于研究文体,也是很有益的事。正如杜甫说李白的诗道:

> 李侯有佳句,往往似阴铿。

以李白的天才,也还模拟阴铿,模拟有什么关系呢?但是李白自有李白的真面目在。这是我们应该效法的。

(三)多练习和修改

身体不锻炼,便不强健,头脑不工作,便不灵活,这是很自然、明显的现象。文体不练习，也就不能灵活。练习越多，文体越美，越成功。灭臭虫的最好方法是勤捉，学文体的最好方法是勤做。英国有个司提芬生(R. L. Stevenson)，是十九世纪大文豪，对于文体是很有研究的。他曾著有《书信和札记》(*Letters and Miscellanies*)一书，中有专论作文及著作等事。那书中有一篇论《文体的种种技术要素》，为古今欧西讨论文体的重要著作。他为什么能够这样成功呢？一句话可以包括，就是他是凭着实际生活和经验来的，那些生活和经验又是从练习中得来的。

司提芬生年轻的时候，他就养成作文的习惯。他自己说，他工作很忙，因为要学习写作的缘故，衣袋中常带着两本簿子，一本是读的，一本是写的。无论到了什么地方，他总是忙着想用适当的字眼去描写他眼前的一切。偶然坐在路旁，他便展开书来，又读又写，或则描写他眼前的大自然的状态，或则吟着几句不伦不类的诗句。

他这些习作的东西，当然不是十分成功的，他为什么要这样写作呢？不错，他是完全为了文体的练习，并非想做什么著作家——虽然他也有时有这种思想。他的走上文学的路，他说是练习引诱他的，他只是学习文体，只是致力于描写类的文体。我们知道，凡是感觉灵敏情绪丰富的人，总觉得有可以描写的资料，而痛恨描写能力的薄弱。司提芬生不但练习描写，即在别方面也很努力。有时他努力于日记的写作，后来他感到他的日记体是造作的，自欺的，于是立刻在半途上中止了。他这样费了几许苦心，终竟得到了不少的好处，每见到某种美好的文体，他就刻意模拟，虽不能有所成就，却也从不怠工。他练习句子的结构，练习段落的连续，并且研究音韵的抑扬顿挫。

有一次，在学校内隔壁房间里，司提芬生有三个同学很起劲地谈着创办杂志的事，并且要求司提芬生一同加入。司提芬生为爱好写作和练习之故，马上答应了。第一期出版，接着又是第二期，这第二期只有一个同学还在和他合办。到第三期，合办的同学也退出了，只有傻瓜的司提芬生还是独立在支撑门面，专心进行。第四期印成后，印刷所老板向他来收印刷费，才不得已向自己父亲要钱来付了债。从此他得到了刺激很深的一个教训，自己知道学历还欠充分，于是才把杂志停了，专心一致地研究名人的文体，终于后来成了英国的大文学家。

我们举出这个故事，目的是要使我们知道练习的重要。同时，练习必须持久，不可半途而废；练习越多，成功越快。但是练习之后，修改也是很重要的。我们知道伟大的作品如托尔斯泰的《战争与和平》（*War and Peace*）就修改了很多次。初学作文的人，总免不了幼稚和谬误。要幼稚和谬误减少，非多多修改不可。我们要知道用意遣词不是一件容易的事。

第五讲　文类论

上一讲所说,是文章的本体,系主观的。这一讲所讨论,是文章的分类,系客观的。

文章应该怎样分类呢?中国人讨论文章分类的很多,但是从《文章缘起》、《文心雕龙》一直到《古文辞类纂》、《读书作文谱》,他们的分类都太琐碎了,不切于实用。

我们现在斟酌欧洲关于文章的分类法,定为以下五类。

第一章　记事文

什么是记事文呢?记事文,英文叫做"Description",

也有人译作"描写文"。我们现在且替记事文下个定义：

记事文是依照作者的感觉和想象，记述人或物在某时期中形态、颜色、性质、位置的文字。

记事文可分两种：一、科学的记事文（Scientific description）；二、艺术的记事文（Artistic description）。

科学的记事文，是用记述或类别的记述，以精细正确为目的。这一类的文字，科学上用的最多。如动物学、植物学、天文学、地理学，多用的是科学的记事文。科学记事文是用观察和经验来做底子的，没有很正确而详细的观察和经验，便不能做科学的记事文。中国是科学最不发达的国家，所以一直到现在，我们还不容易看见很好的科学记事文。只有吴稚晖先生的《上下古今谈》里，有很好的科学记述文字。在欧洲，如达尔文、赫胥黎、法布尔、房龙全有很好的科学文字。吴稚晖先生，曾在《上下古今谈》里，把太阳老爷的一家门按着大小，出张总榜：

一太阳，五斗米的栲栳。二木星，拳头大的橘子。三土星，中号橘子。四海王星，大梅子。五天王星，中号梅子。六地球，长足的豌豆。七金星，次号的豌豆。八火星，大绿豆。九木星，第四月大粟子。十木星，第五月大粟子。十一水星，大粟子。十二土星，第六月大细米。十三木星，第二月细米。十四木星，第三月细米。十五地球的月亮，细米。

吴老头子是在讲天文，但我们看的人，好像看小说了。

把科学的记事文，能够写得有趣味，是最上乘的科学文字。

艺术的记事文，是诉诸作者的情绪和想象的。同是一样事物，因为作者的情绪和想象不同，所以描写出来的文字也不同。刘基的诗说得好：

秋夜月，黄金波。
照人哭，照人歌。
人歌人哭月长好，
月缺月圆人自老。

这就是说，月是一个样子，有时缺，有时圆，是没有什么关系的。但因为人的心情不同，有的欢喜，有的忧愁,欢喜的看了唱歌,忧愁的看了痛哭。月的圆缺本是自然的事情,永久是那样的。可是人的心情不同,所以对于月的感想也不同了。因为人的感想不同,所以对于月的描写也不同。这是艺术的记事文同科学的记事文不同的地方。

佛家说"境随心造"。做写景文的人不能忘记这个名句。因为无论怎么的"良辰美景",你要是不能深刻地赏鉴,美妙地写出,一切的"良辰美景"都同你没有关系。反之,若在文学家的手里,则很平常的景致也能写出很美妙的句子。我们且举出《老残游记》第十二章老残眼中的"雪月交晖"的夜景:

> 抬起头来,看那南面山上,一条白光,映着月色,分外好看,一层一层的山岭,都分辨不清;又有几片白云在里面,所以分不出是云是山。及至定睛看去,方才看出哪是云,哪是山来。虽然云是白的,山也是白的,云有亮光,山也有亮光,只因为云在月下,月在云上,所以云的亮光,从背后透过来。那山却不然,山的亮光,由月光照到山上,被那山上的雪,反射过来,所以光是两样了呢。然只稍近的地方如此。那山望东去,越望越远,天也是

白的，山也是白的，云也是白的，就分辨不出来。

哪一个人没有见过这样的情景呢，但只有刘鹗的妙手，才能把这样情景美妙而艺术地写出来。

岂但写景是这样，写人又何尝不一样。我们读《水浒》的人，总忘不了鲁智深、李逵；读《红楼梦》的人，总忘不了林黛玉、贾宝玉；读《儒林外史》的人，总不能忘记权勿用、马二先生；读《金瓶梅》的人，也不能忘记西门庆和潘金莲。在历史上的曹操是一个文武双全的能人，关云长不过是一个善于作战的武夫。但经过《三国演义》的一次描写，曹操就为无数民众所痛恨，而"关公"、"关夫子"、"关老爷"的庙也就盈天下了。文人之笔是可怕的。正如艾丽莎白·博德夫人(Mrs. Elisabeth Porter)本来是一个"矮小肥胖、愚蠢不堪的妇人"，但在约翰生（Samuel Johnson）的笔下，她却成为"最漂亮、最苗条、最适意的美女"了。（看麦考莱的《约翰生传》Macalay: *Life of Samuel Johnson*）文人之笔是可怕的，他可以把丑鬼写作美人，也可以把美人写作丑鬼。

当代小说家善于写人的，还是鲁迅先生。他所写的

"阿Q"固然是天下闻名，但他的小说中的零碎人物，如"孔乙己"，如"老栓"、"小栓"，如"闰土"，如"华大妈"，如"单四嫂子"，也都活灵活现。我们单把鲁迅先生所写的"闰土"来做个例子：

> 这来的便是闰土。虽然我一见便知道是闰土，但又不是我这记忆上的闰土了。他身材增加了一倍，先前的紫色的圆脸，已经变作灰黄，而且加上了很深的皱纹，眼睛也像他父亲一样，周围都肿得通红。这我知道，在海边种地的人，终日吹着海风，大抵是这样的。他头上是一顶破毡帽，身上只一件极薄的棉衣，浑身瑟索着，手里提着一个纸包和一支长烟管，那手也不是我所记得的红活圆实的手，却又粗又笨而且开裂，像是松树皮了。

只有深刻的观察和情绪，才能写得出这样深刻的印象。无论写人写景，艺术的记事文的作者，总不能不受他个人的情绪和想象的影响。只有深刻的观察，可以供给深刻的情绪和想象的材料。艺术的记事文的生命在于美妙和生动，科学的记事文的生命，在于正确和真实，这是他们的不相同的地方。

第二章　叙事文

叙事文，英文叫做"Narration"，凡叙述人或物在某时期中动作或变迁的过程的文字，都叫做"叙事文"。

叙事文的用处最多。例如小说、传记、日记、游记、笔记、书信，都用得着叙事文。叙事文的成因有四：

（一）人物

（二）动作

（三）时间

（四）地点

我们且举出一个例子：

> 那日大雪里，走到一个朋友家，他那一双稀烂的蒲鞋，踹了他一书房的污泥。主人晓得他的性子不好，心里嫌他，不好说出，只得问道："季先生的尊履坏了，可好买双换换？"季遐年道："我没有钱。"那主人道："你肯写一幅字送我，我买鞋送你了。"季遐年道："我难道没有鞋子，要你的。"
>
> 主人厌他肮脏，自己走了进去，拿出一双鞋来，道："你先生且请略换换，恐怕脚底下冷。"季

遐年恼了,并不作别,就走出大门,嚷道:"你家什么要紧的地方!我这双鞋就不可以坐在你家!我坐在你家,还要算抬举你!我都稀罕你的鞋穿!"一直走回天界寺,气哺哺的又随堂吃了一顿饭。

这段小文里的人物是季遐年和他的朋友(主人),动作是季遐年访他的朋友,时间是那日大雪里,地点是先到朋友的家,再回到天界寺。

每一篇叙事文,总离不了这四种成因。

我们再讨论叙事文的材料是从哪里来的。叙事文的材料,从两方面来的,即"人或物",也就是"人生和自然"。

我们且举出一个例子:

> 刘姥姥挨着贾母一桌,鸳鸯侍立,一面递眼色。刘姥姥道:"姑娘放心。"那刘姥姥入了座,拿起箸来,觉得沉甸甸的不伏手,原是凤姐和鸳鸯商议定了,单拿这一双老年四楞象牙镶金的筷子与刘姥姥。刘姥姥见了说道:"这个叉把子,比我那里铁叉还沉,哪里拿得动它?"说得众人都笑起来。等到上菜之时,凤姐特拣了一碗鸽子蛋,放在刘姥姥桌上。贾母这边说声"请",刘姥姥便站起身来,

高声说道："老刘老刘，食量大如牛，吃个老母猪不抬头。"自己却鼓着嘴不语。众人先还发怔，后来一听，上上下下都哈哈大笑起来，笑得大家有喷了茶的，有吐出饭的，林黛玉笑得岔了气，宝玉笑得滚到贾母怀里，贾母笑得话都说不出来，侍候的媳妇丫鬟们，无一个不笑得弯腰屈背，独有凤姐、鸳鸯二人撑着不笑，还只管让刘姥姥。刘姥姥拿起箸来，只觉不便，又道："这鸡儿也俊，下的这蛋也小巧怪俊的，我且吃一个儿。"众人方住了笑，听见这话，又笑起来，贾母笑得眼泪都出来了，只忍不住，叫人在后捶着。贾母笑道："这定是凤丫头促狭鬼儿闹的。快别信她的话了。"那刘姥姥正夸鸡蛋小巧，凤姐笑道："一两银子一个呢，你快尝尝吧，冷了就不好吃了。"刘姥姥便伸筷子要夹，哪里夹得起来？满碗里滚了一阵，好容易撮起一个来，才伸着颈子要吃，偏又滚下来，滚在地下。忙放下筷子，要亲自去拾，早有人拾了出去了。刘姥姥叹道："一两银子也没听见个响声儿就没了。"众人已没心吃饭，都看她取笑。

这是描写人生的例子。刘姥姥是《红楼梦》中一个最有趣的乡下人物。《红楼梦》中的人物，如宝玉、黛玉一流大致都是公子哥儿，小姐或娘儿们，他们都是一些资产阶级的人物。这因为作者曹雪芹先生是一个出身富贵之家的阔人,当然他所接触的也是阔人居多。但是刘姥姥却是乡下人,曹先生的笔下,乡下人同阔人写得一样活灵活现,这是他的大本领。我们看他的描写,幽默而且逼真。我最近听见有一位什么批评家,以为曹雪芹之写刘姥姥,是故意同乡下人开玩笑。这是不对的。曹雪芹的笔下,对刘姥姥充满了同情。在他的眼里,刘姥姥正同贾母一样的重要。否则他也不会一次二次的描写刘姥姥了。

我们再举一个例子:

> 曲曲折折的荷塘上面,弥望的是田田的叶子。叶子出水很高,像亭亭的舞女的裙。层层的叶子中间,零星地点缀着些白花,有袅娜地开着的,有羞涩地打着朵儿的;正如一粒粒的明珠,又如碧天里的星星,又如刚出浴的美人。微风过处,送来缕缕清香,仿佛远处高楼上渺茫的歌声似的。这时候叶子与花也有一丝的颤动,像闪电一般,霎时传过荷塘的那边去了。叶子本是肩并肩密密地挨着,这便宛然有了一道凝碧的波痕。叶子底下是脉脉的流水,遮住了,不能见一些颜色;而叶子却更见风致了。

月光如流水一般,静静地泻在这一片叶子和花上。薄薄的轻雾浮起在荷塘里。叶子和花仿佛在牛乳中洗过一样;又像笼着轻纱的梦。虽然是满月,天上却有一层淡淡的云,所以不能朗照;但我以为这恰是到了好处——酣眠固不可少,小睡也别有风味的。月光是隔了树照过来的,高处丛生的灌木,落下参差的斑驳的黑影,峭楞楞如鬼一般;弯弯的杨柳的稀疏的倩影,却又像是画在荷叶上。塘中的月色并不均匀,但光与影有着和谐的旋律,如梵婀玲上奏着的名曲。

(朱自清《荷塘月色》)

这是一篇写荷塘月色的妙文。只有朱自清先生的妙手,才能写出这样的妙文。这文中所写的,都是实在的景物,然而,都被作者的妙笔所美化了。这是一幅很好的画,这是一首很好的诗。荷叶是很婀娜的植物,月色是可爱的景致。在散文与诗词中,描写月色的很多,有山上之月,有海中之月,有离人之月,有愁妇之月,有思家之月,有怀人之月,有缺时之月,有圆时之月。朱先生所写的却是荷塘之月,月下的荷塘,得朱先生的妙文而益妩媚。

看了上面两个例子，我们知道无论写人生或是写自然，最要紧的，是应该写一个人有一个人的个性，写一件东西有一件东西的个性，写一个景致有一个景致的个性。刘姥姥的个性决不同于贾母的个性，月下荷塘的景致也不同于日下荷塘。莫泊桑说得好："世界上绝对没有两粒相同的砂子、两根绳、两只手、两个鼻孔。"这是我们应该牢记的教训。

所以我们要叙事文做得好，最要紧的是多观察自然，观察人生。没有经验做底子决不能写很好的叙事文。施耐庵为了要做《水浒》，便画一百零八条好汉的相貌在壁上，每日对他们看。赵子昂画马，常伏在地上作马的样子。这都是很有意义而且有趣味的故事。

练习写叙事文的最好法子，是常常带着一本笔记本子。你要把你所看见的，听见的，使它永久存在，不要忘记，最好的法子，是随时随地用笔记下来。表现是训练思想的最好法子（正如胡适先生所说：Expression is the most effective way of appropriation one's own thought），因为人类的记忆是不可靠的。正如刘鹗先生是到过济南的人，但他写大明湖时，说那千佛山的倒影，映在湖里，显得明明白白，那楼台树木倒影，也分外光彩，觉得比上头那个千佛山，更加好看，更加清楚(《老残游记》第二章)。其实，千佛山离大明湖还远得很呢，难怪蔡元培先生的女儿，带了《老残游记》去游大明湖时，忍不住哈哈大笑了（如胡适先生序中所说)。这就是专凭记忆、不肯用笔随时记下来的毛病。

但叙事文有写实的，也有虚构的。写实的可以专凭记忆，虚构的则除了记忆以外，还要靠着想象。《镜花缘》与《西游记》都是想象的最大产物。我们记得《镜花缘》中的描写"长人国"是天地间的绝少妙文，现在抄在下面：

> 这日到了一个大邦，远远望见一座城池，就如峰岭一般，好不巍峨。原来却是"长人国"。林之洋自去卖货。唐敖同多九公上去，见了几个长人，吓得飞忙走回，道："九公，吓杀小弟了！当日我见古人书中言长人身长一二十丈，以为必无之事，哪知今日见的竟有七八丈高，半空中晃晃荡荡，他的脚面比我们肚腹还高，令人望着好不害怕！幸亏早早逃走，他若看见，将我们用手提起，放在面前望望，我们身子已在数丈之外了！"

多九公道:"今日所见长人并不算长,若以极长的比较,他也只好算个脚面。老夫向在外洋同几位老翁闲谈,各说生平所见长人。内中有位老翁道:'当日我在海外,曾见一个长人,身长千余里,腰阔百余里,好饮天酒,每日一饭五百斗。当时看了,甚觉诧异。后来因见古书,才知名叫无路。'又一老翁道:'老朽向在丁零之北,见一长人,卧在地下,其高如山,顿脚成谷,横身塞川,其长万余里。'又一老翁道:'我曾见一极长之人,若将无路比较,那无路只好算他脚面。莫讲别的,单讲他身上这件长衫,当日做时,不但天下的布都被他买绝,连天下的裁缝也都雇完,做了数年才能做成。那时布的行情也长了,裁缝工价也贵了,人人发财,所以布店同裁缝铺至今还在那里祷告,但愿长人再做一件长衫,他们又好齐行了。彼时有一个裁缝在那长衫的襟上偷了一块布,后来就将这布开了一个大布店,因此弃了本行,另做布行交易。你道这个长人身长若干?原来这人连头带脚不长不短恰恰十九万三千五百里!'众老翁都问道:'为何算的这样详细?'老翁道:'古人言由天至地有如此之高,此人恰恰头顶天,脚踏地,所以才知道是这个里数。他不独身子长的高,并且那张大嘴还爱说大话，倒是身口相应。'众老翁道：'闻得天上罡风最硬，每每飞鸟过高，都被吹得化为天丝。这位长人头既顶天，他的脸上岂不吹坏么？'老翁道：'这人极其厚脸，所以不怕风吹。'众老翁道：'怎晓得他的脸厚？'老翁道：'他脸如果不厚，为何满嘴只管说大话，总不怕人耻笑呢？'

旁边有位老翁道：'老兄以为这人头顶天脚踏地就算极长了，哪知老汉见过一个长人，较之刚才所说还长五百里。'众老翁道：'这人比天还高，不知怎能抬起头来？'老翁道：'他只顾大了，哪知上面还有天，因此只好低头混了一世。'又一老翁道：'你们所说这些长人，何足为奇！当年我见一人睡在地下就有十九万三千五百里之高，脊背在地，肚腹顶天，这才大哩！'众老翁道：'这人肚腹既已顶天，毕竟怎样立起？倒要请教。'老翁道：'他睡在那里，两眼望着天，真是目空一切，旁若无人。如此之大，莫讲不能立起，并且翻身还不能哩！'"

（《镜花缘》第二十回）

只有李汝珍的丰富的想象，能够写得出这样的妙文。在英国文学中，也有斯威夫特（Swift）的《海外轩渠录》（*Gulliver's Travels*）和笛福（Defoe）的《鲁滨逊漂流记》(*Robinson Crusoe*),那是最伟大的想象的叙事小说!

第三章　说明文

解说文,一名"说明文",或"疏证文",英文叫做"Exposition"。解说文是解说事理之所以然的文字。

解说文之应用很多,可以分为以下数类:

(一)事物顺序的文字。说明事物的变化和进行的,如园艺学、烹饪术等,都是这一类。

(二)事物性质的文字。例如心理学、化学、物理学等一类的文字。

(三)抽象事理的文字。例如哲学大纲、文学大纲一类的文字。

(四)字义训诂的文字。例如文法学、文字学、《尔雅》、说明文一类的文字。

(五)疏解事理的文字。例如解释"共产主义"、"法西斯主义"一类的文字。

(六)说明因果的文字。例如解说电气、煤气等的结果、功用一类的文字。

我们看上面的分类，也可以知道说明文用途之广了。中国古代的说明文，大抵以解释经义的居多。吴讷《文章辨体说》："按：说者，释也，述也，解说经义，而以己意述之也。"所以从韩愈之《师说》，以至宋代诸儒之解说文字，大抵都是代"圣贤立言"，都是以"己意"解释圣贤的大道理。又如许慎之作《说文》，以至汪中之《释三九》，都是字义训诂的文字。

我们研究中国文学的人，觉得中国的从古至今的说明文，都有几个毛病。第一个病是统笼。正如严幼陵先生所说，中国人所用的字，有时要求它的定义，无论如何也找不着，如"正"字、"天"字、"道"字等字在一个人的嘴中，有时就有很多的意义。第二个病是泥古。古人说的都是对的，圣人说的便是不可非议的。于是所有解说的文字，都是陈陈相因，找不出新意思、新解释。第三个病是重书本而轻实验。我们都不知道从自然和人生方面去寻求事物的所以然，只会在故纸堆中去找生活，我们的习惯正同西洋的名言"研究自然而不研究书本"相反。有这三个毛病，所以中国几千年来，除了王充的《论衡》、刘勰的《文心雕龙》以外，也少有条理、有价值的解说文字。

我们以为做解说文有几点该注意：

第一，做解说文应该注意定义和条理。

第二，宜注意文字的有趣有力。

第三，宜注意从实际的事物方面去解释事物的所以然。

我们现在且举出一篇模范的说明文，来做个例子。

> 装饰者，最普通之美术也。其所取之材，曰石类，曰金类，曰陶土，此取诸矿物者也；曰木，曰草，曰藤，曰棉，曰麻，曰果核，曰漆，此取诸植物者也；曰介，曰角，曰骨，曰牙，曰皮，曰毛羽，曰丝，此取诸动物者也。其所施之技，曰刻，曰陶，曰镶，曰编，曰织，曰绣，曰绘；其所写象者，曰几何学之线面，曰动植物及人类之形状，曰神话、宗教及社会之事变；其所附丽者，曰身体，曰被服，曰器用，曰宫室，曰都市。
>
> 身体之装饰，一曰纹身，二曰亏体。纹身之饰，或绘，或刺，为未开化所常有。我国今惟演剧时或以粉墨涂面，而臂上花绣，则惟我国之拳棒家、外国之航海家间或有之。亏体之饰，如野蛮人之穿鼻悬环、凿唇安木之属。我国妇女旧有缠足、

穿耳之习，亦其类也。

被服之装饰，如冠、服、带、佩及一切金、钻、珠、玉之饰皆是。近世文明民族已日趋简素，惟帝王、贵族及军人独有特别之制服，而妇女冠服尚喜翻新。巴黎新式女服，当为全欧模范。德法开战以后，德政府尝欲创日耳曼式以代之，而德之妇女未能从焉。

器用之装饰，大之如坐卧具，小之如随设品皆是。我国如商周之钟、鼎，汉之铁、镜，宋以后之瓷器，皆其选也。

宫室之装饰，如窗楣、柱头多有刻文，承尘及壁或施绘画，集色彩之玻板以为窗，缀斑驳之石片以敷地，皆是。其他若窗幕、地毯之类，亦附属之。

都市之装饰，如《考工记》："匠人营国方九里，旁三门。国中九经九纬，经涂九轨。"所以求均称而表庄严也，巴黎一市，揽森河左右，纬以长桥，界为驰道，开以广场，文以崇宏之建筑，疏以广大之园林，积渐布置，蔚成大观；而驰道之旁，荫以列树，芬以花塍；广场及公园之中，古木、杂花、喷泉、造像，分合错综，悉具匠意。是皆所以厌公众之美感，而非一人一家之所得而私也。

由是观之，人智进步，则装饰之道渐异其范围。身体之装饰，为未开化时代所尚；都市之装饰，则非文化发达之国，不能注意。由近而远，由私而公，以观世运矣。

（蔡元培《装饰》）

这是一篇很好的模范文。我们看蔡先生之解释装饰，有条有理，并且用古今实际的事物，去证明装饰之由近而远，由私而公。这是我们可以取法的。

第四章　议论文

议论文，又名"辩论文"，英文叫做"Argumentation"。刘勰在《文心雕龙》上，是把"议""论"两个字分开说的。他说："议者，宜也；周爰咨谋，以审事宜者也。"他又说："原夫论之为体，所以辩证然否，穷于有数，追于无形，迹坚求通，钩深取极，乃百虑之筌蹄，万事之权衡也。"这都是很好的解说。我们现在也替议论文下个定义：

凡以自己的思想，发表论事、论人、论理的文字，叫做"议论文"。

议论文不是容易做的。我们要做议论文,不可不研究论理学(Logic)。论理学有两个重要的方法,一个叫演绎法,一个叫归纳法。

什么是演绎法呢?演绎法是由普遍原理,以解释个别事实。什么是归纳法呢?归纳法是由个别事实以发现普遍原理。但我们用思想的时候,只记着几个演绎法归纳法的抽象原理是没有用处的。我们研究科学的人,都知道科学的真理不是弥儿(Mill)、耶芳斯(Jevons)一流人的论理发现的,是奈端(Newton)、达尔文(Darwin)、爱因斯坦(Einstein)一流人实地研究出来的,我们无论是论事、论人、论理,都应该尊重事实与证据。凡是正确的思想,都应该经过五步功夫。胡适之先生说得好:

> 思想可分作五步。思想的起源是大的疑问。吃饭拉尿不用想,但逢着三叉路口、十字街头那样的环境,就发生困难了。走东或走西,这样做或是那样做,有了困难,才有思想。第二步要把问题弄清,究竟困难在哪一点上。第三步才想到如何解决,这一步,俗话叫做出主意。但主意太多,都采用也不行,必须要挑选。但主意太少,或者竟全无

主意，那就更没有办法了。第四步就是要选择一个假定的解决方法。要想到这一个方法能不能解决。若不能，那么，就换一个；若能，就行了。这好比开锁，这一个钥匙开不开，就换了一个；假定是可以开的，那么，问题就解决了。第五步就是证实。凡是有条理的思想，都要经过这五步，或是逃不了这五个阶段。科学家要解决问题，侦探要侦探案件，多经过这五步。

（胡适之《为什么读书》）

但这五步之中，正如胡适之先生所说，最要紧的是第三步。一个问题在前面，你要想解决，非用自己的意见不可。自己的意见从哪里来呢？是从学问与经验来的。所以我们要自己的议论有根据，有参考有比较，非多读书、多做学问不可。读死书还是不行的，我们应该多读活书，读古书是不行的，要多读有科学价值的书，并且要多观察自然、观察人生。

我们现在举出一篇议论文来做例子：

人之行为，循一定之标准，而不致彼此互相冲突，前后判若两人者，恃乎其有所信。顾信亦有别：曰理信，曰迷信；差以毫厘，失之千里，不可不察也。

"种瓜得瓜，种豆得豆"，有是因而后有其果，尽人所能信也。昧理之人，于事理之较为复杂者，辄不能了然于其因果之相关，则妄归其因为不可知之神，而一切倚赖之。其属于幸福者，曰：是神之喜而佑我也；其属于非幸福者，曰：是神之怒而祸我也。于是求所以喜神而免其怒者，祈祷也，祭告也，忏悔也，立种种事神之仪式；而与其所求之果渺不相涉也。然而人顾信之，是迷信也。

"础润而雨"，征诸湿也；"履霜坚冰至"，验诸寒也；"敬人者人恒敬之，爱人者人恒爱之"，符诸情也；见是因而知其有是果，亦尽人所能信也。昧理之人，既归其一切之因于神，而神之情不可得而实测也，于是不胜其侥幸之心，而欲得一神人间之媒介，以为窥测之机关，遂有巫觋、卜人、星士之属承其乏而自欺以欺人：或托为天使，或夸为先知，或卜以龟蓍，或展诸星相，或说以梦兆，或观其颜色，或推其诞生年月日时，或相其先人之坟墓，要皆为种种预言之准备；而与其所求之果之真因又渺不相涉也。然而人顾信之，是亦迷信也。

理信则不然，其所见为因果相关者，常积无数之实验，而归纳以得之，故恒足以破往昔之迷信。

例如日食、月食，昔人所谓天之警告也；今则知为月影、地影之偶蔽，而可以预定其再见之时。疫疠，昔人所视为神谴者也；今则知为微生物之传染，而可以预防。人类之所以首出万物者，昔人以为天神创造之时赋畀独厚也；今则知人类为生物进化中之一级，以其观察自然之能力，同类互助之感情，均视他种生物为进步，故程度特高也，是皆理信之证也。

人类祛迷信而持理信，则可以省无谓之营求及希冀，以专力于有益社会之事业，而日有进步矣。

（蔡元培《理信与迷信》）

蔡先生是主张理信，破除迷信的，所以他也曾主张"以美育代宗教"。无论什么宗教，总带着一点迷信的影子。蔡先生这篇论文的大意是主张"祛迷信而持理信"。为什么要破除迷信呢？因为"不可知之神"是没有的，一切"卜人"、"星士"，也都是不可靠的。蔡先生并且证明理信发达，可以破除迷信，如"日食"、"月食"，都是例子。我们写议论文，也应该这样。

第五章　韵文

上面所说的四种文体，都是散文体。但除了散文体外,在文坛上,还有一种文体,叫做"韵文"。

什么叫做"韵文"呢?韵文是一种美妙的有音节的文字。

我们这里所说的韵文,是把《诗经》、《楚辞》、《乐府》、《歌谣》、古近体诗、词、曲等,统统包括在内。这种种体裁都是韵文的分流。但我们所应该知道的,是韵文所表现的,大体是情感方面的事情。韵文的起源比散文还早。

韵文是起源于什么时候呢?俄国社会学家波格达诺夫曾说:"诗歌开始于人类语言开始的时候。"这就是说,人类开始有语言的时候,就有诗歌了。布哈林也说:"艺术的最古形态,就是舞蹈、音乐和诗歌。这三种东西是常常融合在一块的。"在最古的时候,劳动、音乐和诗歌,是结合着的。我们也可以在《击壤歌》中找得了证明:

> 日出而作,
> 日入而息。
> 凿井以饮,
> 耕田以食。
> 帝力何有于我哉!

这首诗，相传是尧时的一个农民，工作之余，吃饱了饭，鼓腹而歌的，真可表示那时的劳动农民的情感！所以我们很相信胡适之先生的说话，"一切新文学的来源，都在民间。民间的小儿女，村夫农妇，痴男怨女，歌童舞妓，弹唱的，说书的，都是文学上的新形式与新风格的创造者。"就韵文而论，也是"国风来自民间，《楚辞》里的九歌来自民间，汉魏六朝的乐府歌辞也来自民间。以后的词是起于歌妓舞女的。元曲也是起于歌妓舞女的。弹词起于街上的唱鼓词的"。所以我们要追求韵文的起源，正如疑古玄同先生所说：

> 做文章要押韵，用意即在利用叠韵，使文章好读而已。要文章好读，有两个目的：一是容易上口，便容易记得。文化幼稚的社会里，书写印刷均不发达，往往利用这办法来记忆一切知识，《诗经》中的"史诗"（如《公刘》、《绵》），汉以前的哲学书（如《老子》），以及现在通行于民间的《小九九歌诀》、《汤头歌诀》、《二十一史弹词》、《夸阳历大鼓书》等等都是。一是利用读音的和谐来增加文学的美趣，凡古今中外一切抒情的诗歌都是。其用意如此，所以押韵的唯一要义，就是所押各字，至少

也必须作者自己读起来是叠韵才行（这里所说的叠韵，不是音理的，乃是习惯的，譬如国音中o韵与ou韵，en韵与iun韵ing韵，音理上当然不能说是叠韵，但北京的平民文学中总认它们是叠韵，这就是习惯的叠韵）。要是连自己读起来都不是叠韵，那还有什么押韵之可言？

疑古玄同先生是当代音韵学大家，他的话当然是可靠的。所以古代的一切活文学，都是用活的语言的叠韵做成的。《诗经》、《楚辞》、《乐府》、宋词、元曲，以及现代的歌谣都是这样。所以我们现在作韵文，也当以现代语言叠韵为标准。黎劭西先生说得好：

> 现在新诗的初兴，用韵也差不多是这样情形：各自的方音，就是各自的诗韵，也和民间歌谣的押韵一样，这大概都要算在方言文学里。至于要作国语文学的新诗，当然以国音为准，例如赵元任的《国音新诗韵》，便是这时代新编的韵书。但现代究竟不比从前，一切办法都可以向着合理而又不违乎自然的方向做去，此后新诗的韵，绝不会像宋代活词韵那么漫无边际，也不会学清代那些死词韵的徒弄玄虚。简单说来，国语文学必有标准韵，标准韵就是北京的方音，即所谓国音。方言文学则各以其

方音作标准,自由发展,两无妨碍,都是活的。

这是我们很赞成的话。

关于中国的韵文,我们大略举几个例子。

(1)《诗经》一首

> 关关雎鸠,在河之洲。
> 窈窕淑女,君子好逑。
> 参差荇菜,左右流之。
> 窈窕淑女,寤寐求之。
> 求之不得,寤寐思服。
> 优哉优哉,辗转反侧。

(2)《古诗十九首》之一

> 行行重行行,
> 与君生别离;
> 相去万余里,
> 各在天一涯。
> 道路阻且长,
> 会面安可知;
> 胡马依北风,
> 越鸟朝南枝。
> 相去日已远,

衣带日已缓；
浮云蔽白日，
游子不顾返。
思君令人老，
岁月忽已晚。
弃捐勿复道，
努力加餐饭。

(3) 乐府一首《敕勒歌》

敕勒川，
阴山下；
天似穹窿，
笼盖四野。
天苍苍，
野茫茫，
风吹草低见牛羊。

(4) 七言古诗（李白《山中答人》一首）

问余何事栖碧山？
笑而不答心自闲。
桃花流水杳然去，
别有天地非人间。

(5) 词一首（李后主《相见欢》）

无言独上西楼，

月如钩；

寂寞梧桐深院，

锁清秋。

剪不断，

理还乱，

是离愁，

别是一番滋味在心头。

(6) 杂曲（施绍莘《歌风》）

【南商调·梧桐树】

青萍叶势平，春水波纹静。动地撩天把日脚高吹醒。飞花打翠屏，飘叶敲金井。移海吹山直恁颠狂性。卷涛痕啮破嫦娥影。

【东瓯令】

更低低扬，款款生，撩帐搴衣不至诚。温柔偏解偷帮衬。刚出浴冰肌莹，就微微针窦也留情，一线引香魂。

【大圣乐】

做春寒递入疏楞，漾钗幡头上冷。鬓花吹落香腮影，带几线泪痕冰。多应是飘零，恰似郎心性。

可更是荡漾,还如妾梦魂。灯昏晕死,正和花送雨恼人春病。

【解三醒】

吹不了愁香怨粉,吹不了瘦铁穷砧,吹不了玉门关上秋鸿影。吹不了晓月津亭,吹不了夜深裙带双鸳冷,吹不了春暖弓鞋百草薰,凄凉景。吹不了柳棉如雾,古渡荒城。

【前腔】

吹不了纸钱灰冷,吹不了野烧痕青,吹不了酒旗叶,春江影。吹不了古戍烟横,吹不了人悲客路斜阳艇。吹不了鬼哭沙场夜雨怜添凄哽。吹不了子规啼月,血递征腥。

【尾声】

任颠掀,从凄紧,翻覆犹如人世情。怎地把世上痴人吹他春梦醒?

(7) 新诗一首(沈尹默《三弦》)

中午时候,火一样的太阳,没法去遮拦,让它直射长街上。静悄悄少人行路,只有悠悠风来,吹动路旁杨树。

谁家破大门里,半院子绿茸茸细草,都浮着闪闪的金光。旁边有一段低低的土墙,挡住了个弹三弦的人,却不能隔断那三弦鼓荡的声浪。

门外坐着一个穿破衣裳的老年人,双手抱着头,他一声不响。

第六讲　修辞学的历史

我们现在且谈谈修辞学的历史。

在中国,我们最初把"修辞"两字在一处用的,是在《易经》上,我们上一讲已经提起过了。中国古代有所谓"六艺"——礼、乐、射、御、书、数——为君子所必学的本领。西洋文化史上,可以同这个对比的,是中世纪的所谓"七自由学艺"(Seven Liberal Arts)。

什么叫"七自由学艺"呢?

一是文典,二是论理学,三是修辞学,四是音乐,五是算术,六是几何学,七是天文学。

但他们特别重视的，是修辞学。在罗马的官立学院中，修辞学的讲座，占了首席的地位。那时的修辞学，是威风得很的。他们可以做大官，可以有诉讼裁判权，并且可以豁免租税。社会上看得起修辞学和修辞学家，那样学问自然发达了。正如中国唐代重视诗人，诗人可以马上做官，而且地位很高，所以唐诗就蔚为文学史上的大观。

修辞学的意思，本来兼指文辞同言辞两方面。在欧洲古代，修辞学是专用于言辞方面的。希腊、罗马的大诡辩家，他们的修辞都是在说话方面。正如中国先秦也有苏秦、张仪、惠施、公孙龙一流人物，后来才用于文章方面的。现在的修辞学却专指文辞而说了。中国人缺乏分析的头脑，所以修辞学是欧洲先成立。我们现在且先说欧洲修辞学思想的变迁，然后再说到中国。

第一章　欧洲修辞学思想的变迁

欧洲的修辞学思想的变迁历史，可以分为五个时期。究竟是哪五个时期呢？且听我一一道来：

（一）希腊的修辞学

在希腊，谁是创始修辞学的始祖呢？

我们在亚里士多德的遗书中,可以找得以下的句子:

"恩批多克列士(Empedocles)创始修辞学,西诺(Zeno)创始论理学。"

但这些话是不十分可靠的,正如中国的周公制礼、仓颉造字一样的不可靠。但恩氏实为当时善用譬喻的人,他的言语都是很有修辞的意味的。

实际上,把修辞建设为一科的,是柯拉克士(Corax—about B. C. 500)。柯拉克士最初把修辞学应用于当时的诉讼上,为当时法庭上的辩护士。法庭上的辩护,有时很少文字的根据,常依于推论辩说而得明白。修辞的术语就在这场合中发源。柯拉克士,把修辞材料的整理分为五段:

1. 序论(Proem)
2. 说明(Narrative)
3. 论证(Argument)
4. 副叙(Subsidiary Remarks)
5. 结论(Peroration)

他在应用的时候,又说明一种"盖然的论式"

(Topic of General Probability)，而指示它的双关用法。什么叫做"盖然的论式"呢？譬如一个弱者和一个强者相打，打到官司，弱者说："世上哪里有弱者会和强者相打的道理？一定是强者先打弱者的。"强者就辩护说："不会的。强者知道殴打是犯法的，决不会打人的。"这种"盖然的论式"在那初期的希腊修辞中视为极大的武器，颇为当时人士所乐尽应用。后来亚里士多德论驳此说，他说这种"盖然的论式"实为误谬的二段论法。为什么呢？我们不能把抽象的可有的事件，和实际上有过的事件相混杂。我们通常以为不可能的事，实际上有很多也会发生的。

希腊的修辞著述，能留到后世的最初修辞家，则为安特风（Antiphon B. C. 480－411），他被推为雅典的最大的诡辩家，他曾把修辞的理论同实际连合起来。他是雅典最先从事法庭辩护士职业的人。他的著作显示了那时代的修辞，是由研究期而转到实用期的过渡时代。他的著作有四幕剧，那是描写考察杀人犯的场合的。第一幕是原告陈述告发的理由，第二幕是被告的辩明，第三幕是原告的驳答，第四幕是被告辩答的顺序。他的书中完全把细微的描写省略了,只记述了一些辩论的大概,然而那时修辞家思想的有机的发展,却像大胆的浮雕般的描写了出来。安特风的文笔虽缺少流畅,然辞藻多并列句及描写法之类,很有庄重的意味。在他的著作中,可以使我们明白柯拉克士们所常用的"盖然式论法"的源流。

他们以后的修辞学家为意苏葛拉士(Isocrates B. C. 436－338),他的著作中,有《修辞术》一书,常为后人所引用。那书究竟是否他自己所作,是无所考证了,但无论如何,他把修辞学当作一种学科,而拿来教授,却是事实。他用修辞学是一种"劝说的科学"(Science of Persuasion),这句话是常为后来修辞学者所乐于引用的。他还有把修辞应用到政治学的著作。他的关于修辞的教授法,第一是说的术语,教授用于散文中的技术的、修辞的要素,如各种修辞格(Figures of speech)和文体(Style)等。第二是把抽象的理论,应用到实际作文上,而加以添削。这是他的教授修辞的程序,从纪元前三百九十年到三百四十年五十年之间,这学派很有势力。意苏葛拉士的门下,很有不少的有名政治家、哲学家、历史家等等人物。

在这里，我们所要注意的，是意苏葛拉士并不以修辞学为一种专门的技术，他以为修辞学是一种修养品性上占很高位置的学问。这是他们与诡辩学者（Sophist）对于世间的态度大不相同的地方。我们可以说，修辞学到了意苏葛拉士才有教育上的地位，以后的修辞思想虽有种种变迁，但我们可以说，一直到罗马帝国衰亡时，修辞学仍保存它的教育上的相当的地位。

意苏葛拉士以后，我们不能不说到被称为欧洲各种学问的祖宗的亚里士多德（Aristotle B. C. 384－322）。在他，意苏葛拉士为他的第一的劲敌，他常引意氏的话来勉励他的学生。亚里士多德的修辞学（Rhetoric）完成于纪元前三百三十年至二十二年之间，是一部极端无味的干燥的作品，不过在历史的、科学的眼光看来，那又是非常的可惊、很有兴味的东西。他的名著虽然是由于他的卓越的天才才能产生，但当时的时代也有很大的关系。他的集大成的修辞著作，正同于当时有关于希腊文法集大成的著作一样，亚历山大时代，视为文法上之模范的希腊文学之杰作有如山积，文法家得从这种杰作所示的例中，归纳出了文法的法则。亚里士多德在纪元前四世纪之末，也正处于与这种相同的地位。在他的前期，希腊的大雄辩家等所创造的雄辩之丰富的实例，累积浩繁，明示了他们说理动人时所用的各种的方法格式。他以这许多丰富的材料为基础，而从中归纳出辩士说客之所必从的通例，由他的那异常细心的解剖、说明及组织的手腕，写成了这部空前的，在某意味上也可说是绝后的大著。特别是他的所以受人尊崇的地方，是在他所采取了高尚的态度。在这点说起来，亚里士多德才能享有把修辞学从诡辩学派手中救了出来的荣誉。因为当时的修辞学者，大概没有什么善恶正邪的分别，只求善于辩说，以博得世人之称羡为风的。到了亚里士多德，他才采取了意苏葛拉士更堂皇的态度，说明修辞学之任务，实基于真理与正义之上。而且这道义的态度，对于他的锐利、周到、深邃的科学的研究，并不曾有害。

亚里士多德《修辞学》所说之点，有不适合于今日的学者的研究的，是因为范围太广漠的缘故。但是，他的修辞学组织，不特给与后世修辞学研究的法则，我们看从他以后出版的各国各时代的修辞学，似乎不过是转换了他的组织的顺序与轻重罢了。譬喻说，亚里士多德的修辞学实在是一个大百货商店，后世的修辞学著作，比起他来，虽然各有特色，也难免是分店小买卖的样子，他们都免不了多少受了他的影响。

他的修辞学分为三大卷，第一卷说明修辞的本领、效力、定义、分类等。第二卷是接着第一卷说明，并论及感情、二段论法、举例论法等。第三卷是话术、文体、结构之论，为全书最精彩的部分。我们在此地不多说了。亚里士多德在全书的末尾，用了李斯亚士的演说中的最后的名句："我已经说了，你已经听了——问题在你的手中，请你们自己判断吧。"（I have spoken, you have heard, the case is in your hand, pronounce your decision）。

是的，对于他的名著，我们应该自己判断。

(二) 罗马的修辞学

很有生气之修辞学研究，在纪元前一世纪的时候，已由希腊而转移到罗马。罗马时代，对于修辞学估重要的位置的，为加朵（Cato）及安徒尼斯（Antonius）等人。

可是最富盛名的,当然是西瑞洛(Cicero—B.C.106—43)及昆特利安(Quintilian)两人。

西瑞洛的修辞书中之名著,题目为《雄辩家》(*De Oratore*)之对话篇。他参酌了意苏葛拉士、亚里士多德等希腊的诸名家之学说,又以他自己的大雄辩家的经验为材料而创成一派的学说。他的修辞论中之兴趣,是在他的学说与实行的对照的地方。这书大部分是用巧妙的笔墨,描写了当时的两大雄辩家克辣秀士(Lucius Licinius Crassus)、安徒尼斯(Marcus Antonius)及英雄施沙与其他罗马史上著名的数人的雄辩家等集会的情形。在克辣秀士的别墅里,讨论关于修辞辩说的议论,更参加了自己的提论,很有庄严伟大的剧本风趣,使人看了,恍惚罗马的思想人物的精华,汇聚在一堂似的。但是他的修辞学家的地位,并不及他在雄辩家的地位那般伟大,他的名句"完全的雄辩家必为完全的人间",这就是完全散布在他的修辞学说间的思想,而我们也可由这句话而知道他的图谋,把道德、政治,及其他一切的修养,联结到修辞上去的意向。

昆特利安(Quintilian—A.D.42—118)的思想,同

西瑞洛有很相同的地方，他是罗马最富盛名的修辞学家，他的十二卷大著《雄辩术系统》（*De Gastitutione Oratore* 亦译作《雄辩家的教育》），是很有价值的修辞学作品。他以为雄辩为一切学艺修养的目的，所有学问家的精神上道德上一切的修养，结果是为了要达到为雄辩家之手段。他的大著第一卷中，叙述了从初生至学习修辞学间的准备和修养，最后一卷是叙说达到雄辩家以后的锻炼人格的工夫。这书所说的广博精致的地方，在以下的数端可以窥见。他在雄辩家所蓄积的言论中，上自荷马下至写涅加的希腊、罗马主要作家的评论，甚至乳母的常识，私立学校公立学校的比较，数学的教授法等，无不详加论述。但是我们只能在他的著作中，看到了广博、折衷、集成等等妙处，可是不能有什么新的意识与思想。他是广博而不深奥，精详有余而结构不足。

比昆特利安次有名的为黑尔莫纪涅士（Hermogenes about A. D. 170），他所著的五部修辞学，明了而且锐利。他的学说成为以后百五十年间，那一派的主要典据。以后二百六十年的时候，有龙纪缪士（Longinus）的《修辞术》发表，到三百十五年的时候，亚夫徒缪士

(Aphthonius)的《修辞学习》又印行。亚夫徒缪士之著作代替了黑尔莫纪涅士而风行于世,一直到文艺复兴期不成为标准的教科书。

我们虽不能说在罗马时代,修辞学成就了完全的发达,可是技术实习的流行,实在可说达到了空前的隆运。因此学说的研究亦很旺盛。由希腊传下来的各派的修辞思想,在惯享华奢生活的罗马人,亦很欢迎那些华丽的辩证法,各地的法庭,到处延请裁判的修辞家,辩护讼事。各地方也竞设修辞学的讲习所,招聘有名的修辞学家,受非常之优待。当时修辞学教师之任职公校者成为诡辩学家(Sophist),那时的诡辩学家,资格正同现在的教授或博士一样的荣誉,这个名词一直到中世纪的时候还有那样的意思。

在罗马时代最初给修辞学的教师以公职的,为越斯把希昂帝(纪元七〇-七九)。地位的增高致为世人所羡望不置的,在百十七年至百八十年之间,雅典府中始创完备之学校,成立大约是马克斯奥列留士帝时代。当时的修辞学校中,有二种讲座:一种是教授纯粹技术之修辞学,叫做"诡辩的修辞学"(Sophistic Rhetoric);

一种教授应用于法庭的修辞学,叫做"政治的修辞学"(Political Rhetoric),前者的地位及报酬皆优于后者。当时国家赋予他们对雅典青年们有裁判权,其后更得到免除租税的待遇。因此诡辩家中有极尽其豪奢的人。当时诡辩学的目的全在感动群众。当时的辩说可分为主要的二种:第一为劝说的(Suasoriae),通例是叙述历史传说,称美或非难古人的行为者,即属于亚里士多德的所谓"说理修辞学家";第二为争论(Controversiae),主要是关于法律事件者,即亚里士多德所说的"裁判修辞家"。然而无论说理、裁判,以及其他事情,总以亚里士多德的显明修辞风来表现的,就是这时代一般的特色。当时的辩说遗留在现在的,还有很多宝贵的文字。

(三)罗马以后的修辞学

我们要研究欧洲中世纪的修辞学,不可不懂得中世纪大学的课程组织。那时的大学课程,先分为文典、论理、修辞三学科(Trivium),为大学卒业前即成为学士(B. A.)前四年间必修的学问。其次为音乐、算术、几何、天文四学科(Quadrivium),为大学卒业后以至博士的三年间所必修的学问。那时的大学,对这七学科是非常重视的,称为"七自由学艺"(Seven Liberal Arts)或"高等学艺"。七自由学艺中的修辞学一科,更为注重的学问。这三学科、四学科的思想,起源于欧洲六世纪的时候,当时的修辞学著述,可以知道的,为拉丁学专门家的马尔史亚诺士卡披拉(Martianus Capella 五世纪的)、卡史珂朵鲁士(Cassiodorus 五世纪的)、爱斯朵鲁士(Isedorus 七世纪)等人。这时代的修辞著述只沿袭了罗马的后迹,学说、实际两方面只有次第衰颓下去,没有什么可说了。

(四) 文艺复兴期的修辞学

修辞学的著作,到欧洲文艺复兴的时候,希腊罗马的大作渐为当时有志修辞学者所注意,而新的著述亦渐有出现。英国列奥那尔德·克斯(Leonard Cox)的《修辞术》(*The Art or Crafte of Rhetoryke*)一书,是半由于纂辑、半由创作而成的。其次为汤姆士·威尔逊的《修辞学的艺术》(*The Art of Rhetoric, Thomas Wilson*),这书主要是根据于亚里士多德的学说,旁及西瑞洛、昆特利安所说而编成的。与他们稍后的著作,法兰西有顿恢兰(Tonquelin)、屈尔写(Coureele)诸人,各公布著述于当世。当时学者一般的目的,为选编古人关于修辞的最好教训，要他们能够复活和普及。修辞学为当时的大学的正科目，在诸学科中也占最重要的地位，十六世纪中世以至末叶的时候，剑桥及牛津二大学均以西瑞洛、昆特利安、黑尔莫纪涅士等著述为基础，而从事于此学的研究。直到一千六百二十年间，修辞学尚被视为大学的正科目。到了十八世纪时，似乎才逐渐地不能得到人们的注意。一千七百二十年间，斯蒂尔（Steel）曾说，有"剑桥牛津两大学对于雄辩学的研究成了哑巴了"。从这时起，修辞学教授的任务于不知不觉之间，由口说耳听的修辞，变为修削纸上斟酌字句的修辞，这是很可注意的。

从中世纪以后，伟大的学者们研究修辞者渐渐少了，然而在十六世纪末叶，用简净说理的文章来倡立新说，揭开近世修辞学之序幕者，却为佛兰西士·倍根（Francis Bacon），他在题为《对话》（*Anteltita*）的拉丁文的漫笔之下，论及了修辞，他以为修辞之主要本领是在想象、感情这两方面。这是对于亚里士多德以来的修辞学家以劝说、知解为主的一种新学说。

（五）近世的修辞学

我们谈起近世的修辞学，一定不能忘记英国布列儿之《修辞学讲义》(Lectures on Rhetoric, Blair),那书风行于十八世纪末及十九世纪初的时候。从美感论、言语论说起，而及于文体、辞藻各篇，终于希腊、罗马以来的雄辩及诗歌的批评。内容虽少很精密的意见，然而形式新颖，简明得要，是一部有用的著作。他的意见与亚里士多德们相反的，亚里士多德以后的修辞，以劝说和知解为主旨，他则以感情、美、文学为主旨，形成了修辞学新潮派的领袖。其次出版的为康培尔的《修辞学哲学》(Philosophy of Rhetoric, Campbell)，这书的重要之点也在文学方面，不仅有深奥的思想与崭新的研究，那在实用方面，也是一部了不得的书。也许是受了哲学的名字的累赘，以致该书不能像布列儿的书那样风行。此二书出版以后，有恢多利的《修辞学要素》(Elements of Rhetoric, Whately)，这书以为修辞学为论理学之分家，以亚里士多德之说为出发点，主要是论及论证的措辞，始终逃不出论理的拘束。叙说虽极明快，可是太偏于论理学的缘故，将感情、辞藻方面略缺了。可是终不失为一时的名著。

恢多利以后，英美二国所出版的修辞学很多，我们把重要的著作列举，则有：夏芬的《修辞学》(*Rhetoric*, Hoven)，克拉克的《实用修辞学》(*Practical Rhetoric*, Clark)，宾因的《作文及修辞》(*English Composition and Rhetoric*, Bain)，巴斯孔的《修辞哲学》(*Philosophy of Rhetoric*, Bascom)，坑波士的《作文修辞教程》(*Course of Composition and Rhetoric*, Quackenbos)，巴丁的《修辞学系统》(*Complete system of Rhetoric*, Bardeen)，希尔的《修辞学原理》(*Principles of Rhetoric*, Hill)，凯禄的《修辞学》(*Textbook of Rhetoric*, Kellog)，卡宾脱的《修辞学练习》(*Exercises in Rhetoric*, Carpenter)，吉能的《修辞学》(*Practical Elements of Rhetoric*, Genung)等书。这些书都受布列儿、康培尔的影响，以文学、感情、美的各方面的研究为主。其中就简明要约的方面说，当以夏芬的著作为最好。

欧洲修辞思想的变迁，是怎样的趋势呢？

大概说来，希腊人为爱好调和中庸之国民，所以他们的修辞学著作也无所偏倚，诸方毕备。主论辩说而不全略却了文学方面，本旨虽然是说修辞，可是对于与此有关的学科，例如论理、心理、道德、教育、政治、法律、社会习惯等等，无不取来包括在组织中。专心于辩说手段之研究，而目的不离为动机论的道德方面，采取道德的议论，而不害及冷静的科学研究。研究区域既广且深，结束也有条理。我们可以说希腊的修辞学，实为无缺点可寻的完整而调和的著作。罗马的修辞学则大体上为希腊的继承，广而不深，精而没有条理。倾向实用，或偏于道德。我们看西瑞洛、昆特利安等大家，尚固执于雄辩与道德不离的议论，便可了然。至于中世纪及文艺复兴期的修辞学，都没有什么特色可说。近世修辞学之可注意的地方，是近世修辞学范围，虽只限于文章、感情方面，然在这范围以内的叙述，则设法使它成为深奥、精详、结实、调和的组织，这是近世修辞学著作的特色。

我们再研究古今修辞学不同的地方，则可分为以下三点：第一，修辞的内容古广今狭。古代的修辞学，辩说文章自不用说，即论理、心理、教育、道德、政治、法律亦无不包括具备，甚至有说及数学的，现在的修辞学，仅限于文章诗歌之研究，即论及辩说方面，也不过偶然而已。第二，修辞的内容，古以劝说、知解为主，今则以情感及美为主。在亚里士多德之《修辞学》中，劝说立证之议论占四分之三，文体、辞藻的议论，皆不甚重视，仅占四分之一。可是现在的修辞学的主要素，是在文体、辞藻等方面。第三，古代的修辞，大抵用在嘴上的，近代的修辞，则用在纸上的。古代以辩论为主，近代以文章为主。古代修辞学，以口说耳听辩论为主要部分，藉文字而诉诸于目，只不过为陪衬而已，然而现在的修辞学，则以诉诸于目为主，辩论方面，只凭借二千年来的势力，不过占很少的地位罢了。所以古代的修辞学惯用辩论家（Speaker, Orator）、听者（Hearer, Auditor）等语，现在的修辞学惯用作家（Writer）、读者（Reader）等语。所以从前的修辞书多题为辩论术（Art of Oratory），而近代的修辞学著作，则与文章等并讲，多题为作文与修辞（Composition and Rhetoric），我们仔细看来，也就可以明白。

综括的说，修辞学在希腊的时候，因为完备的研究，在诸学术之中，占了正当的地位。在罗马时，受了过度的尊重，高于其他诸学术之上，以致研究的人有流于粗陋的嫌疑。近代的修辞学折中古说,范围较狭,而在范围之内者,则必严密研究之,形成了坚实的风气。至于克罗司一流人的表现说,太偏于唯心方面,我们在前面也大略说过了。(参看第三讲修辞格论)

第二章　中国的修辞著作小史

我们谈起中国的修辞思想,便不能不想起周作人先生的话,他说:

> 文人学士多缺乏分析的头脑,所以中国没有文法,也没有名学,没有修辞学,也没有文学的批评。
>
> ——陈介白著《修辞学》序

是的,中国古代虽然也有许多关于修辞的零碎思想,但没有能像希腊罗马一样成功一些有系统的修辞学著作。我们的论修辞的书,正如郭绍虞先生所说:

> 盖我国以前不是没有论修辞的书,而是没有网罗万有条例分明的书。大抵以前之论修辞者,往往不免有二弊,其一在于泛,弊在不专从修辞本体立论,其又一在于狭,弊又在只从修辞的局部立论。

由前者言，所以没有纯粹论修辞的书，由后者言，所以虽亦论到修辞的方面而不能包括修辞的全部。这可举两部较为重要的书为例，一部是《文心雕龙》，又一部是《古书疑义举例》。《文心雕龙》是论文的书，不免侵入作文法及文学概论、文学批评的范围。《古书疑义举例》是小学一类的书，又不免偏于文法学与文字学的方面，更不用说，有一部分是属于校勘方面，与修辞绝无关系的了。所以都不是纯粹论修辞的书。至其论及修辞者则又各有所偏。《文心雕龙》所论重在作的方面，《古书疑义举例》所论又重在读的方面。大抵昔人之讲修辞者不重在"法"则重在"例"，论法则宜于作的应用，论例则宜于读的应用。而此二书正可为这两方面的代表，但终究不免只尽修辞学一部分的作用。

——陈介白著《修辞学》序

郭先生的话是对的，但《文心雕龙》实在是一部了不得的著作。

《文心雕龙》为梁刘勰所著，原书分为十册，由天地之大道说起，叙述文章的本领、变迁、种类、辞藻、体裁等甚为详细。如修辞方面则论及神思、体性、风骨、通变、定势、情采、镕裁、声律、章句、例辞、比兴、夸饰、事类、练字、隐秀等。文体方面则分为典雅、远奥、精约、显附、繁缛、壮丽、新奇、轻靡八种。他以为文的成立为三，说："一曰形文，五色是也；二曰声文，五音是也；三曰情文，五性是也。五色杂而成黼黻，五音比而成韶夏，五性变而为辞章，神理之数也。"他又说"五情发而为辞章"。又说："情者文之至，辞者理之纬"。这与亚里士多德与培根的见解，多有相同的地方。虽然没有欧洲的修辞学所具的科学的组织，他的大毛病是为浮夸的文饰所累，而缺少说理和透彻的叙述，但就中国古代的文学书而论，此书不愧为中国修辞论的鼻祖。我们也可比之于亚里士多德的修辞学，因为中国后世论文章和修辞的书，没有不受他的影响的。

《文心雕龙》以外，梁时还有任彦升的《文章缘起》。该书将文章分为八十四种，而从其起源说起。其分类为三言诗、四言诗、五言诗、六言诗、七言诗、九言诗、赋、离骚、诏、策文、表、让表、奏记、笺、谢恩、赞颂、序、引、志、录、记、碑、碣等类。我们看这些内容驳杂繁琐，是不能与《文心雕龙》相提并论的，但就造成文体分类的一点来说，也是值得注意的。

唐代有司空表圣的《二十四诗品》，他把诗的意境分为雄浑、冲淡、纤秾、沉着、高古、典雅、洗炼、劲健、绮丽、自然、含蓄、豪放、精神、缜密、疏野、清奇、委曲、实境、悲慨、形容、超诣、飘逸、流动等。又有释皎然的《诗式》，皆为断片鳞爪，不能称它为修辞论著，可是在研究修辞学的人看来，当然是可以参考的。

宋代也有两部可注意的书，一为陈骙的《文则》，一为严羽的《沧浪诗话》。《文则》可以说是一种修辞随笔，说古文所该注意的事，如和协、简约、蓄意、曲折、对偶、例言、重复、答问、照应、长短、引用、连接等，为文章美丽所必要的事项。书后有批评古文的文章。此书有名于后世的，是他将譬喻分为直喻、隐喻、类喻、诘喻、博喻、简喻、详喻、引喻、虚喻等的十喻论。这种详细而零碎的研究辞藻和文体，是值得注意的。《沧浪诗话》为叙说诗的制作及鉴赏上的作品，由诗辩、诗体、诗法、诗评、考证等五章而成。五法为：体制、格力、气象、兴趣、音节；九品为：高、古、深、远、长、雄浑、飘逸、悲壮、凄婉；三工为：起结、句法、字眼；五俗为：俗体、俗意、俗句、俗字、俗韵。这些议论和诗体分类法是很好的，严沧浪的议论，如"诗有别裁，非关书也；诗有别趣，非关理也"，是很好的话。

元代有陈绎曾的《文筌》，也许可为元代的修辞论代表。全书由《古文谱》、《四六附说》、《楚赋谱》、《汉赋谱》、《唐赋附说》、《古文矜式》及《诗谱》之七篇而成，论列诗文的法、式、制、体、格、律各方面。有结尾九法、起端八法、叙事十一法、议论七法、用事十四法、养气八法等。原书议论繁琐而欠组织，作为注释的文章语汇书看，是有用处的。

到了明代，有高琦的《文章一贯》，这书是从别书选抄出来的条项，很少新的见解。他以立意、气象、篇法、章法、句法、字法为文的六法；以褒美、攻击、评品、抑扬、追想、回护、推明、考详为文的八格。他又在序中说，"立起端以肇之，叙事以揄之，议论以广之，引用以实之，譬喻以起之，含蓄以深之，形容以彰之，过接以维之，缴结以完之，九法举而后文体具，体具而后用达。"这些见解都不是很高明的。此外还有徐师曾的《文体明辨》,及归震川的《文章体则》,也只有一些修辞的材料而已。

清代有唐彪的《读书作文谱》,全部分十二卷,由学基、文源说起而至于读书法、书法、结构、文体、辞藻论、古文评、诗文体式、科举学验须知等。在各项目之下,概胪列了自古以来之名家学说。所说广泛而体裁尚完备,可是不过同账簿一般,抄录古来大家的学说,并没有特创的见解,也缺组织之统一。此外俞曲园的《古书疑义举例》,是讲小学与文字学的书,但对于古文修辞,也有用处。到了清朝末年(一八八九)才有马建忠的《马氏文通》出版,那是一部空前的文法书,影响不小。

民国以来,研究修辞学的人渐渐多了,到了一九二三年,唐钺根据了纳士斐尔的《高级英文作文学》(Nesfield: *Senior Course of English Composition*)的分类,作了一本薄薄的修辞格,那是一本很好的有条理的书。此外修辞学的著作虽多,比较好的是陈望道著,一九三二年出版的《修辞学发凡》。

这是中国修辞著作的小史。